波乗り介助犬リコシェ

100万人の
希望の波に乗って

RICOCHET

Riding a Wave of Hope with the Dog Who Inspires Millions

ジュディ・フリドーノ
ケイ・プファルツ 著
小林玲子 訳

辰巳出版

RICOCHET：Riding a Wave of Hope with the Dog Who Inspires Millions
by Judy Fridono with Kay Pfaltz

Published under arrangement with HEALTH COMMUNICATIONS INC.,
Deerfield Beach, Florida, U.S.A.
through Japan UNI Agency,Inc.,Tokyo

装丁：白畠かおり

波乗り介助犬リコシェ

100万人の希望の波に乗って

お母さんへ
わたしたちが一緒に過ごした時間は短すぎました

リーナとリコシェへ
必要なとき、いつも前足を貸してくれてありがとう

大きな犬、小さな犬へ
中には特別な才能があって、何百万人もの心を動かすという、
立派な仕事を任せられた犬がいます
そうではない犬たちも、誰かひとりの心に触れるという
立派な使命を与えられています

旅の途中、わたしたちの隣を歩いてくれたみなさんへ
これから旅の第一歩を踏み出そうというみなさんへ

ケイレブへ
あなたの残した光は、ずっとわたしたちの心を照らしています

著者の言葉 ― from the Author

もしリコシェの生き方が、生まれてきた目的を本当の意味で果たすというひとつの例になれば、もしリコシェがたったひとりの心を開くことができれば、この本に込めた希望を通して誰かの意識が変われば、リコシェの贈りものを誰かに渡すことができれば、もし一匹の動物がシェルターに送られたり、虐待されたり、それ以上の苦しみを味わったりするのを止められれば、わたしたちがこの本を書いた目的は達せられます。

わたしの経験がみなさんを動かす力となり、目覚めのきっかけを作り、自分自身の魂の旅を始め、ありのままの自分の美しさと人生の目的を受け入れるときの支えとなりますように。身近な動物をしっかり見て、教訓を受け取るようにしてください。魂の結びつきが新しい扉を開き、豊かな関係をもたらし、動物、人間、自然のあらゆるつながりがあなたを新しい世界に導きますように。

©KillerImage.com

Contents

序文

世の中の大半の人間がそうだろうが、助けが必要な人々を支えるサーフ・ドッグのリコシェという存在に私が気づいたのは、知人が動画のリンクを送ってくれたときだった。たぶん誰もがそうしたように、私は頭を振った。どうしたらこんなことができるのだろうか？

リコシェはサーフィンができる。私はできない。それにどうやって犬が人間の心の奥底を覗きこんで、求めているものを見抜き、それを与えてやれるのだろうか？　本書が、リコシェの物語が、すべてを明かしてくれる。きっと驚くだろう。

犬がその能力で驚かせてくれるのはいつものことだ。介助犬、救助犬、危険を察知したり、病気を嗅ぎつけたりする犬たち。絆を結び、愛し、寄り添い、なぐさめる。そんなことをする理由はたったひとつ――人間を喜ばせたいのだ。

およそ三万年前に人類は天敵のひとつ、オオカミと友好関係を築いた。狩りの獲物を奪い合うライバルで、また人間を襲うこともあったので、その結びつきは自然とはいえなかったはずだ。だがオオカミも人間も社会的な生き物なので、絆が結ばれると、歴史上もっとも実り多い関係が生まれた。関係が深まるにつれて、その根底にあるものがはっきりした。愛情だ。

人間は犬の種類に手を加えて、ダックスフントやドーベルマン、ブルドッグやビーグル、シーズーやスパニエルなどを作り出した。仕事を与え、狩りに連れて行き、芸当を教えた。彼らがこうしたことに付き合ってくれるのは、ときどき言われるようにフライドチキンを買ってもらえるからではなく、人間を愛しているからだ。行動はすべて、人間のためだ。人間を愛し、無条件に尽くすこと。それこそ犬の生きがいだ。

サーフボードの上でバランスを取るリコシェの能力は驚異的だが、この物語を読み進めていけば、より重要なのは出会う人びとの望みをかなえるという能力だとわかるだろう。ある意味では、リコシェは人類と犬の三万年に及ぶ付き合いの象徴なのだ。だから驚くのはもちろんだが、意外だと思うことはない。必要があるところには、犬がいるのだ。それが自然な姿というものだ。

W・ブルース・キャメロン
『野良犬トビーの愛すべき転生』著者

プロローグ

「四角い杭を丸い穴に打ち込もうとするのがよくないのは、
それが面倒な作業だからではない。
杭を台無しにしてしまうからだ」
――ポール・コリンズ

一九九五年九月二十四日

ジェニファー・ケイラーは一歳二カ月になるよちよち歩きの息子、パトリック・アイヴィソンを連れて駐車場を歩いていた。愛らしく、やんちゃな金髪のパトリックが、母親を見上げて顔をほころばせる。パトリックがたったの十カ月で歩くようになったのは、ジェニファーにとって幸運だった。車を買うお金がなかったからだ。生活は苦しく、スペインに滞在している両親の残していった家に引っ越したばかりだった。両親に電話をしようと家路を急いでいて、疲れた腕を休めたくなり、パトリックをちょっと地面に下ろしたところだった。

近くに停まった車の中で、男が助手席の女と言い争い、激しい身ぶりをしているのが目に入った。それでもジェニファーは、そのままパトリックをひとりで歩かせていた。ふいに何の前触れもなく、頭に血がのぼった男が車を急転回させて、後ろも見ずに猛スピードでバックしてきた。

ジェニファーは必死で手を伸ばしたけれど、蛇行する金属の塊の前から息子をすくい上げることはできなかった。後ろのバンパーが激しく当たり、子どもを地面に叩きつけ、後輪が小さなからだにのしかかる。恐ろしい、現実とは思えない時間が流れる中、ジェニファーは子どもが車の下敷きになり、ブロンドの髪がはみ出しているのを見て目を疑った。

そんなはずないわ、とジェニファーは思った。あそこに倒れているのはパトリックじゃない。

しかし、それは現実だった。

パニックに陥ったジェニファーは、運転席側に駆け寄り、必死で車を持ち上げようとした。全身に力をこめてパトリックを引きずり出そうとしたけれど、小さなからだは動かない。五百キロもある金属の下敷きになっていたのだ。ジェニファーが我を忘れて絶叫すると、その声を聞いて、異常を察した人びとが駆けつけてきた。空気には死の匂いが漂い、小さな命は生死の境にあった。大混乱の中で通行人たちが車を持ち上げ、ジェニファーは息子を引きずり出した。ぐったりとした息子を抱き寄せると、束の間の安堵は恐怖に変わった。パトリックのくちびるが、顔が、みるみる紫色になっていく。ぴくりともせず、声も出ない。泣き声も、咳ひとつも。あっという間に、すべての母親にとっての悪夢が現実になった。

この子は逝ってしまった。身も凍るようなその瞬間、ジェニファーは思った。

イントロダクション

「目的を持って人生を歩んでいるとき、
あなたは誰よりも強い」
——オプラ・ウィンフリー

リコシェが完璧な犬ではないといちばん先に認めるのは、リコシェ本人だろう。穴を掘るし、鳥を追いかけるし、ホリネズミをつけまわし、リスを狙って木に登る。いまだにごみ収集車に向かって吠えるし、風船が割れるとパニックを起こす。

それは別にかまわない。わたしたちは誰しも、ちょっとずつ変わっていて、足りないところがあって、変だったりおかしかったりするものだ。だからこそ特別なのだ。リコシェの旅は、誰もが持っている欲求を満たすための旅だ——ありのままの自分を認めてもらうこと。自分らしくあるよう励ましてもらい、無理な要求に応えられなくても責められないこと。わたしたちは欠点だらけで、完璧なのだ。

リコシェは普通の犬だけれど――今、シェルターにいる犬たちと同じくらい「普通」だ――特別な心を持っている。純粋で思いやりに満ち、やさしく、他人の魂に触れることができる心だ。子犬のころからリコシェはおばかさんで、やたらに元気がよくて、自信たっぷりだった。けれどおちゃめで愛嬌に満ちた彼女は、時間の制約の裏側、普通の人間がなんとか切り抜けるだけで精いっぱいの日常生活の裏側に隠されている、不思議な知恵を備えているようだ。それこそが、わたしがリコシェに見出したものだった。

わたしはずっと動物を愛してきた。けれどリコシェに会って初めて、犬たちが賢明な教師でメッセンジャーであること、耳を傾けさえすれば深い教えを授けてくれることに気づいた。犬はわたしたちの知らないことを知っている。わたしたちが昔は知っていたのに、理性で忘れ去ってしまったことを知っている。彼らの導きは濡れた鼻、揺れるしっぽ、甘えた表情、物思いにふけるようなまなざしに隠されていて、目と心を開いてメッセージを受け止めれば、正しい道を示してくれる。実際のところ、わたしたちには誰しも導きが必要なのだ。

人生は楽なことばかりではない。ときには手に負えないこともある。コントロールしようとしても、実際はまるでうまくいかないのだ。綿密に立てた計画がひっくり返されれば、いやでもこれから進む道について考え直さなければいけない。本書に登場する多くの人びとが、そうした真実に直面していて、わたし自身にしてもそうだった。人生という名の穏やかな水面を渡っていたはずなのに、激しい波に視界を奪われ、水中に引きずり込まれた。ショックから抜け出し、目を開けると、頬にはしょっぱい涙が伝い、水平線には想像したこともない未来が広がっていたのだ。二度と元には戻らない。

けれど本書に登場する辛抱強い人びとは、苦難のときこそ強さが問われることを教えてくれている。どんな障害も乗り越えて、喜びと人生の目的を取り戻すのだ。リコシェはこれらの勇気ある人びとと共に歩む幸運に恵まれ、自分にしかできないやり方で彼らを自由にして、心を癒し、自分を取り戻すよう導いたのだ。彼らやわたし、リコシェの物語を通して、どんなときでも希望はあること、それはあなたが誰でどこへ旅しても変わらない、と伝えたいと思う。

リコシェはたくさんの偶然に導かれてわたしのもとにやってきた。正直に言うけれど、わたしはその波に抵抗し、あやうく心が溺れそうになった。けれど最後に波を受け入れ、より大きな力がこの犬の行き先を決めて、わたしを一緒に連れていこうとしているのだと気づくと、世界ががらりと変わった。

不幸に見舞われた人間は、ひとりで暗闇にこもってしまうこともあるし、心を開いて他人を信頼することもある。リコシェがどちらの方向に導こうとしているかはおわかりだろう。しっぽを振り、やさしい表情で、きっとこう言うはずだ。「波に乗ろうよ。両足を上げて、どんなに高い波が来ても、しっかりと向き合おう」

第1章　きっかけ

「人生は恐怖の終わりから始まる」

――オショウ（バグワン・シュリ・ラジニーシ）

二〇〇三年　シカゴ

わたしは暗闇の中で跳ね起きた。

大きく目を見開いて、目覚まし時計の光を見る。午前四時四十八分。よかった。動悸がおさまらないまま、ほっと深いため息をつく。ただの悪い夢だった――いつもと同じ、悪い夢。わたしは大丈夫。誰にも追いかけられていないし、殺されかけてもいない。

胃の緊張をほぐそうと意識的に呼吸をしながら、額の汗をぬぐい、まぶたをこすり、ゆっくりと暗闇に目をなじませる。一日の幕開けにはちょうどいい時間だ。これからしばらく一緒に暮らすお客さまを迎えるために、やらなければいけないことはまだたくさんある。訓練のごほうびも、子犬用の道具も買っていない。コーヒーポットを探しに行きながら、わたしは頬をゆるめた。会ったこともない「小さな女の子」を、もうすっかり甘やかしてしまっている。わたしは介助犬候補の子犬の育成ボランティアに応募して、合格したところだった。書類によると、育てるのはゴールデン・レトリーバーとラブラドールの血を引くメスの子犬で、名前をリーナといった。リーナという発音で合っているのか、最初はよくわからなかったけれど、生後八週間の愛くるしい子犬は、わたしの中で長いこと眠っていた何かを呼びさました。子犬らしくあどけない写真を眺めているうちに、この小さな金色の毛のかたまりを守ってやらなければ、という気持ちがもう芽生えてきた。リーナはわたしのもとで一年ほど一緒に暮らすことになっていた。その期間が過ぎたら介助犬団体に戻って、上級訓練を受け、それから障害をもつ人のもとで介助犬を務めるのだ。

わたしはずっと、世界に変化を起こしたいと思って生きてきた。なんといっても、お気に入りの映画はフランク・キャプラの『素晴らしき哉、人生!』だ。ジェームズ・スチュワート演じるジョージ・ベイリーは深い苦しみを抱え、クリスマスイブに自殺を図ろうとするが、守護天使のクラレンスに止められる。もしジョージが生まれていなければ、周りの世界がどれだけ違ってしまっていたか――そしてどれだけ悲しいことが起きていたか――クラレンスは見せるのだ。よく思うのだけれど、ではわたしは誰かの人生に影響を与えたことがあるだろうか？ひとりでもいいから本当の意味で誰かを救えるまでは、この地上を去りたくなかった。だから介助犬を育てるのはいいチャンスだと思った。それに夫が出ていってからは、時間だけでなく場所もじゅうぶんあった。

六月二十日の午後、車でシカゴ・オヘア国際空港に行って貨物エリアを見渡した。犬を貨物として運ぶのは賛成できないけれど、団体のルールなのだからしかたない。生まれて初めて母犬やきょうだい犬と引き離された生後八週間の子犬は、いったいどんな気持ちでいるのだろう。たった一匹で空の旅に送り出され、世界に鼻先で触れようとしている子犬にとって、暗くて振動する飛行機の胴体はきっと恐ろしい場所のはずだ。

わたしは期待と不安に揺れながら、待合所をうろうろと歩き回った。航空会社の係員がケージを持って現れると、また少し鼓動が速まった。たぶん子犬はぶるぶる震えて緊張しているから、落ち着かせてあげなければ。ところがケージをのぞいてみると、そこにいたのは元気いっぱいの子犬だった。四本の足で立ち、エネルギー満タンで、わたしの人生に飛び込んでこようとしている。

急いで鍵を開けると、子犬は文字通り飛び込んできた――わたしの腕の中に。どこまでも小さく、どこまでも愛らしく、どこまでも完璧。やわらかく淡い金色の毛皮が、チョコレート色の瞳と黒い鼻を引き立てている。子犬らしくあどけない一方で、思慮深い表情は不釣り合いにも見えたけれど、今はピンク色の舌がわたしの目の周り、鼻、口を忙しくなめまわしている。もう心が通っているのを感じられた。

「あら、かわいい」通りすがりの女性が大きな声を上げて、いそいそとやってきた。

「この子は介助犬になるんです」わたしは誇らしかったけれど、女性が寄ってきてリーナの頭を触ろうとするのを見て、怪我をさせられないかさっそく心配になった。

「あら、この子の仕事が愛嬌をふりまくことなら、もう合格点ね」リーナに手をなめられた女性が、笑いながら言った。「すっかり好きになってしまいそう」

ええ、わたしも。

リーナは生後十六カ月ごろまで、わたしのもとで過ごす予定だった。わたしの仕事は安心できる家を与え、服従訓練のクラスに連れていき、外の世界になじむ機会を作り、そして何より愛情を注ぐこと。もちろん、いずれ団体に返さなければいけないことも、すぐに別れがつらくなることもわかっていた。そう考えるだけで、自分の選択のほろ苦さを感じた。けれどリーナはいつの日か、誰かの人生をよりよい方向に導く、かけがえのないパートナーになるはずだ。この子犬がわたしの人生に想像もつかないほど大きな影響を与えるなんて、そのときは考えもしなかった。

家に到着すると、わたしはリーナを抱いて木製のステップをのぼり、湖を見渡すポーチに出た。

「あなたとわたしは、ここでいっぱい遊ぶのよ」と、裏庭を指さして言う。

リーナをそっと抱えたまま、鍵を開けてアラームを解除する。部屋に入って床に下ろすと、リーナは勢いよく走っていき、家の中をかぎまわり、隅っこを調べ、買ったばかりのおもちゃに足で触れた。

新しい世界を生き生きと探検するリーナを見ていると、本当に久しぶりに気持ちが明るくなった。数週間のうちにリーナはいろいろなことを覚えて、成長した。湖畔のありとあらゆる場所に興味を持って、丸太によじのぼり、広いジャングルの中のライオンの子のように、鼻で草むらをわけて歩いた。生まれついての冒険家だった。初めてそろそろと水際に近づいたときは、湖に映った自分の姿を見つめて、力いっぱいしっぽを振った。わたしの顔をうれしそうに見上げて、新しい友だちが見つかったの、と言っているようだった。夜になると、わたしが投げたものを拾ってくるゲームで飽きずに遊び、やがて膝に乗ってきた。疲れきった子犬がわたしの首筋にもたれて眠りにつくと、ふわりとした毛皮が鼻をくすぐった。わたしたちは遊びの時間を満喫したけれど、もちろん訓練も一生懸命やった。

リーナは子犬を集めたクラスの優等生で、服従訓練でずば抜けた成績を取り、あっという間に上のクラスに進んだ。他の子犬と遊ぶのが大好きで、いちばんの仲良しはゾーイだった。友だちになれそうな犬を見つけると、わたしを引っぱってはっはっと息をするので、あまり興奮しないようにしつけなければいけなかった。介助犬になるなら、リードを引っぱるのは許されない。障害のあるご主人が急に引っぱられ、転倒して怪我をすることになりかねないからだ。団体からは「ジェントル・リーダー」を使うよう指示されていた。首輪と口ひもがセットになったしつけの道具で、輪の部分を首に装着し、ひもを口の周りにゆるくかける。介助犬の訓練士が犬の鼻やからだを行きたい方角に向けられるので、団体指定の首輪になっていた。あいにくリーナはこの道具になじめなかった。しばらく外そうとしてもがいてから、あきらめてがっかりした様子で床に伏せるのだった。わたしはリーナがかわいそうでならなかった。

リーナには他にもいろいろな癖があった。とりわけ自他ともに認めるティッシュ泥棒で、どこに隠しておいても引っぱり出してしまうのだった。ハンドバッグに入れておいても。ちぎったり食べたりしないかわり、口にくわえて得意げに歩いた。そんなとき、わたしは笑って手を差し出した。「ギブ（出しなさい）」するとリーナはあからさまにがっかりした表情で、わたしの手のひらにティッシュを落とすのだった。

「悪いわね、遊びの邪魔をしてばかりで」

やがてリーナの興味はティッシュから靴に移った。わたしが仕事から帰ってくると、玄関先は小さな靴屋のようで、リーナがくわえてきては置いていったサンダルやスニーカーが並んでいるのだった。庭に運んできてそのまま忘れてしまった片足の靴を見つけると、つい頬がゆるんだ。伝言メモを置いていったようなものだ。「リーナ、ここを訪れる」

靴への執着心をのぞけば、リーナの歩みは順調そのものだった。エネルギー満タンで、このままいけば必ず成功できるとわたしは思っていた。できるだけいろいろなことを経験させるために、どこへでも連れて行った。とにかく大勢のおとなや子ども、動物に出会って、どんな環境でも落ち着いてお行儀よく振る舞えるようにならなければいけない。リーナは気立てがよく、ユーモアのセンスもあって、よくわたしを見上げて笑っているような表情をした。うれしそうにしっぽを振り、からだを前後に揺するのだ。わたしたちの絆は日ごとに強まっていったけれど、それでも介助犬団体に返すという最終的な目標を見失うことはなかった。ひょっとしたらリーナには別の道があるのではないか、と言われても。

その日は心身のバランスを整えるエネルギー・ヒーラーのリンダに予約を入れていた。持病のリウマチを治療してもらっているのだ。ここにも当然リーナを連れて行くと、リンダがじっと見つめた。わたしたちのあいだのエネルギーを感じ取っていたのだろうか。

「この子はあなたの犬よ」と、リンダがはっきりと言った。

「違うわ」と、わたしは訂正した。「他の人のために育てているの」

本当はそう言われてうれしかったけれど、リンダが正しいかもしれないと認めたくはなかった。わたしはリーナに夢中だったけれど、リーナの使命は本当に必要としてくれている誰かの人生を支えることで、その邪魔をする気はなかった。

リンダが手を止めて、すべてを見通しているような笑みを浮かべた。治療を再開してからも、リーナにちらちらと目をやっていたけれど、それ以上は何も言わなかった。そのときはリンダの言葉を否定したけれど、決して忘れはしなかった。

木々の緑とセミの羽音が消えて、燃えるような紅葉と渡り鳥の鳴き声に取ってかわられてからも、リーナは散歩を楽しんだ。とりわけ雪の日が好きだった。ふわふわした白いかたまりに頭を突っ込んで、鼻をくすぐる雪のかけらをぶるぶると飛ばす姿は、小さなシロクマのようだった。ある日わたしは、すっかり凍った湖のふちまでリーナを連れていって、きらきらと輝く氷に乗ってみせた。リーナは湖畔で立ちどまって、不思議そうにわたしを見ていた。「どうして湖の上を歩いているの？」と聞いているように。

「おいで、リーナ！」わたしが足もとを探っていると、リーナが追いかけてきた。わたしたちは氷のふちにそって、よろけたりすべったりしながら歩いていった。足をふんばりきれず、リーナが腹ばいになった。

「大丈夫よ。今、助けてあげるわ」と、わたしは笑った。けれどリーナを抱えようとしても、数カ月前のようには腕の中におさまりきらなかった。こんなに大きくなってしまったなんて！

「もうすっかり一人前ね」雪の残る地面に下りられるよう支えてあげながら、大きな茶色の瞳をのぞきこんだ。わたしの心をすっかりつかんでしまった瞳を。

リーナが十四カ月になったある日、介助犬の訓練センターに一泊させることにした。もうすぐわたしと別れて、ここで上級訓練を受けることになる。ほんの短い訪問にしても、これから過ごす場所になじむチャンスを作ってあげたかった。一泊のステイの目的は、育成の期間が終わる日、捨てられたと思わせないことと、変化を受け入れやすくすることだった。その日、別れの挨拶をしたあとも、わたしはそれほど心配していなかった。きちんと面倒を見てくれる人たちのもとにいるし、介助犬としてのキャリアと、生涯の家に一歩近づいたのだ。

末っ子を初めて友だちの家でのお泊まりに置いてきた母親のように、翌朝リーナに会うのが待ちきれなかった。ところが迎えに行ってみると、ひと目で様子がおかしいのがわかった。リーナはわたしの姿を見ても喜ばなかった。いつものエネルギーと気力はどこかに消えていた。ぼんやりとして、心ここにあらずという感じだ。きっと初めて犬舎に泊まったせいだろう。だからすぐ元に戻ると思って、わたしはリーナに「おすわり」と「待て」の号令をかけたまま女性の訓練士と話をした。そのときになって、リーナがおしっこをしているのに気づいた。いつまでも、いつまでも。

暗く、濃い色の水たまりが床に広がっていった。今までこんなことは一度もなく、リーナは恥ずかしそうだった。子犬の膀胱では考えられないほどの量のおしっこが流れ出るのを見て、わたしはぞっとした。どう見てもセンターに預けてからの二十一時間、ずっとおしっこをしていなかったのだ。

訓練士の無関心な様子に、わたしは腹が立った。かわいそうなリーナ！　わたしは犬舎に目をやった。誰か、犬用のドアの使い方をリーナに教えようとしたのだろうか。どうせ教えていないのだろう。わたしの家には犬用のドアがないので、リーナは使い方を知らなかった。そこでお行儀のいいリーナは、おしっこをがまんしてしまった。どうしてもしつけられた通りにしたくて、その場でするなどいやだったのだ。わたしに会っても喜ばないはずだった——少しでも動いたら、たちまちこらえきれなくなってしまうと思ったのだろう！　リーナはうなだれて、わたしと目を合わせないようにしながら、おしっこをしていた。

怒りがおさまらないわたしをよそに、訓練士はリードを使った矯正方法についてだらだらとしゃべっていた。長めのリードをぐいと引っぱって、やってはいけないことを教える方法だ。正直に言って、わたしはこの方式の矯正が大嫌いで、今になってからそれが団体で訓練の一環として使われているのを知った。そんな強引なやり方をしなくても、善悪を教えるもっと前向きな方法はないのだろうか。

「こうやって、すばやく引っぱるのよ」訓練士は、リーナにつけたリードを強く引いてみせた。

訓練士は大柄でぶっきらぼうな女性で、小さな犬はもちろん、ほとんどの人間さえもおじけづくような相手だった。またリードをぐいと引っぱるのを見て、わたしは目が点になった。リーナは間違ったことをしていないのに！　何の矯正をしているつもりなの？

次に訓練士は、姿勢よく座るよう命じた。簡単な命令だけれど、おびえきったリーナには無理な注文だった。耳を寝かせて、床にうずくまり、このまま地面にもぐってしまいたいとでも言いたげだった。それでも訓練士は異変に気づかず、リードを引っぱり続けて、ますますリーナを追いつめた。

この子はジェントル・リーダーが苦手なんです、とわたしが言うと——なんてことだろう！——訓練士はわざわざジェントル・リーダーを持ってきた。問題を「修正」するやり方を見せてくれようというのだ。リーナがいやがるのはわかりきっていたので、訓練士がジェントル・リーダーをつけるのを見ながら、わたしは思わずびくりと身を震わせた。リーナは抵抗したけれど、それもほんの少しのあいだで、どうしたらいいのかわからなくなっていた。

「ひもをきつくしたらどう反応するか、見てみるわね」と、訓練士が言った。

どう反応すると思っているの？　怒りに燃えているのに、言葉が出てこない。どうして文句を言えないのだろう？　リーナの味方をしてあげられないのは、なぜ？

罰を受けている理由がまったくわからず、リーナはとうとう降参してしまった。床にふせた姿勢で固まり、ぴくりとも動かず、いつもなら誰が部屋に入ってくるのかじっと見つめるのに、それもしなくなった。無神経な暴君の手から救い出そうと、わたしはとっさに言った。

「リーナが遊ぶところを見てみませんか？」

幸いにも訓練士はいいアイデアだと思ったようで、手をたたき、リーナを遊びに行かせた。

「ほら、しっぽを振っている」と、彼女。

本当ならずっとしっぽを振っていなければおかしいのよ！　わたしはそう言いたかったけれど、今度も黙っていた。

リーナをプレイルームから連れ出したとき、部屋の真ん中にふんをしていたのに気づいた。これも、家では一度もしたことがない。わたしはリーナの失敗を責めなかったけれど——だって生理現象なんだから——どうせならもっといい場所にしてくれたら、とは思った。たとえば訓練士の靴の中。

帰宅してから、頭の中を数えきれないほどの疑問がかけめぐった。わたしは大げさに反応しているのだろうか？　神経質になっている？

あれが介助犬を訓練する正しいやり方なら、たぶんわたしは向いていないのだろう。育成ボランティアの仲間から聞いた話だけれど、何かの理由で介助犬の訓練から外されて帰ってきた子犬は、すっかり生気をなくしていることがあるという。リーナの身にそんなことが起きるかもしれないと思うと、胸をしめつけられた。ロボットなんかにならず、生き生きとしたままでいてほしかった。

脳裏に浮かぶ、さっきのリーナの姿には耐えられなかった——悲しげで、おびえきったリーナ。それでも一時的な苦痛にこだわるのをやめて、助けを待っている、障害のある人のことを考えるべきなのかもしれない。わたしはリウマチのような厄介な病気を抱えて暮らすつらさなら知っていても、より大きなハンディを背負った人たちについては、想像することしかできなかった。つい人間より動物のことを考えてしまうけれど、もしかしたら視点を変えるべきなのかもしれない。要するに、目的が手段を正当化するというわけだ。

それでもリーナの瞳に浮かんだ恐怖の色が頭から離れなかった。わたしは恐怖というものをよく知っている。ほとんど毎日、それと闘ってきたからだ。

「心配するな。きみは安全だよ」夫がわたしを落ち着かせようとする。「誰もきみを傷つけたりしない」

けれどわたしは、心の底で恐れている。ようやく湖に面したすてきな家に住むことができて、あたりの治安もいいというのに、誰かが車でやってきて家に押し込み、襲いかかってくるのではないかという、理不尽で不吉な恐怖を抱えている。

夜が更けるとパニックが忍び寄ってくる。「お願い」と、夫に頼む。「火かき棒をベッドの下に置いて寝て。不安なの。お願い、万が一のために」

夫が街を去ってからというもの、ずっと気が休まらなかった。朝の光が差しこんできたあとも、チャイムが鳴ると激しいパニックの発作に襲われた。その場に棒立ちになり、怖くてドアに近づくこともできない。ドアを開ければ外にいる誰かに殺されるし、開けなければ連中は力ずくで入ってきてわたしを殺すだろう。どちらにしても命が危険だった。

理不尽だとわかってはいたけれど、どれだけ努力しても、その恐怖からは逃れられなかった。

気を紛らわせようとしても、いつの間にかリーナの未来について考えていた。一緒にいられる時間はあと少し。リーナはそこまでつらい思いをしないかもしれない、と自分に言い聞かせようとした。訓練で断トツの成績をおさめて、やさしい人の介助犬になれるかもしれない。でも心のどこかで、訓練なんてやめてしまえばいいのに、と思っていた。わたしと一緒にいてほしかった。自分勝手な考えに後ろめたさをおぼえたけれど、どうにもならなかった。繊細な性格のリーナは、厳しい訓練環境に耐えられるのだろうか。

エネルギー・ヒーラーのリンダは、気持ちを整理するために、レベッカという有名なアニマル・コミュニケーターに連絡を取るよう勧めてくれた。アニマル・コミュニケーターとは、動物と人間の意識のやり取りを手助けする人のことだ。コミュニケーションは電話でできるらしく、質問をすればレベッカを通してリーナの答えが返ってくるという。雲をつかむような話だったけれど、気を楽にしたくてやってみようと思った。損するとしても、たかが数ドルじゃないの。

レベッカと電話をしているあいだ、リーナはリビングの床に寝そべって、犬用のおもちゃをかじって遊んでいた。見たところ普段どおり落ち着いていたし、変わった印象も受けない。それなのにレベッカは、恐ろしいほどの洞察力を発揮してみせた。

「リーナは犬の学校に行くのを不安がっているわ」と、レベッカが指摘する。「何か悪いことをしたから、行かされると思っているの」

「悪いことなんかしていないと言って」と、わたし。「訓練が終われば、やさしい家族と暮らすことになるのよ。もう少しだけ、訓練を積まなければいけないの」

「もうこれ以上覚えられないんじゃないかと、心配しているのよ」少し間を置いてから、レベッカが言った。その答えに、わたしは胸が詰まった。

どうやらリーナも、訓練センターの人たちは厳しすぎると思っているらしい。どうしてもっと「楽しく」やれないのか、わからないという。リーナの感じたとおりだと思っていたけれど、レベッカに頼んで、リーナには使命があること、大切な仕事をするために生まれてきたことを伝えてもらった。わたしのためではなく、誰かのために働くのだ。

ひととおり会話が終わるころ、リーナは学校に行くと約束してくれたけれど、気が進まないようだった。どうしたらいいのかわからなかった。リーナは決して「わたしの犬」ではない。そして思いついた。「もうひとつだけ、リーナに伝えて」と、わたし。「どうしようもなくなったら、そこにいるのがいやでたまらなくなったら、うなり声をあげなさい」

訓練中の介助犬は、うなり声をあげたら即座に不適格と判定される。モノポリーで使われる「刑務所から釈放」カードのようなものだ。そんな極端な方法を教えるのは気が引けたけれど、リーナが潰されそうになったときのために、なんとか逃げ道を作っておいてあげたかった。手段さえあれば、リーナは自分で判断できるはずだ。

返ってきた答えは「そんなことはできません」という、やさしく穏やかなリーナらしいものだった。


二カ月後の二〇〇四年八月十五日、上級訓練を始めるために、リーナを団体の手に委ねる日がやってきた。そのときがきたのだ——さよならのときが。けれど訓練センターに到着すると、リーナと別れられなくなった。車の中から事務局に電話して、正直な飼い主なら誰でもすることをした。嘘をついたのだ。

「出発の前にリーナに会いたいという友人がいるんです。明日、連れて行きます」

相手はしぶしぶという様子ながら、了解してくれた。

わたしはおまけの日の一分一秒を味わった。何度もリーナを抱きしめて、ものを投げて遊ぶ。公園に行ってリードを外し、林の中を走らせる。元気いっぱいに落ち葉をかきわけて走るリーナの毛皮の上で、木洩れ日が踊った。リーナは恐れを知らない好奇心のかたまりで、鼻をくんくんいわせ、ちぎれんばかりにしっぽを振っていた。つい頬がゆるみ、近いうちにまたリーナがこんなふうに幸せになれることを祈った。

翌朝、訓練センターの外に停めた車の中で、わたしはリーナを抱き寄せた。

「きっとうまくいくわ」と、約束する。リーナを励ます言葉をかけていたはずだったけれど、本当は自分を励ましていたのだ。両手でなめらかな両耳をなでて、毛皮に顔をうずめ、歯を食いしばった。

「これがあなたの運命なのよ」首すじの毛に涙がこぼれる。「きっと立派な介助犬になれるわ」

リーナがいつもの深いチョコレート色の瞳で見上げた。行かなければいいのに、と心の底から思った。矯正訓練におびえているリーナの姿が目の前をよぎり、ますます涙がこらえられなくなった。

涙をふいて、リーナを建物の中に連れて行った。アシスタントが建物の中を案内し、犬舎に連れて行ってくれた。長い時間のようで、本当に切ないほどわずかな時間だった。ドアを開けてリーナを犬舎に入れてやりながら、なんとかして涙を流すまいとした。ここにいるのは悪いことなのだ、とは思わせたくなかった。

腰をかがめて、最後にリーナの目を見た。

「約束するわ。介助犬を訓練する別の方法を探すから。もっと楽しい方法を探すわ」わたしは本気だった。

廊下を引き返す途中で、ついうっかり振り向いてしまった。リーナが首をかしげて、すがるような目でわたしを見た。どうして置いていくの？　そうたずねる声が聞こえるような気がした。置いていかないで。

走っていって抱き上げ、心の底ではリーナの家だと確信している我が家に連れて帰りたかったけれど、そうしないよう全身に力を入れた。捨てていくのではない、と言いたかった。でも、わたしもリーナもわかっていた――捨てていったのだ。

けれどわたしは、リーナを返すよう義務づけられていた。できることはなかった。

リーナを離したときの痛みを思い出すと、胸が苦しくなった。わたしはまた、愛するものを失おうとしていた。

第2章 幼いころ——喪失と恐怖

「閉ざされた心こそが最悪の刑務所だ」
——ヨハネ・パウロ二世

一九六八年　シカゴ

「お利口さんね、ラジャー」わたしは小さく砕いたプレッツェルを、手のひらに乗せて差し出した。

ゴールデン・レトリーバーの血を引くかわいい犬は頭を低くして、そっと贈りものを受け取った。わたしはレンガ造りのアパートの外の歩道に座って、やわらかい毛皮をなでていた。隣にいるラジャーは、十一歳のわたしが作る影の中で、楽しげにはっはっはっと息をしていた。

向こうで鳴っているパトカーのサイレンは気にならなかった。このあたりでは珍しくもないことだし、ラジャーにフラフープくぐりという新しい芸当を教えるのに夢中になっていたからだ。「おすわり」と「取ってこい」は、もうできていた。ラジャーは物覚えが早いから、跳んでフープをくぐるのもそう遠くないうちにコツをつかむだろう。母が動物愛護協会からラジャーを引き取ってきたのは、大声で吠えて泥棒を追いはらう番犬がほしかったからだ。母は番犬を、わたしは友だちを手に入れた。

わたしが育ったシカゴ中心部では、ギャングが我がもの顔で歩いていた。七月四日の独立記念日の花火のように銃声がとどろき、毎晩のようにパトカーのサイレンが響き渡った。それでもここはわたしの故郷だった。

父方と母方の祖父母はそれぞれ、イタリア系が大半を占める地域の道路の両側に住んでいた。大勢のおじ、おば、いとこが、わたしたちと同じ建物や区画に住んでいた。

祖父母は四人とも「田舎もの」で、昔ながらの生き方をしていた。父方の祖父は気難しくて、めったに笑顔を見せず、泥棒に遭うのではないかといつも気を揉んでいた。祖母は長い金髪をお団子にまとめていた。子どもはわたしの父を含めて息子が四人。子どもたちが小さいころ、祖父は「愛のムチ」という名のもと、肉体的にも精神的にも彼らを虐待した。家族には暗い秘密もあった。精神疾患だ——統合失調症、うつ、不安障害、心気症、あるいは虐待と恐怖の中で日々を過ごしたことの後遺症。

わたしたちは愛情表現が豊かなほうではなく、スキンシップもめったになかったけれど、それでも仲は悪くなかった。父方の祖母はイタリア料理を作ると、床をほうきの柄でどんどんと突いて、鍋やお皿を取りに来るようわたしたちに合図するのだった。

母方の祖父母はポーランド出身だった。わたしが五歳のときに亡くなった祖父に関しては、お葬式の日、台所のテーブルの上で誰かに喪服を着せてもらったことくらいしか思い出がない。祖母はふっくらとした人で、バブーシュカというロシア風のスカーフをかぶり、よく台所の床でジグソーパズルをしていた。風邪を引くからと言ってアイスキャンデーを食べさせてくれず、牛乳も「体が冷えないように」温めてからやっと飲ませてくれた。わたしたちが横を通ると耳を隠した。巻き起こった風のせいで、具合が悪くなると思っていたのだ。

わたしにはマリアという姉にフランキーという兄、ボビーという弟がいた。父はヘビースモーカーだった。そして薬にどっぷり浸かっていた。いつも耳に新しいタバコを挟んでいて、口にくわえた今にも灰になりそうなタバコの火を移すのだった。

父とわたしは近所を歩き回って炭酸水の空きびんを集め、遊園地に行くためのお金を稼いだ。遊園地に行ったのは子ども時代の楽しい思い出のひとつだけれど、やがて父は連れて行ってやると言うばかりで、いつも約束を破るようになった。

わたしは人一倍気配りをする子どもで、いつも他人の力になりたいと思っていた。八歳のころ、親しくしていた一家の幼い男の子が聴覚障害と診断されたと聞いて、小銭がいっぱい入ったブタの貯金箱を持っていき、男の子の母親に差し出した。

「はい、どうぞ」と、わたし。「これで補聴器を買ってあげて」

子ども時代の楽しい思い出はたくさんある。シカゴの有名なパン工場〈ゴネーラ〉から流れてくるいい匂い。暑い夏に消火栓から吹き出す水をくぐって遊んだこと。近くの湖まで自転車で出かけたこと。

それでも消えないのが喧嘩の記憶だ。両親はいつも言い争っていた。八歳のころ、椅子の陰にうずくまったわたしの目の前で、怒った父がテーブルをひっくり返して壁に叩きつけた。別の夜、母の隣で眠りにつこうとしていると、寝室のドアのところで父が騒ぎ始め、おまえの心臓にはさみを突き刺してやるぞ、と母を脅した。父が興奮していたのは薬のせいだったけれど、原因なんてどうでもよかった。ただ怖いという感情しかなかった。

わたしが十歳のとき、母はとうとう喧嘩に嫌気がさし、父が何をするかわからないのにもうんざりして、わたしたちを連れて道路の反対側の祖母の家に引っ越した。父にはいつでも会えたけれど、薬物依存がひどくなるにつれて、気持ちの面では遠い存在になっていった。父は自分で薬を使うだけではなく、売人もしていた。当時は気がつかなかったけれど、わたしと弟をときどき取り引きの現場に連れて行っていたようだ。子どもたちがドラッグストアのカウンターで、クリームソーダをちびちび飲んでいるあいだに、薬剤師から催眠剤や向精神薬を受け取るのだった。わたしたちは近所のバーに連れて行ってもらい、ピンボールをしたり、プレッツェルを食べたりもした。父がどんな薬物を売っているのかは知らなかったけれど、ときどき戸棚をのぞくと、赤や青の錠剤のびんがずらりと並んでいた。父の家にいると「お客さま」が来て、ポーカーやジン・ラミーの相手をしてくれることがあった。「お客さま」が来るのはうれしかった。二十五セント硬貨を何枚かくれるので、おやつを買いに行けたからだ。

夜になると、父はよく道路の反対側の家からボビーとわたしに電話をかけてきた。父がハイになっているのがわかった。わけのわからないことをまくし立て、しゃべっている途中で話題を変えるので、まともな会話が成り立たない。わたしたちは受話器をテーブルの上に置いてその場を離れ、テレビを観に行った。そろそろ父が黙るころになると、受話器を取って、一方通行の会話に終止符を打った。「ごめんね、父さん。もう切らないと」わたしたちが聞いていないことに、父はまったく気づかなかった。

母方の祖母が住む二階建てのアパートに引っ越してまもなく、一階の住人の部屋に泥棒が入った。わたしは祖父母や両親から、泥棒に対する恐怖を刷り込まれて育っていたけれど、本当に事件が起きるのは別の話だった。わたしは震え上がった。姉もすっかり神経質になって、窓辺に粘土を塗りつけ、画びょうをいくつも埋め込んだ。鋭い針が泥棒よけになると思っていたのだ。でもわたしは知っていた。連中が本気で押し入ろうとしたら、どんな手を打っても無駄だ。

それからというもの、正面玄関から入るのが怖くてしかたなかった。一階の部屋の前を通らなければいけないからだ。待ちぶせしている誰かが飛び出してきて襲いかかるのではないだろうか。階段の下には倉庫のドアがあって、階段をのぼろうとすると誰かが飛びかかってくるに違いないと思った。郵便受けは一階で、郵便物を取ってくるよう母に言われるといつも怖くなり、全速力で階段を駆け下りて、また駆けのぼるのだった。

十六歳の誕生日を目前に控えた一九七四年八月のある晩、わたしの恐怖は現実になった。友だちのテリーと一緒に別の友だちを家まで送っていき、テリーの家に戻る途中、ゆっくりと横を走っている車に気づいた。若い男が何人も乗っていて、わたしたちを見つめていた。つけられていたのだ。

中学生のころ、授業ではこう教わっていた。「車がやってきたら、反対の方向に走って逃げなさい」そのとおりにしたけれど、あいにく角のところでふたりが車から降りて、徒歩でつけていたのだった。向きを変えて走ったけれど、遅かった。逃げきれなかった。

わたしは突き飛ばされて、歩道に転んだ。相手の顔は最後まで見えず、足首まであるスニーカーをはいた四本の足に取り囲まれたのだけがわかった。風景がぼやけた。後になって気づいたのだけれど、連中はわたしとテリーを車に押し込んで、おぞましい行為に及ぼうとしていたのだろう。そのとき頭にあったのは、呼吸をすることだけだった。ヌンチャクの鎖の音が聞こえたけれど、からだは麻痺していた。こん棒と鎖が打ちおろされ、繰り返し頭を殴られても、軽くつつかれている程度にしか感じなかった。すべてが薄ぼんやりとして、意識が遠のく。そのとき向こうのほうで、くぐもった悲鳴が聞こえた。テリーの声か、わたし自身の声か。

幸いにもその悲鳴は、道路の反対側で、玄関先のポーチに座っていた隣人のエディまで届いた。助けを求めているのが誰なのか、それは関係ない。この地域は住人どうしの絆が固く、互いに守り合うという暗黙の了解があるのだ。エディはその約束事どおりに動いた。暗闇に向かって大声でわめき、わたしを襲っていた男たちをあわてさせた。ふたりはわたしの傷だらけのからだを跳び越え、車に駆け寄って、あっという間にいなくなった。

アドレナリンがどくどくと脈打つ中、わたしは跳ね起きて、耳になじんだエディの声がする方角に走った。頭がぼうっとしていたけれど、道路の向こう側にテリーとエディが立っているのが見えた。ところがそばに寄ると、エディが拳を振り上げた。わたしが闇の中から現れた、正体不明の人間に見えたのだろう。

「やめて！」と叫び、わたしは頭に盛り上がり始めた大きなこぶのようなものをなでた。

無事で本当によかった。全身が震え、かつてないほどの恐怖に痺れていたけれど、わたしは無事だった。今思うと、たぶんエディの大声に救われたのだろう。

他の隣人たちも飛び出してきて、何が起きたのかと様子をうかがっていた。何人かが車で男たちを追いかけたけれど、結局逃げられてしまった。

テリーの母とわたしの母が急いでやってきて、ぎゅっと抱きしめてくれた。

その後、事件が話題になることはなかった。口にさえ出さなければ、頭の片隅に追いやり、なかったことにしてしまえるとでもいうように。その夜のわたしの日記が証拠だ。これしか書かれていない。「今日の夜、テリーとふたりで襲われた。ハロン・ストリートを歩いていたとき。わたしは頭を殴られた。テリーは逃げた」

こんなふうに淡々と書かれていたら、暴漢に襲われたのではなく、アイスクリームを買いに出かけたくらいにしか思わないだろう。わたしはその体験を無意識の奥底に押し込めた。けれど深いところでは痛みが消えなかった。殴られてからだに負ったダメージは、時間が経つと消えた。でも精神的なショックはずっと残った。

事件のすぐあと、わたしは若年性関節リウマチを発症した。今でも治っていない。原因は大人になることへのストレスと恐怖、あるいは襲われたことだろうか。もしかしたら溜まっていた心の痛みが、関節の痛みという形で噴き出したのかもしれない。発症したばかりのころ、関節は燃えるようだった。両膝がいちばんひどく痛み、両手と手首、両ひじも痛んだ。足の痛みがひどいときは、歩くこともできなかった。あまりにつらいので、学校を休まなければいけない日もあった。もちろん、体育の授業はすべて見学だ。

からだの痛みと精神的な不安定さが重なって、わたしはうつ病になった。ベッドに座ったわたしを、愛犬のラジャーが番兵のように見守っていた。鼻をシーツの上に乗せて、深く黒い瞳でこちらを見つめている。直接痛みがやわらぐことはなくても、ラジャーは大切な存在だった。

この地域には前からギャングがいたけれど、テリーとわたしが襲われたあとの数カ月間で、ますます多くの血が流されるようになった。よそから車でやってきたギャングが、ヘッドライトを消したままゆっくりと道路を走り、敵対するグループのメンバーを見つけて撃とうとしていた。縄張りをめぐる争いは果てしなく続き、わたしの友人たちが犠牲になった。最初はＪＴというあだ名の友人だった。

ある夜、ＪＴはふいに自宅から姿を消した。仲間がトラブルに巻き込まれたと言われておびき出されたのだとも、拳銃を突きつけられて拉致されたのだとも言われたけれど、細かいことはどうでもいい。翌朝、廃品置き場にはだしで倒れているＪＴが見つかった。頭を六発、肩を一発撃たれていた。ＪＴの無残な死のあとも殺人は続いた。ひとりは車で轢き殺され、ふたりはそれぞれ別の場所にいるときに、走ってきた車から撃たれた。友人のきょうだいはギャングの仲間と勘違いされて、小学校のそばで射殺された。教区の司祭までもが、真夜中のクリスマスイブ礼拝のあと、スリと揉み合いになって撃たれた。

近くの住宅街のティーンエイジャーが卒業記念パーティやディスコのために着飾っていたころ、わたしたちは喪服に身を包んでいた。大勢の死は恐怖の伝言ゲームのように地域を揺るがし、みんな肩ごしに後ろをうかがって、今度は誰の番かとおびえていた。

わたしはギャングの抗争で友人たちを失ったばかりでなく、三年のあいだに祖父母のうちのふたりを亡くした。父方の祖母は一九七五年、祖父は一九七八年八月に世を去った。その年は、あやうく兄のフランキーまで失うところだった。感謝祭の日、フランキーはバーで一ドルを賭けてピンボールをしていた。フランキーが負けたので、相手はカウンターで金を受け取ろうとしたけれど、バーテンダーは他の男に金を渡してしまっていた。兄の相手と、金を横取りした男が一触即発の状態になった。仲裁しようとして、フランキーはふたりのあいだに割り込んだ。

「撃つんだったら、おれを撃てよ」と、兄は横取りした男に冗談のつもりで言った。同じ学校に通った仲なので、まさか本気にするとは思っていなかったのだ。けれど身動きする間もなく、銃弾が左の胸、心臓のすぐ下に炸裂した。

わたしは家で眠っていた。惨劇について知ったのは、朝早く警官が玄関のドアをノックしたときだ。母に事情を説明する警官の声を聞くうちに、わたしの心臓の一部は凍りついた。何度も味わった恐怖。知り合いで、銃で撃たれて助かった人はほとんどいない。フランキーも同じ運命にあるとしか思えなかった。

わたしたちが病院に駆け込むと、フランキーはストレッチャーで手術室に運び込まれるところだった。母が走り寄った。束の間、フランキーが意識を取り戻して母の目を見つめた。兄は深刻なうつ状態で、何カ月も自殺を考えていたのだけれど、母の目に浮かんだ心配の色から深い愛情を感じ取ったという。そのとき、生きようという意思が芽生えたのだ。

一年前、司祭が撃たれたときに処置をした外科医がフランキーの担当だった。わたしや司祭の祈りが効いたのか、あるいは粘り強く処置をしてくれた素晴らしい外科医のおかげか、はっきりわからないけれど兄は助かった。銃弾が小腸、すい臓、脾臓に傷をつけ、一カ月以上入院する羽目になったにしても、とにかく一命を取り留めたのだ。フランキーには運があった。

わたしが二十一歳だった一九八〇年、父の薬物依存は最悪の状態だった。シカゴの冬は凍えるほど寒いけれど、乱雑なアパートを暖めるにはお金がかかる。寒さを乗り切ろうと、父はパーカーを着込んだ。ある夜、タバコに火をつけようとしてガスレンジに身を乗り出したとき、パーカーが燃え上がった。やけどは皮膚移植が必要なほど重く、父は何週間も熱傷専門病棟で過ごした。

わたしは病院のベッドの横に座って、包帯を巻かれた、父の痛々しい真っ赤な顔を見つめた。口にチューブを何本も差し込まれ、機械につながれていたので、しゃべるのもつらそうだった。父が手を伸ばすと、恐ろしいものが近寄ってきたような錯覚に襲われた。まるで『ナイト・オブ・ザ・リビング・デッド』のゾンビだ。このときの記憶は、何年も脳裏を去らなかった。

翌年、母方の祖母がすい臓がんだとわかった。祖母は何カ月も勇敢に闘った。母は仕事が終わると毎日バスで病院に行って、祖母に付き添い、夜になってから疲れ果てて帰ってきた。もう手のほどこしようがないと医師に言われて――できるだけ楽に最期を迎えられるよう、努力するということだった――母はどんなに落胆しただろう。親を失うというのに、できることは何もなかったのだから。それなのにわたしたち家族は、母の抱える悲しみや恐怖を分かち合おうとしなかった。わたしは聞きもしなかったのだ。

祖母はとうとう力つき、一九八一年の母の日に他界した。わたしが母の涙を見たのは二度だけだ。どちらもごく短い時間で、このときも母はわたしたちのために強い自分を崩そうとしなかった。心の痛みを抱えて孤独だったはずなのに、祖母の遺品を整理するという作業に取りかかり、新しい家まで見つけてきてくれた。どうしたわけか、誰もが母にのしかかるストレスを見逃してしまった。

五カ月後の十月十七日、父がひとり暮らしのアパートで亡くなった。急に心臓が止まったのだけれど、驚きはなかった。長年の薬物依存のツケが回ってきたのだ。誰かが立ち寄るまで――たぶん薬の売人だろう――父は二日間そのままだった。チャイムに応答がなかったので、訪問者はドアをこじ開けて中に入り、遺体を発見した。腐敗がひどく、棺の蓋を開けた状態での葬儀はとてもできなかった。葬儀場で顔を見ようとすると、父の友人に止められた。娘にそんな姿を見せたくないはずだ、と。

これほど別れが続いても、わたしはまだ本当の悲しみを知らなかった。それはまもなく訪れようとしていた。

その年のクリスマスの一週間前、母は息苦しさを感じていた。二年前に心臓発作を起こしていたこともあって、入院することになり、呼吸を安定させる治療を受けた。四日後に退院したけれど、医者にはからだを休めて無理をしないよう言われていた。無理をしないとはどういうことか、母はよくわかっていなかったけれど、わたしたちは平気だろうと思っていた。それくらい元気そうに見えたのだ。だからクリスマスイブの朝、あわただしく仕事に出かけるときに、わたしは母にからだをいたわるよう言わなかったし、必要なものはあるかとも聞かなかった。猫の毛のブラッシングを頼んだだけだ。それが母にかけた最後の言葉になってしまった。

クリスマスイブは、わたしたち家族にとっていちばん大事な祝日だった。ふだんならツリーを置いて飾りつけるのだけれど、新しいアパートに引っ越して三週間しか経っていなかったので、プレゼント交換やツリーの飾りつけはしないことにした。その年はいろいろなことがありすぎたのだ。静かに、家族水入らずの夕食を楽しむつもりだった。母と弟、姉、義理の兄、わたし。それが本当のクリスマスというものだろう。

わたしたちはまったく知らなかったのだけれど、その日の朝、母は友人に電話をかけて、クリスマスツリーがないのは悪いような気がするわ、と話していたらしい。明るい祝日の雰囲気がほしいと思った母は支度をして、身を切るような風と雪の中、八ブロック離れた日用品店まで歩いて行った。そこでクリスマス用のテーブルクロスを買った。これでアパートが華やぎ、クリスマスらしくなると思ったのだろう。帰り道、自宅まであと半ブロックというところで、葬儀場の前で倒れた。

弟のボビーが家に帰ると、ドアに簡単なメモが貼ってあった。「お母さんが道で心臓発作を起こして倒れた。病院にいる」

数分後、わたしが玄関に入ると、ボビーが受話器を置いているところだった。顔は見えなかったけれど、無意識のどこかで悪い知らせに違いないと思った。

部屋に入るか入らないかのうちに、ボビーが早口で言った。「一緒に来てくれ！　母さんが病院に運ばれた」

ボビーとわたしは車で街を急いだ。それでも最悪の事態は考えていなかった。だってクリスマスイブなのだから。ところが看護師に案内された家族用の待合室には、臨終の儀式のために司祭が呼ばれていた。覚悟を決めておくべきだったのかもしれないけれど、まさか母が危ないとは思いもしなかった。

「お母さまは心臓発作を起こしました」と、看護師が淡々と説明した。「バイタルサインがだいぶ低下していて、医師が蘇生を試みています。意識がありませんが、手は尽くします」

姉と義理の兄に連絡すると、ふたりともすぐにやってきた。事態の深刻さと、その年に不吉なことが次々起こったのを考えても、わたしは母が助かると固く信じていた。まだ五十四歳なのだ。これでおしまいのはずがない。

二時間後、残りの家族も小さな待合室に揃ったころ、さっきの看護師と医師が戻ってきた。穏やかに、そしてゆっくりと、医師は母が亡くなったと告げた。それっきりわたしは何も聞こえなくなった。ぼろぼろと涙が流れた。気が遠くなりそうだった。

「どうしてなの？　どうして？」と、わたしは口走った。なぜ？　どうして？　心が悲鳴をあげ、現実を否定し、わたしはヒステリックに泣いた。いや、いや、いや！

弟のボビーがこぶしで壁を殴った。先ほどの看護師に――あやふやな記憶の中では薄ぼんやりとした顔しか思い出せないけれど――精神安定剤がほしいかと聞かれたことは覚えている。

「そんなものは必要ない！」義理の兄のテリーがぴしゃりと言った。

すると看護師が、母に会いたいかとたずねた。きょうだいは会いに行ったけれど、わたしはその場に残った。どうしても無理だったのだ。クリスマスイブだというのに。こんな日に神さまが母を奪っていくなんて。心の痛みを知っていたつもりでも、今回は魂を引き裂かれるようだった。これほどのショックと喪失は経験がなかった。世界のすべてが変わってしまった。わたしは抜け殻だった。

家族全員が呆然としたまま病院を去り、別人のようになって帰宅した。わたしたちは孤児だった。自分たちだけで悲しみを抱え込み、クリスマスが過ぎるまでは葬儀の手配もできなかった。友人たちにも連絡しなかった。みんなの祝日を台無しにしたくなかったからだ。

これまでの暮らしは壊れてしまった。我を失った弟とわたしは、大小のクリスマスの飾りやクリスマスカードをまとめて片っぱしから引きちぎった。叩きつけられ、粉々になった鮮やかな色つき電球は、打ち砕かれたわたしたちの心そのもののようだった。

わたしは家からクリスマスの飾りを片づけて、形の上でも気持ちの上でも、クリスマスに別れを告げた。母が祝日用の飾りを買いに行って亡くなったことを思うと、二度とお祝いなどしたくなかった。飾りをすべて捨ててしまっただけではなく、クリスマスという存在そのものも切り捨てた。あの日からわたしにとって、クリスマスのお祝いはないものになった。祝日の空気がいやでたまらず、その時期が来るとひどく気がふさいだ。

わたしは心を閉ざした。まだいろいろな意味で幼く、母を必要としていたのに、母は逝ってしまった。永遠に。わたしが誰よりも愛して、その存在を求めて、ただひとり信頼していた母。もうわたしを助けてくれることもなければ、結婚式に出席して、後ろのほうでそっと喜びの涙を流すこともない。わたしの恐怖を受け止め、力を貸してくれることもない。自分のことしか考えていないのはわかっていたけれど、母なしでどうやって前に進んだらいいのかわからなかった。悲しみに暮れるばかりで、古い宝石箱を開けて母の匂いをかぐこともあった。

わたしの悲しみにはたくさんの理由があったけれど、いちばんつらかったのは、たったひとりそばにいてくれた母に何もしてあげられなかった、という後悔の念だった。もちろん父のことも愛していて、いろいろと気にかけていたけれど、父はわたしの近くにいるかと思えば遠く離れていくような人だった。母はどっしりと構えていた。母にとって祖母の死がどれだけつらかったか、ようやく理解できた。愛しているわ、ともっと言えばよかった。兄のフランキーも同じ思いだった。自分が死にかけていたときはそばにいてくれたのに、見送ってやれなかった、と。罪悪感に押しつぶされそうだった。母はいつも、わたしたちのために生きていると言っていたけれど、わたしたちのために死んだのだろうか。

ボビーとわたしは母の死後も同じアパートに住んでいたけれど、悪いことは続いた。母が亡くなった数週間後、クリーニング屋から洗濯物の山を持ち帰ってきたときだ。廊下に洗濯物を置いたときは、周りに人影も見えなかったのに、いきなり知らない男が飛びかかってきてわたしの首を絞めた。揉み合いになって、わたしは悲鳴を上げ、めがねが飛んだ。まわりがすっかりぼやけてしまい、手さぐりでめがねを探しているうちに、男は財布を引っつかんで逃げた。誰も助けに来てくれなかった。ひとりきりで恐怖に凍りついていると、ティーンエイジャーのころ暴漢に襲われた記憶がどっとよみがえってきた。次の日、警察が財布を見つけてくれたけれど、中身は抜き取られていた。それがアパートで過ごした最後だった。母の思い出が詰まっていたとしても、こんなところにはもう怖くて住めない。安全な住宅街に、新しい家を見つけた。

それから何カ月も、普通に生活しているふりをしていたけれど、実際はただそこにいるだけだった。親しい人たちを失った痛みから心を閉ざし、何年ものあいだ感情が麻痺していた。そのせいで二度、結婚生活に失敗した。バージンロードを歩くたびに、これで「めでたし、めでたし」になると信じていたのに。自分の子どもを産んで、新しい家族の歴史を刻みたかったけれど、そうはいかなかった。

わたしは生き延びるために必要な防御反応をした。ひねくれて怒りっぽくなり、ものごとをネガティブにとらえて、固く心を閉ざしたのだ。これ以上傷つくのがいやで、壁を作って周りの人たちと距離を置いた。どれだけ時間が過ぎても、わたしはその場にとどまったままで、人生は危険で予測がつかないと思い込んでいた。また悪いことが起きるのだ。「たぶん」ではなく「かならず」。

第3章

暗闇の出口

「何かを愛しているなら、それを手放してみるんだ。戻ってくるなら、きみのもの。戻ってこないなら、最初からきみのものではなかった」

——リチャード・バック

リーナがいなくなった家は空っぽだった。

床に爪が当たる音や、玄関のドアを開けると靴の並んだ廊下をぱたぱたと打つしっぽの音が懐かしくて、胸がしめつけられた。わたしは約束を守るためにヘルスケアの仕事を辞めて、介助犬訓練士の学校に入った。どこで学ぶかについては何時間も悩んだけれど、結局わたしの目指すポジティブな訓練法といちばん合っていそうな、準学士号プログラムのある学校を選択した。ところが落とし穴があった。学校はカリフォルニア州にあったのだ。以前なら、きみはいずれ荷物をまとめて、四カ月間の訓練を受けにカリフォルニア州に引っ越すんだよ、と誰かに言われたら「でたらめだわ」と答えていただろう。安定を好むわたしにしては、それくらい考えられない行動だった。でもリーナとの約束を絶対に果たしたかったのだ。

学校の近くに下宿先が見つかった。静かな区画にあり、一階は一般家庭で、二階に独立した玄関がついている。特に魅力的なのが、隣にドッグランがあることだった。プログラムの規定として、訓練中の介助犬を二十四時間、世話することになっていたので、ドッグランを使えるのはありがたかった。家主のポールが、荷物を車から新しい家に運び込むのを手伝ってくれた。

「つまり、きみは学校に行くわけか」と、ポールが腑に落ちないという顔で言う。女子大生にしては少し年を取っていると思ったのだろう。

「ええ、介助犬の訓練士の資格を取ろうと思っているの」と、わたしは答えた。「初めて介助犬候補の子犬を育てたばかりなのよ」

「子犬か」と、ポール。「名前はなんだい?」

わたしは一呼吸置いてから、言葉を絞り出した。「リーナよ」胸が苦しくなりそうだった。

「それはすごいな。ぼくたちにこの家を売ってくれた女性も、リーナといったんだ。たいした偶然だな」

「リーナ」という名前はかなり珍しく、あの子犬を預かるまでわたしも聞いたことがなかった。たくさんの候補の中から偶然この下宿を選んだのには、リーナの力が働いていたのだろうか。

「あのドッグランが役に立つのはいいことだな」と、ポールが言って、家の隣の庭を指さしてみせた。


すぐに学校が始まったので、近所を散策する時間はあまりなかった。子犬を訓練する醍醐味は、彼らが小さなスポンジのような存在だということだ。たとえるなら真っ白なキャンバスで、学習への意欲にあふれ、こんなこともできるのかと驚かせてくれる。彼らがひとつ学習するたびに、わたしはより多くを求めた。子犬が小さすぎると思って、まだ誰も教えていないことがきっとあるはずだ。最初の成果は、電気のスイッチを入れるという複雑な行動を、生後たった六週間の子犬に覚えさせたことだった。わたしが知るかぎり、ここまで小さな子犬にそれを教えた人は、この学校にはいない。

ある晩学校から帰ると、留守番電話に録音が入っていた。しばらく聞き流していたけれど、女性の声がこう言うのが耳に入った。「リーナの訓練を中止します」いくつか挙げられた理由の中で、ひとつの用語が頭の中をぐるぐると回った――「能動的恐怖」。

わたしはしばらく立ちつくしたまま、今聞いたことの重みをかみしめた。やがて涙があふれてきた。頬を濡らしながらも、顔がほころび、笑い声がもれる。喜びに満ちた、温かい涙。気になったのは後からだ。もしや、ひょっとして、リーナはうなり声をあげたのかしら？　信じられない。リーナがわたしのところに戻ってくるの？　子犬が訓練から外されたときは、育ての親が引き取りの優先権を得ることになっている。そうよ！　リーナが戻ってくるんだわ。

次の日、実際何が起きたのか確かめるために、団体に連絡してみた。電話に出た女性は書類をめくる音をさせながら、劣等生の通知表を読み上げるような声で、リーナの欠点を並べ立てた。

「能動的恐怖。リーナは自分で不安を作り出して、訓練を拒否します。逃避の傾向。命令に従おうとしません」

「具体的にどういうことですか？」と、わたしはたずねた。

「リーナは固定式掃除機のスイッチが入っていないときでも、脇を通るのを拒否したようです」。また書類をめくる音。「ぐらぐらするテーブルの上を歩いたり、排水溝の上を通ったりするのもいやがりました」

女性は言葉を切って、ため息をついた。「要するに、殻にこもってしまったんです」

リーナを学校に預けてから一カ月が経っていた。永遠のような三十日間だった。

「いつ迎えに行けますか？」と、わたしは声が上ずらないようにしながら言った。

当たり前だけれど、リーナが訓練に失敗すればいいなどとは思っていなかった。訓練の方向性に違いがあったとしても、育成ボランティアをするチャンスをくれて、あんなに素晴らしい犬を授けてくれた団体には心から感謝している。

リーナを引き取るために、サンフランシスコ空港に向かった。車の列はのろのろとしか進まず、気持ちがじれてきた。わたしは再会の瞬間を思い描いた。全身を揺すって喜びを表現するリーナ。舌の感触をはっきりと頬に感じ、抱きしめたときの毛皮のやわらかさまで想像できた。再会したらすぐに、これからはずっと一緒よ、と伝えるつもりだった。

空港に着くと、わたしはケージの中に呼びかけた。「リーナ！」目が合ったとたん、興奮と安堵をからだじゅうで表現するはずだ。

ところが、ケージの中の犬の反応はまるで違った。しっぽを振らず、昔のリーナのようにうれしそうな表情をすることもなく、うなだれてわたしの目を見ようとしない。わたしは絶望感に襲われた。リーナは明らかに混乱していて、毛づやも悪かった。こんな目に遭わせてごめんなさい、とわたしは何度も謝った。介助犬団体が訓練の一環として、さまざまな形でわざと犬にストレスを与え、介助の現場でどう振る舞うか試すのは知っていた。でも犬たちは育ての親から引き離され、不慣れな環境に置かれたことで、ただでさえストレスを感じているのだ。そうした状況では力を発揮できない犬もいる。リーナはその中の一匹だったようだ。

あの日犬舎に置いてきたリーナは、すっかり別の犬になっていた。空港の中を歩いていたとき、長身でくしゃくしゃの髪をした男性が脇を通ると、あとずさりしてわたしにすり寄った。

人間に対する信頼を失っているのだ。安心感を取り戻させるには、いくつかやらなければいけないことがある。人間にしても動物にしても、安心感と信頼こそがすべての基本で、それを損なうような出来事に遭うと魂に深い傷を負うのだ。わたしは何もかも信頼できなくなることのつらさを知っていたので、リーナがまた安心して過ごせるよう、全力を尽くそうと誓った。

数日後、学校が休みの日に、帰宅祝いとしてリーナを浜辺に連れて行った。シカゴの雪の中を走り回るのが大好きだったので、何キロも広がる海岸や砂丘、さわやかな潮風をきっと気に入ってくれるのではないか。

波打ち際でリードを外して、走っていいとリーナに伝えた。もう自由の身なのだ。

リーナは立ち止まり、遠くを歩いている誰かを警戒するように、何度か短い吠え声をあげた。それから緊張を解いて、たちまち金色の矢のように駆けて行った。その姿は鉛色の空と、空が映った波を背景にしてまぶしいほどで、わたしは目を細めた。やがてリーナは波とたわむれ始めた。子犬のころのリーナがよみがえったようだ。きっとこれからも、わたしの大切なパートナーでいてくれるだろう。わたしはしゃがんで貝殻を拾い、砂に名前を書いた。リーナ。目頭が熱くなる。これからはふたりで一緒に、介助犬を育てるポジティブな方法を探すのだ。

エネルギー・ヒーラーのリンダは正しかった。誰が何と言おうと、リーナはわたしの犬なのだ。かつて同じ名前の女性が暮らした家に住み、彼女の犬が使っていたドッグランで遊ぶ。最初から決まっていたようだった。

わたしは戻ってきたリーナとの時間を楽しみ、特に週末出かけるのを心待ちにした。埃っぽい川沿いの道をのんびり歩き、スギの林を横切る。リーナは木々の香りを吸いこんでは、くしゃみをしていた。ドッグパークに行って、近くの浜辺で波をかきわけて歩いた。わたしは準学士号取得に向けて勉強するかたわら、他の犬に教えていることのすべてをリーナに教えた。わたしにとって、リーナは文句なしの介助犬だった。

夜になると、ふたりとも疲れてベッドに倒れ込んだ。リーナがベッドで寝たいというのなら、わたしは足が伸びなくてもかまわない。翌朝、ブラインド越しに太陽の光が差してくるころ目を覚ますと、リーナが床に座っていた。しっぽが左右に揺れている。わたしが起き上がると、揺れるしっぽが床を打ちはじめた。バシン、バシン、バシン。

「おはよう、リーナ」わたしはあくびをした。信じられない。朝までずっと目が覚めなかった。リーナを切り捨てた介助犬団体とは逆に、神経質なところがわたしにはむしろありがたかった。誰かが家のそばに来たら間違いなく吠えるはずで、おかげで求めていた安心感が手に入ったのだ。リーナが寝ているわたしを見守っていると思うだけで、悪い夢を見ずにすんだ。

かけがえのない犬がようやく戻ってきた。わたしが今まで経験したことのない、安心感という贈りものを持って。

第4章

誕生――宇宙の贈りもの

「自分の使命をまっとうすることほど、
自分にとっても周りにとっても素晴らしいことはありません。
それがあなたの生きる意味です。あなたがもっとも生きる道です」

――オプラ・ウィンフリー

「さあ、リーナ」と、わたしは呼びかけた。「今日はやることがたくさんあるわよ」

首をかしげて無邪気な顔をしたリーナは、もうとっくに察しているようだった。部屋にはラベンダーの花、リボン、子犬の体重を測るための体重計が用意されていた。

「リーナ、ルック（見て）」リーナが部屋をぐるりと見回して、何を持ってくるように言われたのか当てようとする。やがてテーブルの上のノートに目を留めた。

「そうよ」と、わたしは励ました。「取ってきて」リーナが歩いていって、ノートを口にくわえた。「ほんとうにお利口さんね。ここへ持ってきて」

　コツコツと爪の音をさせながら、リーナが子犬の保育室がわりにした部屋に入ってきた。

　すべてはたくさんの子犬たちを迎えるための準備で、もういつ生まれてもおかしくなかった。何もかも完璧に整えておく必要があった。

　準学士の学位を取得したあとも、わたしはカリフォルニアに留まった。暖かい気候はリウマチによく効いたし、今ではシカゴに帰る理由もなかったからだ。リーナと一緒にもう少し南のサンディエゴに引っ越して、介助犬団体〈ポージティブ・チーム〉――犬の「前足《ポー》」と「ポジティブ」の言葉遊び――に加わり、訓練士として活動を始めた。訓練はポジティブにやろうという団体の方針は、わたしの信念に近かった。仕事をしながら、わたし自身の介助犬訓練のNPO団体〈パピー・プロディジー〉――子犬は神童！――旗揚げに向けての、最後の調整をした。

〈パピー・プロディジー〉では、すべての犬が特別な存在で最高の環境で育てられるべきだという信念のもと、子犬の早期訓練に重点を置いて、能力を最大限引き出すよう努めている。早い時期の経験が、後々の訓練の成果を左右するのだ。またわたしたちは、子犬は生まれた瞬間から学習を始めるという考え方をしている。実際のところ生後七週間までが、からだの発達においても行動面においてももっとも変化が大きく、いちばん重要な時期なのだ。研究によると適切な量の負荷は、大事なこの時期に脳が成長する手助けになるという。きちんと刺激を与えられた子犬は脳の成長が早く、脳そのものも大きく発達し、しっかりとした脳細胞がたくさん育って、神経の伝達もよくなるのだ。さらに子犬の脳はまだほんの形成途中なので、早い時期の刺激はその後に決定的な影響を及ぼす。早いうちからの訓練、外の世界での経験、ポジティブな体験は、能力的にバランスがよく、気質的にも落ち着いた犬を作るのだ。

子犬の誕生に関わったのなら、彼らの一生に対する責任を負うべきだというのがわたしの考えだ。けれど残念なことに、毎日多くの犬が殺処分のためにシェルターに送られている。〈パピー・プロディジー〉を通して、里親に引き取られる最大限のチャンスを作り、シェルターに送られた犬たちの不幸を埋め合わせてあげたいと思っていた。どのような犬を、どんな状況で救うことになるのかは決まっていなかったけれど、二〇〇七年七月に〈パピー・プロディジー〉がＮＰＯ団体として認定されたのは、とてもうれしいことだった。これで正式に認められたのだ。わたしは〈ポージティブ・チーム〉を通して、犬の出産を手伝い、子犬を育てるプログラムに関わった。今度は〈パピー・プロディジー〉の理念にもとづいて、ゼロから子犬を育てる初めてのチャンスが訪れたのだ。

出産を控えた母犬はジョージーといって、赤みがかった毛並みが美しいゴールデン・レトリーバーだった。気がやさしく、おとなしい性格で、わたしのいちばん好きな毛の色をしていた。愛くるしい顔立ちで、なでてもらうのが大好きで、前足をそっとわたしの膝にかけて伸び上がり、「もっとかわいがって」とせがむのだった。訓練士の学校で出産を手伝った経験はあっても、ひとりでするのは初めてだった。頼もしいボランティアがついてくれていたけれど、母子の健康を守るのはわたしの責任で、お産の直後に十分なケアをするようにも求められていた。

ある夜わたしはジョージーの隣に横になって、おなかに手を当て、伝わってくるかすかな動きの神秘に浸った。子犬たちは夜通し母犬のおなかを蹴り、動いていた。わたしは胎児用のモニターをそっとジョージーのおなかに置いて、十個の小さな心臓が脈打つ音に胸を震わせた。数週間前には十本の細い背骨が超音波スキャンに映っていた。ジョージーのやわらかい毛皮に手を置いて、彼女の中で起こっている奇跡に思いをはせる。たくさんの新しい命……世界を変える可能性に満ちた命。

ひとつ決まっていることがあった。メスを一匹わたしの手もとに置いて、〈パピー・プロディジー〉のプログラムに沿って育てるのだ。介助犬候補として育てられたその小さな子犬は、二歳の誕生日の直前に、障害のある人とマッチングされることになる。たくさんの子犬が生まれることはわかっていたけれど、オスとメスの割合がどうなるかは見当もつかなかった。「わたしの」子犬はどんな子になるのだろう――介助犬としての使命を負った犬は。

二〇〇八年一月二十五日、ジョージーが陣痛の気配を見せ始めた。おなかが固くなって、全身が収縮する。ジョージーは産箱――低い横板を使った箱で、母犬が落ち着けるスペースと、人間が動き回れるスペースの両方が確保されている――に身を横たえていた。重ねたシーツの上にジョージーが楽な体勢で横たわっているあいだに、わたしはタオルといったものを手の届くところに準備した。〈ポージティブ・チーム〉からチャーリーという女の子が手伝いに来てくれていて、様子を見ていると、この仕事に対する思いが伝わってきた。

「わたし、助産師よ」と、チャーリーが真剣な口調で言った。今度の機会を祝って用意した、色とりどりの肉球の柄のバンダナを巻いている。最初に生まれてくる子犬を受け止め、抱きあげるという役目に向けて、チャーリーは準備を整えていた。

信頼の置けるアシスタントの次は、リラックスできる音楽が必要だった。スティーブン・ロードス作曲の〈天使に護られて〉を流す。わたしだけではなく、ジョージーも気分が楽になるはずだ。やさしいハーモニーと穏やかな音色が溶け合い、安心と愛情に包まれた空間を演出する。それこそ出産のときに欠かせないものだった。安全な「繭《まゆ》」を作りたかった――これから生まれてくる子犬たちのための、完璧な繭を。

ジョージーは自分のタイミングでものごとを進めていて、いつ最初の子犬が出てくるのか教えてはくれなかった。やかんを眺めていても沸騰しないように、ジョージーを見つめていてもなかなか変化が起きない。何時間も経ったように感じられて、わたしたちはそわそわし、本音を言えばちょっと飽きていた。わたしはパソコンを使う作業に没頭して、チャーリーはトイレに立った。ふと振り向いて産箱を見たわたしは、息をのんでチャーリーを呼んだ。

「生まれたわよ！」最初の出産をすっかり見逃したなんて、と腹を立てるチャーリーを見ていると、笑いがこみ上げてきた。あれだけ待っていたというのに！　小さな子犬はぬるりとして濡れていて、羊膜に包まれているせいで濃い茶色をしていた。ちっぽけな足が生えたソーセージみたい。

数分後、チャーリーがわたしの説明を聞きながら、勇気を出して最初の子犬の羊膜を破った。それから小さな子犬を抱きあげて、ジョージーの鼻先に差し出した。

「わたし、どうしたらいいの？　ジョージーは何をするの？」

「へその緒をなめて、かみ切るのよ」

チャーリーが抱きあげた子犬をジョージーがなめてきれいにし、そっとへその緒をかみ切った。

「胎盤を食べないように注意して」と、わたし。

「でも食べたがっているわ！」と言って、チャーリーがジョージーに向き直った。「だめよ、それは食べないで」顔の表情にふさわしい、真剣な声だった。「怖いの」と、正直に言う。両手の中の小さなからだに全神経を集中していた。「生きているように見えないわ」

わたしは子犬の口の中に指を入れてみるよう言った。うまく吸いついたら、心配はいらない。吸おうとしないのに気づいてチャーリーの顔がこわばったけれど、ちょうどそのとき子犬が動いたので、ふたりでほっと息をついた。

「鳴き声をあげるまで、このタオルでこすってあげて」わたしの指示に従って、チャーリーがそっとタオルで子犬をなでた。壊れやすい、大切なものを扱うように。子犬はまさにその通りの存在だった。

「もっと力を入れていいわよ」チャーリーがおじけづかなければいいんだけど、と思いながらわたしは言った。「鳴き声をあげさせないと」

まだ自信がなさそうな手つきのまま、チャーリーが力をこめた。突然、子犬が長い鳴き声をあげて、はじめましての挨拶をした。チャーリーは目を丸くして顔を上げてから、誇らしげな笑みを浮かべた。

わたしは人間のお産に立ち会ったことはないけれど、新しい小さな命と向き合い、手のひらほどの大きさの命の最初の呼吸をじっと待つことには、口では言い尽くせない素晴らしさがある。命の始まりを手のひらで感じるとき、世界は一瞬動きを止めるのだ。

聖なるものや奇跡の瞬間に触れるには、大聖堂や聖地に行かなければいけないと思っている人が多いかもしれない。でも耳を澄まして生きていれば、あらゆる瞬間が魔法だ。とりたてて意識していなくても——十匹が健康に生まれ、何匹かはメスであればいいとしか思っていなかった——わたしは心のどこかでこの場面の神聖さを感じていた。

ジョージーは大きなトラブルもなく、メスを三匹とオスを五匹出産した。一匹生まれるごとに、チャーリーとわたしは感染症を避けるためにヘその緒をヨウ素に浸して、糸で縛った。それから体重を測り、出産の時刻を記録した。そのあとはわたしが体重を測ったり、体調や行動について記録したりするとき混乱しないように、細い首にそれぞれ違う色のリボンを結んだ。リボンの色が、そのまま最初の八週間の名前だった。パープル、ピンク、ブラック、ティール（深緑）、タン（茶色）、ブルー、グリーン、オレンジ、イエロー、レッド。

初めて世界に足を踏み入れた子犬たちは、ひどく壊れやすく、小さく、やわらかく無力で、けれどエネルギーと生命力に満ちていた。両目は固く閉じられたままで、ピンクの鼻はつぶれた茶色い顔の中で不釣り合いなほど大きく見えた。羊膜が取り除かれると、小さな両足がばたばた動いた。どの子犬もかわいかったけれど、一匹ずつ相手をしている暇はない。やらなければいけないことがあり、失敗すれば大惨事になる。

やさしいジョージーは、完璧な母親でもあった。チャーリーやわたしが長いこと子犬を抱いたままでいると、呼吸は荒く、顔には疲労がにじんでいるのに、心配するようにじっと見上げるのだった。

「気になるの？」わたしはそっと声をかけて、ジョージーがなめられるようにオスの子犬を置いた。苦しそうに呼吸をするたびにジョージーの脇腹は波打ち、疲れが溜まってきているのがわかった。

三時間半にわたって出産したジョージーの愛らしい顔は疲れでゆがみ、瞳はぼんやりと遠くを見つめていた。残るはあと二匹。わたしは励ましの言葉をささやき続けた。メスを二匹生んでくれたらいいと思っていたけれど、とにかく子犬が健康で、この場にいる全員が休憩を取れるのが大事だった。言葉を選んでいる余裕はなくても、ただジョージーの集中が途切れないように、ささやき続けた。両手で鼻を包んで、うつろな瞳を見つめる。そのとき突然、胸元に白い模様のある子犬の姿が目に浮かんだ。

「次は女の子を生んでちょうだい、ジョージー」と、わたしは言った。「胸に白い毛の生えた女の子がいいわ」

その数分後、午後十時七分に、ジョージーが痛みに身をつっぱらせた。わたしはかがみこんで子犬を受け止めた。手の中に滑り込んできた生まれたての子犬は温かく、まだ羊膜に包まれていた。保護用の膜を爪で破って、子犬が息をできるようにしてから、気道から水が出るように頭を持ち上げる。かすかな風が指先をなでた——最初の呼吸だ。わたしは強烈な幸福感に満たされた。

小指の先を差し込んで様子を見ると、小さな口がそっと吸いつくのが感じられた。「あなたはどっち？」わたしはささやいて、おへその下に目をやった。「女の子ね！　女の子だわ！」わたしは目を見張り、自分の声が喜びに満ちているのに気づいた。タオルでこすって肺を刺激しながらつぶやく。「うそみたい。女の子だわ」

子犬は身をよじって鳴き声を上げ、クンクン、グルグルとわたしに話しかけ始めた。子犬だけの言語表現だ。

「あら、おしゃべりね！」と、わたしは笑った。何を伝えようとしているのかわからなかったけれど、別にかまわなかった。子犬はわたしの心をとらえて離さなかった。

奇跡のように完璧な存在を眺めているうちに胸元が目に入り、わたしは息を飲んだ。口がぽかんと開く。こんなことがあるだろうか。胸の真ん中に、はっきりと白い毛が生えている。

「うそみたい。ここに白い模様があるわ！」わたしは小さな子犬を抱きあげて、チャーリーに見せた。

チャーリーも同じように口を開けた。

「本当ね！」と、すっかり興奮して言い、顔を寄せてくる。「チョウチョみたいな形だわ」

チャーリーはおもしろがっていた。

魔法のようなその瞬間に、はっきりとわかった。この子犬はわたしのものだ。わたしが誕生を望み、生まれてきたのだ。宇宙の贈りもの。ただの偶然だと言われるかもしれないけれど、そんなはずがない。白い模様のついた愛らしい子犬は、運命に導かれてやってきたのだ。けれど手の中に抱いていても、この子犬の誕生がさらなる奇跡を呼ぶことまでは、とても想像できなかった。

子犬の細い首に黄色いリボンを巻く。宇宙に祝福されて生まれてきた子犬にとって、世界は今始まったばかりで、未来にはたくさんの可能性があった。わたしにしても、三十年近い内面の闘いはまだ終わっていなかったけれど、目の前には新しい世界が広がりつつあった。

第5章

ケ・セラ・セラ

「ものごとは、なるようになるもの」

――トリーシャ・イヤーウッド

四時間のあいだにジョージーは六匹のオスと四匹のメスを産んだ。もぞもぞ動き、お乳を吸い、身をよじらせている、十匹の愛らしい子犬たち。わたしにとっては子どもが生まれたようなもので、命の奇跡を目の当たりにして感動に震えた。

子犬がすべて健康だったことに一息ついて、毛の色が濃く、胸元に白い模様のついた子犬の意味について考え始めた。望みどおりの子犬が与えられたのだ。どんな運命で結ばれているのだろうか。それはともかく、うちに残る子犬には名前が必要だ。二年間の訓練を終えたあと、この子犬がどこに行くことになるのかわからないので、「ケ・セラ・セラ」――「なるようになる」という意味だ――と呼ぶのがいいのではないかと思った。

　ジョージーは面倒見がよく、一瞬でも子犬たちと離れるのをいやがり、二十四時間ずっと目を配っていた。最初の晩、子犬たちがそろって鳴きつづけたせいで、わたしもジョージーもよく眠れなかった。翌日獣医師を訪れると、幸いにも母子ともに問題はないということだったけれど、お乳の出をよくするのと、残っている胎盤を出してしまうためにオキシトシンを注射してもらった。その晩は誰もがぐっすり眠った。

　出産から二日後、家での生活には新たな平穏が戻ってきた。静かな音楽、控えめな照明、保育室に漂うラベンダーの香り。

　驚いたことに十四の子犬たちはもう個性を発揮していて、こんなに幼くてもはっきりと違いが見てとれた。白い模様があるイエローは、いちばん毛の色が濃く、なめらかな毛皮は絹のようだった。もの静かで、のんびりした子だった。ずいぶんとマイペースで、仰向けでお乳を吸っていることもあったのだ。我の強さはそれほどでもなかった。乳首をくわえようとしてうまくいかなくても、きょうだい犬のように必死で食いつくのではなく、身を引くのだった。きっと心が広いのだろう。思いやりで周囲を包む、将来の姿が想像できた。

　イエローは頭のいい子で、たちまちわたしになついた。満腹のおなかを床に押しつけないですむように、仰向けで寝そべっていることがあった。「あなた、何してるの?」イエローが太った小さなあざらしのような格好で、産箱の入り口に向かってもぞもぞと這っていくのを見て、わたしはよくからかった。ぬいぐるみによじ登って、ぱんぱんで苦しいおなかを休めているることもあった。人なつこく、くすぐったがりのようで、わたしが決まった部分をなでると足をばたばたさせた。不思議ときょうだい犬のようにくっつきあわず、産箱の中で一匹だけ離れて寝ていることもあった。

わたしがエネルギーをすべて子犬に注いだせいで、リーナの日常はすっかりかき乱されてしまっていた。子犬の出産のあいだは、おとなしくそばで見ていた。ジョージーはリーナを子犬たちに近づけようとしなかった。子犬を守りたいという母犬の気持ちを優先して、わたしもリーナを保育室に入れないようにしていた。リーナはわたしの人生の中心なので、のけものにするのはつらかったけれど、きっとすべてをわかってくれていると信じることにした。リーナは黙って見守るという役割を受け入れて、保育室の入り口に置かれたベビーゲートの前で寝そべるか、じっと立って中をのぞいているのだった。ジョージーには見えなかったけれど、わたしには見えた。戸惑っているような瞳をのぞきこむと、こうたずねられているのがわかった。

「どうなってるの?」ちくちくと刺すような罪悪感を覚えた。新しい小さな家族に時間を割くのは当然だけれど、リーナもわたしの家族だった。どっちみち、わたしたちは運命共同体なのだ。そのうちジョージーの警戒心がやわらぐのを待つことにした。このままリーナをつまはじきにしているのはいやだったし、子犬用の道具を取ってきてほしいと言ったら、喜んでお手伝いしてくれるのもわかっていたからだ。でもそれ以上に、自分も輪の中にいるとリーナには感じてほしかった。

〈パピー・プロディジー〉式の訓練をするのはイエローになるだろう、という思いは日増しに強まっていった。天からの奇跡の贈りものは、わたしの期待に応え、それを超えていくはずだ。きっと素晴らしい介助犬になるし、これから二年間、家族の大切な一員になってくれるだろう。だからこそ、リーナといい関係を築かせておきたかった。毎晩、リーナのベッドにタオルを敷き、朝になるとそのタオルを産箱に移して、イエローが匂いに慣れるよう仕向けた。数日後、ジョージーが保育室にいないとき、リーナのもとにイエローを連れていって匂いをかがせてみた。

最初、リーナは目を合わせようとしなかった。両耳を寝かせて、そのままどこかに行ってしまった。犬のようだけれど犬ではない、この小さな生きものが怖いのかしら？　たぶん、保育室に入れてもらえないせいで警戒していたのだろう。子犬を危険な何かと認識していたのだ。二匹の関係を培うためには、工夫が必要だった。

生後十三日目になると、子犬たちは「ソーセージ星」の住人ではなく、だいぶ犬らしい顔つきになってきた。目が開いてきたけれど、まだ見ることも焦点を合わせることもできず、ジョージーとわたしに導かれるに任せていた。

ジョージーはお乳を与えていたけれど、わたしは絆を強めるために哺乳瓶でもミルクを与えつづけた。イエローだけが最初から哺乳瓶の使い方を理解したのは、驚きではなかった。子犬たちには人間にも、食べものと同じようないいイメージを持ってほしかったので、わたしはヤギのミルクを指先に垂らして、存在を覚えてもらった。

子犬の脳の発達について十分すぎるほど勉強していた身としては、イエローがこの年齢で何ができるのか、ぜひとも知りたかった。オレンジ色のバスタオルを床に敷き、ヤギのミルクが入った小さなボウルを置いて、ビデオカメラを回す。産箱にいたイエローを抱きあげて、タオルの上に置いた。まだ耳が開いていないので聞こえないはずだったけれど、かまわず声をかけ続け、指をヤギのミルクに浸して口もとに差し出した。おなじみの匂いをかぎつけたイエローは、ためらわず指に吸いついた。ミルクをなめているあいだに、わたしはそっと指の位置を動かし、ミルクの匂いにつられてイエローがついてくるか様子を見た。

結果は言うまでもない。こちらが追いつかないほどの勢いでイエローがなめるので、わたしは急いで何度も指をミルクに浸した。ミルクの匂いがする方向に、イエローは小さなからだを懸命に動かしていた。一滴だって逃したくなかったのだ。

イエローがふらつきながらも数歩進んだので、円を描いて歩けるか試してみた。ゆっくりと根気よく、意思を持ってイエローは歩いた。ぽっちゃりした前足の小さな爪をバスタオルに引っかけ、おなかはぺったりとタオルにつけた姿は、魚を探す動物園のアシカのようだった。もう食べものに対する執着があったので、文句なしの生徒になるのがわかった。

わたしはイエローに微笑みかけた。「これ、飲んでみる?」

ヤギのミルクを入れたボウルを鼻先に持っていき、匂いをかがせてみた。無理ではないかと思っていたけれど、驚いたことにイエローは顔をミルクに突っ込んで、勢いよく飲み始めた。一心不乱だった。もう指を吸わなくてもいいんだ、とでも言うように。イエローの顔に白いあごひげができて、ぽたぽたとしずくが垂れた。

「びっくりだわ！」わたしはあっけにとられていた。普通、子犬は生後三週間になるまで舌を使って飲もうとしないものだ。

食欲満点のイエローは、さらにボウルに顔を突っ込んだ。

「あら、頭がすっかり入っちゃったじゃない！」わたしは小さなイエローに向かって笑った。ボウルをどけて、もう一度指先にミルクをつけてみた。イエローは迷わずについてきて、吸いついた。わたしの指を引っぱり込みそうな勢いだった。

「指を食べないで！」子犬のやわらかな歯ぐきを感じながら、わたしは笑いをこらえられなかった。イエローがボウルに頭を突っ込んで飲む。もう一度、円形に歩かせてみると、今度は前よりすばやく動いた。子犬が生まれてすぐ学習を始めるという証拠だ。

無邪気で怖いもの知らずのイエローはミルクをはねちらかし、足も顔もびしょ濡れになっていた。足についたミルクをすっかりなめ取ってしまうと、鼻をタオルに押しつけて、ミルクの匂いを求めた。わたしは指をボウルに入れて、反対方向に誘導してみた。三度目の挑戦にしては、とても上手についてきた。そこで背中をゆっくりと二回なでて、訓練を終わりにした。

「よくやったわ、おちびさん」わたしが声をかけると、子犬は四本の足で立ち上がろうとした。指先が背中を這うのを感じて、よろめきながらも振り向こうとしたのだ。それから突然、泥の中で転がる子ブタのように、ごろりと横向きに転んだ。生後十三日目の子犬は、最初の訓練で優秀な結果を出した。

その夜遅く、わたしはイエローをベッドルームに連れていって、リーナと一緒にテレビを観せようとした。これまた絆を強める手段だ。ところがイエローをベッドの上に置くと、リーナは逃げ出してしまった。犬未満の存在をどう受け止めればいいのか、まださっぱりわからないらしい。本当はひとりと二匹が顔を揃えたいところだったけれど、わたしはイエローだけを抱いて腰をおろした。イエローは胸に静かにもたれて、わたしと同じリズムで呼吸をしていた。

生後十七日目、ヤギのミルクをビーフ味のベビーフードに替えた。イエローは大満足だった。顔を覚えてくれたようで、わたしが保育室に入っていくと、挨拶をしようと産箱の入り口まで駆けてくるのだった。小さな子犬が一人前に振る舞おうとしているのは、なんとも微笑ましかった。

このころになると、ジョージーもリーナを保育室に入れるようになっていた。これでだいぶ楽になった。リーナはわたしが子犬の世話をするのをおもしろそうに眺めていたけれど、ジョージーがお乳を与え始めると戸惑いの色を浮かべた。子犬たちがジョージーの生気を吸い取るエイリアンのように見えたのかもしれない。リーナがこう言うのが聞こえるようだった。

「逃げて、ジョージー。逃げて！」

ジョージーは授乳の最中に立ち上がることがあった。ほしいものを手に入れるためには努力しなければいけないという、子犬たちへの貴重な教えだ。まだ思うように体が動かない子犬たちにとって、伸び上がって後ろ足で立つのはかなり難しく、大半がバランスを崩して転んだ。

十九日目、授乳の様子を見ていたときに咳の音が聞こえてきて、わたしはどきりとした。赤いリボンを巻いた子犬、レッドの鼻からお乳が流れ出ていた。レッドは食いしんぼうなので、ただの欲張りすぎかと思ったけれど、念のためその日はずっと様子を見た。元気そうにしていたのに、夕方になって呼吸が荒くなり、わたしは青くなった。動物病院の緊急外来に駆け込み、レッドをぎゅっと抱いて無菌室で待った。レッドは温かみと安心感を求めて、わたしの首筋によじ登ろうとした。そんな子犬にわたしは絶えず声をかけて、落ち着かせるようにした。

「大丈夫よ、おちびさん」

レントゲンを撮ってもらうと、右の肺葉《はいよう》に水がたまっているのがわかった。お乳を吸い込んでしまい、肺炎を起こしていたらしい。獣医師は抗生物質を注射してから、きちんと指示に従うなら家に帰ってもいいと言ってくれた。わたしは言われたとおり、レッドを連れて湿気の多い浴室に三回こもり、ジョージーと一対一で二度お乳を飲ませた。まだ食欲があるのはいい傾向だった。

幸いにも、朝になるとレッドは回復していた。ぜいぜいという呼吸もおさまり、他の子犬と遊んでいる。以前ほど産箱にいないようになっていたジョージーが姿をあらわすと、子犬たちは動物独特の興奮状態になった。これが最後の食事だとでもいうように、ジョージーに群がった。

食欲旺盛なレッドは、さっそく乳首に飛びついた。十匹が八個の乳首に吸いつこうとするので、ときどき子犬を入れ替えて、全員がしっかり飲めるよう気を配らなければいけない。わたしは穏やかな気持ちでいたけれど、レッドを乳首から引き離したとき、血の気が引いた。また口と鼻からお乳がこぼれている。今度は前よりもひどく、噴き出したお乳が自分の顔とわたしの両手、床にかかった。

わたしはレッドを毛布でくるんで小さなかごに入れ、車に飛び乗った。動物病院に着くころには、レッドはがたがたと激しく震えていた。診察を待っているあいだ、胸元に抱き寄せ、必死ですがりついてくる子犬になんとか応えようとした。小さなからだのもろさを痛いほど感じながら、やさしく声をかけ、かならず助けてあげるからね、と言った。

獣医師がレッドの体温を測り、肺を触診した。険しい顔つきで首を振る様子からして、結果はよくないようだ。肺に水が溜まっているのが感じられるらしい。症状は重く、週末にかけて入院しなければいけなくなった。費用は千ドル近くかかるということだった。

「かまいません」と、わたしは言った。千ドルのあてはなかったけれど、自分が何をしなければばいけないかはわかっていた。何としてもレッドを助けるのだ。すると獣医師が、次のパンチを繰り出してきた。レッドが助かる可能性は五十パーセントらしい。確率が高いとは思えなかった。

レッドを死なせるわけにはいかなかった。今までの人生で、わたしはあまりに多くの死を目にしてきた。この子まで失いたくない。この小さな命を救うためならなんでもしようと思った。車でいったん帰宅し、産箱の中の毛布を持って獣医師のもとに戻った。保育器に入ったレッドが外の様子を意識できるようになったとき、身近に慣れ親しんだものがあるほうがいい。子犬が周りを認識するのは、だいたい生後二十一日頃だ。レッドの横に毛布を置きながら、わたしはささやいた。「がんばって、レッド。あなたならできるわ」お乳に執着するのと同じくらいの熱意で病気と闘ってくれれば、と思いながら病院を後にした。

帰宅してからも心配でしかたなく、さまざまに思いをめぐらせた。動物病院の診察室で震えるレッドを抱いていたこと。保育器に入れられたレッドの姿。この数日がレッドの最初の記憶の一部になってしまうこと。かわいそうなレッドは母犬からもきょうだい犬からも離れて、ひとりぼっちで保育器に入れられていることにいずれ気づくだろう。こんな目に遭わせるつもりはなかった。なんとかしてやりたいのに、できることはない。毎日、電話をかけて様子を聞いたけれど、一進一退だった。

「心臓に雑音があります」入院から三日目、獣医師が電話で言った。「今度の病気とは関係ないですけれど。成長したら、そのうち消えるでしょう」

〝成長したら〟。レッドは助かるという意味なのか、わたしの深読みだろうか？

長い四日間のあと、ようやく退院の許可が出て、わたしは胸をなでおろした。母犬やきょうだい犬と再会すると、レッドはすぐにお乳を求めた。本当にうれしかった。もう大丈夫だろう。

わたしの励ましに応えて、レッドは命がけで闘った。そのおかげで、わたしたちのあいだには新しい絆が生まれていた。強い結びつきができたせいで、イエローを手元に残すという決心に迷いが起きて、それから数週間、気がつくと二匹を比べていた。どちらを残すのがいいのだろうか。

生後三週間で子犬たちは目と耳が開き、歯ぐきを破って歯も生えてきた。全員が吠えられるようになり、子犬らしい吠え声の合唱は耳に心地よかった。子犬たちはお互いの上に飛び乗り、転げ回り、成犬のように取っ組みあって遊ぶようになった。

あるときわたしは、かごに入った友人の猫を産箱に入れて、子犬たちが猫に慣れるよう仕向けた。いちばん興味を持っていたのはイエローで、かごの前で寝てしまうほどだった。猫が実際に産箱にいないときは、寝るときに使った枕カバーを置いた。子犬たちの中で、猫の匂いがする布の上で丸くなったのはイエローだけだった。

四週間も経つと、子犬たちは産箱には大きくなりすぎたので、リビングの子犬用の囲いの中に移した。もう目も耳も開ききり、周りの様子がよくわかり、行動もさらに活発になっていた。裏庭の子犬用の遊び場に挑戦するタイミングだった。見知らぬ場所を探検する意欲をそそるため、餌のボウルをドアの外に置いた。囲いの入り口を開けて、誰が最初に一歩を踏み出すか見守った。

先頭はやはりイエローだった。間違いなくいちばん大胆で、冒険心に富み、いつも新しい世界を探索しようとしている。以前にも産箱を抜け出して、外の世界を探ろうとしたことがあった。ある日わたしはイエローを囲いから出して、リーナが寝ているリビングルームを歩かせてみた。硬い木の床がつるつる滑るのもかまわず、イエローは歩き始めた。きょうだい犬と離れる不安もないようだった。起きていたのは十分から十五分ほどで、そのあいだは一心不乱に遊び、二時間ほど寝てからまた遊んだ。

子犬たちには「おすわり」をしなければ囲いから出してあげないよ、と教えた。イエローは理解が早く、このころから頭の良さを示していた。わたしが姿を見せると、それが合図だというように、外に出してもらおうと鳴き声をあげるのが聞こえた。わたしと目が合うと、行儀よくすわるのだった。テレビを観るあいだ、わたしはついイエローを抱きあげたけれど、本人は別のことをしたがった。すぐ胸元から降りて、ジョージーのもとによたよたと歩いていき、一対一の授乳を求めるのだった。わたしが囲いの外への切符だと知っていたのだ！　ほしいものを手に入れるために、わたしを利用している。なんという頭脳を身につけ始めているのだろう。日ごとにイエローがかわいくなり、愛情を注ぐようになっていたけれど、一緒に試練を乗り越えて絆を強めたレッドにも惹かれていた。イエローと違って、レッドはずいぶんな甘えん坊だった。囲いから出してやると、わたしの胸元にもたれかかり、抱っこされるままになっていた。一対一の時間を利用してジョージーからお乳をもらうのではなく、静かな時間を楽しんでいた。イエローではなくレッドを残すのも、十分に想像できるようになっていた。

生後六週間を迎えると、子犬たちは一日の大半を外の遊び場で過ごすようになった。心とからだの発達をうながすおもちゃや道具が山ほど揃った場所だ。子犬たちはいつの間にか、よじ登ったり、くぐったり、跳び越えたりという動作を覚えた。こうして未知のものごとに取り組み、慣れることで、外の世界に出て行く準備ができるのだった。このころになると、それぞれの性格がよりはっきりとあらわれていた。

遊び場でも、いちばんの自信家はイエローだった。身軽で独立心旺盛。動くものや不安定な地面、歩きにくい通路、でこぼこした地面、そういったあらゆるものに興味を持っていた。ホースをつつき、しゃぼん玉で遊び、もちろんきょうだい犬にちょっかいをかけるのも大好きだった。頭の回転が速く、人と接するのを楽しんでいた。「取ってこい」をさせたとき、くわえたままどこかへ行ってしまう癖はあったけれど。この時点ではいちばん活動的だった。本人のためにも——わたしのためにも——もう少しおとなしくてもいいのではないか、と思うことさえあった。

一方のレッドは、もっと落ち着いていた。好奇心はあったけれど、障害物のあいだを歩く足どりはより慎重だった。愛くるしい性質で人の心をつかみ、抱っこされたり、おもちゃを持って遊びに来る子どもたちにキスをしたりするのが好きだった。リーナそっくりの気質で、わたしは懐かしさに胸が温かくなった。レッドは特別な犬に育つだろう。この子が死の淵から生還したのには、きっと大きな意味があるはずだ。

それから二週間、二匹の子犬と交替で一対一の時間を持った。毎晩、どちらかをベッドに連れてきて、リーナと一緒にテレビを観るのだった。イエローはじっと座っているのが苦手で、リーナのおもちゃを盗もうとしてばかりいた。レッドはベッドの上でのんびりしているだけで満足で、リーナのほうから遊びに誘う気配を見せるほどだった。リーナは明らかにレッドのほうが気に入っているようだ。

それに加えて、どんな状況でも自制心を失わず、穏やかで落ち着いた振る舞いのできるレッドのほうが、イエローよりはるかに介助犬に向いているように思えてきた。ただし条件をすべて満たしていても、心臓に雑音があるので介助犬を務めることはできない。それでもわたしは本当にレッドが気に入っていたから、手元に残すのをためらう理由は何もなかった。

後戻りのできない決断を下すときが迫っていた。残りの子犬たちの行き先は決まった——一部はセラピードッグの訓練を受け、残りは温かい家庭に引き取られる。レッドもわたしが手元に残さないと決めた場合、サンディエゴに家族の候補がいた。

リーナのときにアニマル・コミュニケーターを使ってうまくいったので、今回も評判のいいアシア・ヴォイトと電話でやり取りをすることにした。リーナ、イエロー、レッドのそれぞれの意見を聞けたら、どちらを残すか判断する材料になるだろう。アニマル・コミュニケーターに頼ることに抵抗を覚える人もいるだろうけれど、これは大事な決断で、あらゆる選択肢を柔軟に考えておきたかった。アシアに対しては、イエロー誕生の経緯はいっさい伏せておいた。

「始めましょう」と、アシアが言った。「意見を聞いてみましょうね。レッドは、自分とあなたはどちらも苦難を乗り越えてきたから絆が強いと言っているわ」

レッドが死の淵に瀕したことは話していなかったので、背すじがぞくっとした。アシアが続ける。「断トツで賢いというわけではないけれど、性格の良さはいちばんだわ。でも『あなたの犬』はイエローだと言っている」

続いてアシアはリーナに話しかけた。「あなたはどっちの子犬と一緒に暮らしたいの？」

リーナの答えを聞きながら、電話の向こうでアシアが微笑んでいるのが目に浮かぶようだった。「お気に入りはレッドだけれど、イエローがあなたにとってはベストだと言っているわ」

リーナなら当然、わたしに気を遣うだろう。

「イエローの頭はくるくる回転しているわ」と、アシア。「いつも何か考えていて、リーナはそれに圧倒されている。だから逃げ出すのよ」それから笑い声。「ときどき、イエローに静かにしなさいと言うんですって。あなたは知り過ぎていると」

最後に話しかけたのがイエローだった。時間をかけて茶色の子犬とつながったあと、アシアは言った。「残してもらえなかったら悲しい、とイエローは言っているわ。でもペットにはなりたくないの」。それだけでもう心が動いたけれど、最後の言葉には鳥肌が立ち、不思議な感覚に襲われた。「イエローは、自分があなたの運命の犬だと言っているわ」

わたしの、運命の犬。

ぼうっとしながら受話器を置いて、アシアの言葉を反すうした。とっくにわかっていたことかもしれないけれど、これではっきりした。イエロー、レッド、リーナ。大切な犬たちが、わたしに教えてくれた。イエローのリボンを巻いた子犬を手元に置くなら、今の呼び名を使い続けるわけにはいかない。きちんとした名前が必要だ。その夜、姉のマリアに電話をかけて、意見を聞いた。

「自分ではどんな名前がいいと思っているの？」と、マリア。

「わからないわ。ずっとイエローと呼んでいたんだもの。『ケ・セラ・セラ』にしようか、まだ迷っているんだけど……」

「将来どうなるかわからないという意味では、正しいかもしれないわね」マリアが賛成してくれた。「この世界にはたくさんの道があるのよ。わたしたちが考えているより、もっといい道があるかもしれない」

「そうね」わたしはしばらく黙った。「短く〝セラ〟と呼んでもいいかも」

他の名前についても話し合ったけれど――機会《チャンス》、運命《デスティニー》、宿命《カルマ》――どれもピンとこなかった。そのとき携帯電話を握って子犬の遊び場に立っていたわたしの前を、茶色の毛のかたまりが風のように走り抜けていった。イエローが突進してきて、子犬用のプールに飛び込んだのだ。プールに水は入っていなかったのに、文字通り四本の足が宙を舞い、風のように身をひるがえす。エネルギーに満ちていた。

「あの子ったら！　あっ、壁に飛びついた。遊び場を跳ね回っているみたい……」そのときぱっとひらめいて、わたしは言葉を切った。「跳ね回る《リコシェティング》！　これだわ」

こうして決着がついた。宇宙と関係した名前をつけようというわたしの壮大な計画をよそに、たった七週間の子犬が自分で名前を決めたのだった。一瞬で定着した。部屋の中を跳ね回るエネルギーのかたまりで、すべてのものごとを変えてしまう嵐のような存在だった。

動物はそれぞれ特別な使命を帯びて人間のもとに来る、とわたしは信じている。彼らはわたしたちよりずっと賢い。だからわたしは三匹の賢い犬たち――リーナ、リコシェ、レッドの意見を聞くことにしたのだった。それ以上にわたしは、自分の心の声に従った。リコシェがこうやって生まれてきたことには意味がある。見えない力が、わたしたちを結びつけてくれたのだ。未来のことはわからなくても、なるようになるだろう。ケ・セラ・セラ。

イエローことリコシェはわたしのもとに残った。

第6章 期待という罠——離れていった心

「人生を計画するのをやめて、
流れのままに歩むのだ。恐れてはならない」
——ジョゼフ・キャンベル

「いい子ね、リコシェ」ごほうびをもらおうといそいそとやってきたリコシェの頭をなでて、わたしは言った。こんなにやる気と集中力が高く、わたしを喜ばせようとしている犬は初めてだ。

「ギブ（渡して）」そう指示されるとリコシェはすぐに顎をゆるめて、木製のブロックをわたしの手のひらに置く。「ライト（電気をつけて）」リコシェは壁にある黒いスイッチを鼻で押す。そんなときわたしは、チアリーダーのような歓声をあげて誉めるのだった。「よくできたわ、リコシェ！」

訓練のセッションの最後には必ずごほうびをあげて、おなかをなで、いい雰囲気で終えるようにした。胸元のやわらかい絹のような白い毛をなでていると、絆を強めたこの数週間のことを思い出した。きょうだい犬が残らず温かい家庭に引き取られてからは、時間を好きなだけリコシェとリーナに使うことができて、わたしたちは以前よりずっと落ち着いた毎日を送っていた。

ある日、用事があって外出するあいだ、リコシェを子犬用のおもちゃを置いた囲いの中に入れておいた。そこなら動き回れるし、危険もない。三十分も家を空けていなかったはずだったのに、帰宅すると囲いは空っぽだった。突然、リコシェが寝室から飛び出してきた。幸いにも、何も事故は起こらなかったようだ。それにしても、いったいどうやって逃げ出したのだろうか。

リコシェを囲いの中に戻して、ビデオカメラを設置し、わたしがその場を離れた数分間を撮影した。映像には囲いの外におもちゃがあるのを見つけた独立心旺盛な子犬が、あれを手に入れるいちばん簡単な方法は柵を乗り越えることだ、と結論づけた様子が映っていた。小さなからだをよじらせて柵を乗り越えるのを見ながら、これからは囲いを覆うカバーをしなければ、と思った。リコシェの賢さは想像以上だった。

リコシェはどんな訓練課題もたちまち理解し、すばらしい結果を出した。最低でも六カ月になるまで子犬に複雑な行動は教えられない、という常識を覆している。服のジッパーを開けたり、洗濯物を運んできたり、わたしの足から靴下を脱がせたり、棚を開けたり、その他いろいろな行動を学習する速度にわたしは興奮した。これがたった八週間の子犬だなんて。

リコシェは想像をはるかに超えた賢さを発揮した。わたしが綿密に計画した介助犬の訓練プログラムは、伸び盛りの子犬にとって——その熱意は人間の生徒顔負けだった——とても刺激的だったようで、いつも新たな学びの冒険を心待ちにしていた。

「タグ（引っぱって）、リコシェ！」わたしは大きな声を出して、冷蔵庫のドアの取っ手から垂れ下がっているピンクのロープを指さした。リコシェはからだをくねらせながらその場を回り、リーナに向かってうれしそうに吠えてみせた。

「リーナ、お手本を見せて！」

忠実なリーナは——体格はリコシェの三倍あり、毛皮はもっとふかふかしている——言われたとおり「妹」の横を通って、ロープをくわえて強く引き、ドアを開けてみせた。〝ほら、こうするのよ、リコシェ〟

「よくできたわ、リーナ。あなたの番よ、リコシェ！」リコシェが冷蔵庫に近寄った。「やってごらん！　タグ！」

リコシェがロープをくわえて、全身に力をこめて小さなからだを震わせながら、ドアを開けようとした。するとリーナが駆け寄り、二匹はわたしが指示を出したとしてもたぶんできなかった行動をした。一緒にロープをくわえ、そろって後ずさりしてドアを開けたのだ。まさに犬どうしが、助け合いの精神を発揮していた。

「すごいわ！　ふたりで引っぱったのね！」

こうした瞬間こそ、訓練が報われる。わたしはうなずきながら拍手をして、二匹が協力したことにあらためて感心した。リコシェのしっぽが揺れているのは、もう要領をつかんだしるしだった。一度試せばほとんどなんでもできて、あらゆる行動を記憶しているのだ。まるでわたしの考えを読み、何を指示されるか先回りしているように。

「ハックション！」わたしは大きなくしゃみの真似をする。そんなときはティッシュを持ってくるのだと、たった十一週間のリコシェは一度の訓練で覚えた。偽のくしゃみの大きさをささやき声ほどに抑えても、ちゃんと反応した。

ある日わたしは、本物のくしゃみの発作に襲われた。するとリコシェが箱ごとティッシュをくわえて走ってきて、床に落とし、次々とティッシュを引き出すのだった。「ありがとう、リコシェ」わたしは心をこめて言って、なめらかな手ざわりの頭をなでた。

誉められたのがうれしくて、リコシェは目もとをくしゃくしゃにして、力いっぱいしっぽを振った。

「本当にいい子だわ。りっぱな介助犬になれるわよ」

リコシェが基本的な動作を身につけたあとは、どんな状況にも落ち着いて対応できるように練習を重ねた。きちんと訓練された介助犬は周りの様子がどうであれ――大きな音が鳴っていても、ざわついていても、人間があわてていても――冷静にやるべきことをするものだ。これからはわざと邪魔をしたり、待たせたり、慣れない環境に置いたりして訓練しなければいけないけれど、リコシェの持って生まれた能力を考えれば、どんな状況でも義務を果たしてくれると信じていた。

頭の回転が速いだけでなく、リコシェは驚くほどバランス感覚がよかった。子ども用のプールに入るのが好きなので、ある日ボディーボードに乗せてみた。ほんのお試しのつもりだったけれど、そこはリコシェらしく、またわたしを驚かせてくれた。ボードの上でプロ顔負けにバランスを取り、好奇心に目を輝かせていたのだ。そこで訓練用のごほうびを使って、不安定な板の上でバランスを取るリコシェをぐるりと一回転させてみた。足が四本あったとしても、水面に浮いた板の上で三六〇度回るには強い自信と集中力が必要で、称賛に値する。リコシェは本物の「子犬の神童《パピープロディジー》」だった。

これまでの経験から、犬たちの頭脳が人間の予想をはるかに超えていることは知っていたけれど、それでもリコシェほど学習が早い子犬は初めてだった。新たな動作として「ヒット（レバーを押して）」、「ハイタッチ」、「ホールド（くわえて）」、「レトリーブ（拾ってきて）」、「スピーク（吠えて）」ができるようになった。リーナを見ていて覚えたのか、靴を見ると目の色が変わるので、靴だけはドアの脇に並べておけなくなってしまった。あれだけおもちゃを持っているのに、相変わらず靴と新聞紙が大のお気に入りなのだ！

リコシェにはありとあらゆるものに触れる機会を作った。毎日が新しい冒険だった。大勢の人間と接して、車椅子や杖、その他介助犬として出会うはずのすべてのものに慣らしておきたかった。リコシェはよく頑張っていたけれど、たまに我を忘れて無謀な行動に走ることもあった。あるときわたしたちは、ボート乗り場の近くのバーベキュー場にいた。リーナとリコシェが川で泳いでいると、カヤックに乗った女性がパドリングをしながら通りかかった。怖いもの知らずで好奇心満点のリコシェは、水の上の見慣れないものを避けるどころか、片足をカヤックにかけた。そして両足、ついに四本の足！　信じられないほどのバランス感覚を駆使してカヤックの上を歩き、女性の膝の上に乗って、そのまま心地よく居座ってしまった。幸い女性は招かれざる副パイロットのいたずらをおもしろがってくれて、わたしたちはおなかを抱えて笑った。

カヤックの上で並外れたバランス感覚を見せたこと、子ども用のプールでボディーボードによじ登ろうとしたことを考えて、リコシェをサーフボードに乗せてみることにした。うまく乗ってくれるだろうか。リコシェを連れて、犬も入れるフィエスタ・アイランド・パークの浜辺に行ってみた。向こうでスピードボートが穏やかな波を立てている。リコシェとわたしが足首まで冷たい海水に浸かるあいだ、リーナは楽しそうに海藻の匂いをかぎ、あたりを探検していた。わたしがサーフボードを安定させると、ごほうびのチーズスプレッドに惹かれたリコシェが飛び乗った。通りすがりのジェットスキーが立てた小さな波の様子をうかがいながら、わたしはリコシェの準備ができているか確かめた。四本の足でしっかりと立っていたので、合図を出す。「ゴー」

サーフボードを離すと、リコシェは楽々と優雅に、波に乗った。

「よくできたわ、リコシェ！」わたしは大きな声で言ったけれど、リコシェは聞いていなかった。リーナが待っている海辺でボードから飛び降り、二匹で波打ち際を駆け抜け、めちゃくちゃに八の字を描き、砂ぼこりを立てる。犬がいちばん好きなことをして、楽しんでいた。

二匹が戻ってきたので、もう一度リコシェに波乗りをさせようと思って、リードをつけて海のほうに向かった。ところがリコシェは足をふんばって、頑として動こうとしなかった。犬が足を止めて動くまいとすることを、わたしは「根を生やす」と呼んで、コミュニケーションの一種だと考えている。反抗されたと受け取る人もいるだろうけれど、何かを伝えようとしているはずなのだ。犬たちとは対等な関係でいたいので、リコシェの気持ちに配慮した。理由はよくわからないけれど、とにかく水に入りたくないのだろう。寒いのかもしれないし、疲れたのかもしれない。はっきりとはわからなくても、リコシェの決断を尊重して、無理にサーフボードに乗せるのはやめた。

それから何週間も、リコシェはやることなすことすべてで結果を出し続けた。ところが生後十六週間ごろのある日、リードを取ってくる訓練をしていたときに、突然何かが変わってしまった。リコシェは気が散っているようで、反応が鈍かった。ただ、その時はあまり心配していなかった。どんな犬でも、ぱっとしない日はあるものだ。けれどやがて、その日だけの問題ではないとわかった――何カ月ものあいだ、毎日が同じことの繰り返しになった。なんとかしてやる気を起こさせようとしても、リコシェはまったく無関心で、以前は好きだった訓練にも興味を示さなくなっていた。

　前ぶれもはっきりした理由もなく、リコシェは輝きを失ってしまった。火は消えて、優秀な頭脳が花火のように明るく燃えたあとの灰だけが残った。無関心、無反応で、気分は落ち込み、何にも興味を持とうとしない。時間が経つにつれて、リコシェはうつ状態、わたしはいら立ちを抱え込むという形になってしまった。まったくの手詰まりだった。わたしたちの絆はほつれ、なだめてもすかしてもリコシェは反抗した。わたしはリコシェの能力を信じていたけれど、本人は期待に応えて特別な犬になるのを拒否していた。

「やってごらん、リコシェ！　ごみ箱を引っぱってきて！」わたしは後押しした。

　今までのリコシェなら、ごみ箱を引きずってアスファルトの道を走ってくるのが楽しくてしかたなく、取っ手に結ばれたロープをくわえて、集中した表情をしていたものだ。でもこのときは、いそいそと駆けていくどころか、芝生に寝そべってわたしを見上げただけだった。

いったい、どうしてしまったのだろう？

リコシェの無関心が続くのに焦ったわたしは、アクティビティ部門の総責任者の役割を引き受けて、新しいアプローチを次々と試した。認めたくはないけれど、日々の目標はどうやってリコシェにやる気を起こさせるか、という一点になっていた。いちばん居心地のいい環境で訓練をしたり、訓練の前後に与えるごほうびを変えてみたりした。レバーやチーズといった高価なおやつを用意して、フリスビーやキーキー鳴るおもちゃ、ぬいぐるみも買った。そこまでしてもリコシェは訓練のセッションを勝手に切り上げ、ひとりで遊んでいるのだった。介助犬候補ならやる気を起こすはずのごほうびは、どれも役に立たなかった。工夫の余地はいろいろあったけれど、わたしのように勉強した人間でも、正解が見つからなかった。

わたしは自分の子どもが手に負えなくなったのを言い出せずにいる、罪悪感でいっぱいの母親のようだった。リコシェの高い能力からいえば簡単にクリアできるはずの課題の記録は、失敗の日記のようになっていった。

一月十五日　リコシェは注意欠陥障害なのかもしれない。まるで集中力が続かない。昔はプールが大好きだったのに、今日は一分ほど水に飛び込んで遊んだかと思うと、ハチを追いかけて行ってしまった。この年齢の犬なら、もっと長くおもちゃや課題に集中していられるはずなのに。もうお気に入りのおもちゃもないし、何にも興味を持たなくなっているみたい。

二月五日　リコシェは昔のリーナと違って、抱っこされたり甘えたりするのが好きではないらしい。ひとりでふらふらしていれば満足なのだ。介助犬は人と一緒にいなければいけないのに。

二月八日　あの子ときたら、まるで女王さまだ。外出するとき、車に乗ろうとしなかった。なんでも自分のやり方で、好きなだけ時間をかけてやろうとするのだ。

今やリコシェが興味を持つのは穴掘りだけだった。あとはホリネズミ。あるいは穴を掘って、ホリネズミを捕まえること。わたしの庭はまるでミニチュアのグランド・キャニオンで、青々とした芝が生えていた地面も、土の山と穴ぼこだらけになってしまった。リコシェが作った庭は、わたしたちがどれだけ振り回されているかを、目に見える形で日々突きつけてきた。五分でも目を離せば、新しく地面を掘り返してしまうのだ。わたしがフェンスを置いたせいで、かわいそうなリーナは庭で自由に遊べなくなってしまった。ホリネズミとリコシェのひっきりなしの穴掘りのせいで、どこもかしこも泥だらけだ。毎朝、前庭の通路の泥を掃くようにしていたけれど、いつの間にかまた泥だらけになっているのだった。わたしが日々、リコシェとのやり取りにうんざりし、いら立っていることを象徴するように。認めたくはないけれど、かつての天才児は問題児に成り下がってしまった。わたしはリコシェに嫌気がさし、愛らしく素直なリーナとふたりきりだったころを懐かしく思うようになった。子犬のころのリーナは、こんな面倒を起こしたりしなかった。それどころか、いつもわたしの指示に喜んで従った。訓練が大好きだったのだ。二匹を比べるのは後ろめたかったけれど――そんなことは理不尽だろう――どうにもならなかった。わたしは悲観的な人間の常として、何でも悪いほうにとらえる癖があり、もともとのそんな性格のせいでリコシェに注ぐまなざしも暗くなっていた。後ろ向きな考えにがんじがらめになっていた。

環境を変えればいいのかもしれないと思って、リコシェとリーナをデル・マー・ドッグ・ビーチに連れて行った。浜辺で準備をしていたとき、リコシェが向こうを一心に見つめているのに気づいた。からだを興奮で震わせ、視線は波打ち際に張りつき、何かを追っている。そのときわかった。シギが波打ち際を飛び回り、くちばしで砂を掘っているのだ。

砂浜に鳥がいるのはいつものことだったけれど、切れていたリコシェのスイッチがぱちんと入ったようだった。両耳がまっすぐ立ち、深い茶色の瞳がシギの動きをつぶさに追っている。生き生きとして、夢中になっていた。こんな姿を見るのは久しぶりだ。からだに溜まったエネルギーを抑えきれず、今にも駆け出そうとしている。こんなリコシェを求めていたのだ。こんなリコシェに戻ってきてほしかった。そこでつい、してはいけないことをしてしまった。リードを外して、自由にしてやったのだ。

リコシェはバネのように飛び出して、三秒でトップスピードに乗った。風に両耳がなびき、足どりに合わせて毛並みが踊っている。口を開け、うれしくてしかたがないというように、横から舌がだらりと出ていた。自由の象徴だった。これが昔のリコシェだ。リコシェが生き返った。

リコシェが波に突進すると、シギはすばやく飛び立ってよけた。小さな鳥は用心深く、砂浜の向こうまで逃げていったけれど、リコシェにあきらめる気はなかった。全速力で鳥を追っていく。そのたびに相手が別の場所に逃げるので、また追いかけっこだ。わたしは思わず笑い声をあげて、手をたたき、後押しした。「その調子よ、リコシェ！　つかまえてごらん！」

リコシェは自由そのもので、一枚の美しい絵のようだった。

しばらくのあいだ、わたしは現実から目をそむけた。全力で何かに取り組んでいるリコシェを見ているのが心地よくて、考えたくなかったのだ。昔のリコシェのおもかげを、楽しく眺めていたかった。けれどいつまでも考えずにいることはできない。言うまでもなく問題は、介助犬にとって鳥を追うという性癖は危険だということだ。

「鳥を追ってはだめだわ」と、わたしは口に出したけれど、まだ実感はなかった。もう一度口にすると、その重みがのしかかってきた。「鳥を追うわけにはいかない」車椅子につながれたリコシェが、飛んでいる獲物を追いかけたいという衝動に駆られたら、車椅子の主は怪我をするかもしれない。ほんの一瞬、浮き立つように軽かった心は――わたしは想像の中で、元気いっぱいのリコシェと並んで走っていた――たちまち沈みこんだ。新たな試練の訪れだった。

衝動をコントロールするよう、訓練しなければいけない。

残念ながら、鳥を追いたいというリコシェの願望は、その日たまたま生まれた一瞬の気の迷いではなかった。追いかけられるものは何でも追いかけたいという、心からの欲求だった。その日から、リードを外してもいい公園などで鳥を見ると、たちまち追いかけて行くのだった。


リコシェの追跡願望は必ず抑制できるはずだ。そう考えて、ある日ペットショップのインコのケージの前にリコシェを座らせ、わたしも腰をおろして足を組んだ。わたしを見つめるように指示を出して、少しでもこちらを向いたら、すかさずごほうびを与えた。

「わたしを見て」

リコシェは言われたとおりにしたけれど、あきらめと退屈がはっきりと顔に出ていた。

二羽のインコはちょっかいを出しあい、羽をばたつかせ、喧嘩をしている。

「わたしを見て」リコシェの視線が鳥のほうに向くと、わたしは繰り返した。こちらを見るリコシェの目の上のうぶ毛がぴくついているのがわかった。「よくできたわ」そう言って、またごほうびをあげた。次第にリコシェは鳥を盗み見るのをやめて、わたしを見つめていられるようになってきた。

「鳥はだめ。わかった?」片方の眉が上がる。ひげがぴんと立つ。わたしはリコシェの瞳をのぞき込んだ。「いったいどうしちゃったの?」

鳥がいる場所でわたしに集中することを教えられれば、問題を克服できるはずだ。わたしたちは少しずつ進歩した。実際のところリコシェの目の前で、砂浜のハトに餌をあげることもできたのだ。でもリードが外れていると、話はまったく違った。

気候が暖かくなってきたのでサーフボードを持ち出し、またサーフィンをやってみることにした。友人のサラと一緒にコロナド・ドッグ・ビーチに行き、雲間から差し込んでくる太陽のもと、サラはボードを安定させ、わたしはボードに乗って回転するようリコシェに指示した。持病のリウマチのせいで、わたしは海の中でリコシェを手伝うことはできないけれど、サラは膝の深さまで入っても問題ない。リコシェはライムグリーンのラッシュガードを身につけて、真剣な表情をしていた。一度みごとに成功し、浜辺までたどりついて飛び降りた。ボードには後ろ向きに乗っていたけれど、ひとまずうまくやったのだ。

「乗りかたはちょっと練習が必要ね」と、わたしは笑った。「でもコツをつかんできているわ」

正しい方向にリコシェの顔を向けて、ごほうびにチーズスプレッドを一口あげた。それからふたたび挑戦する。肩ごしに様子を見ながら、次の波が来るのを待った。深さは膝くらいまであって、少し海面が泡立っていたけれど、それほど波が高いわけではなかった。

次の波が来たので、わたしは声を上げた。「来たわ!」

それを合図にサラがボードを離し、リコシェが波乗りを始めた。

「きっとできるわ！」わたしは大声を出したけれど、頭上を鳥の群れが飛んでいくのが目に入って、息が止まりそうになった。

「やめなさい！」と呼びかけたのに、リコシェはたちまちボードから飛び降りて、全速力で砂浜を駆けていってしまった。怒鳴ってもしかたない。鳥を追いかけるのに疲れたら戻ってくるだろう。ようやく戻ってきたリコシェにリードをつけて、あと二回ほど波乗りを試そうとしたけれど、リコシェはその場に根を生やし、ぴくりとも動かなかった。訓練と同じように、サーフィンにもすぐに飽きてしまったのだ。その様子を見ているとサーフィンはもう無理だったので、リードを離した。サラがサーフボードを引っぱり、わたしは沈んだ心のまま、のろのろと海から上がった。

「もう無理だわ」わたしは振り返って、砂浜と海に文句を言った。浜辺ではリコシェが飛び跳ねながら、空の鳥をうれしそうに追っている。その熱意には感心するけれど、どうやって訓練に生かしたらいいのだろう。

リードを外されたリコシェが鳥を追っているのを見るたびに、大好きなことをしているのだと思って少しだけ胸が温まった。浜辺に立って、リコシェの全身が喜びに沸きたつのを眺める。からだを縮めて、一気に鳥に飛びかかる。飛び立った鳥の群れを追いかける姿を見ていると、筋肉とからだの強さがわかった。けれどそのせいで、ますますいら立ちがつのった。「世界一速い鳥追い犬」なんていう職種はあったかしら？　鳥を追う衝動を抑えられないのなら、介助犬の訓練を中止するしかないだろう。

まだあきらめる気になれなかったので、訓練をしばらく休んで、もっとからだを動かすアクティビティをさせ、遊びを通してやる気を起こさせることにした。昔のリコシェを取り戻すためなら何でもいい。ルアー・コーシングはリコシェの天国だった。機械で操作されたルアーを追う競技で——今回はビニールのレジ袋が使われていた——ルアーは芝生の上を時速六十〜八十キロであちらこちらと移動する。リコシェは夢中でスタートを切って、トップスピードで駆けまわり、からだをねじり、方向転換し、一心不乱にレジ袋を追っていた。

ルアー・コーシングでエネルギーを発散し、課題に集中する感覚をつかんだのだから、翌朝は素直に訓練に応じてくれると思った。リコシェは電池のおもちゃが大好きなので、子犬そっくりのおもちゃを買っておいた。「ゴー！」という号令を聞いたら、耳がぴんと立つはずだ。ところがリコシェは左右の眉を順番に上げただけで、こう言いたげだった。「何なの？ それ、さっきペットショップで買ったものでしょ」あくびをして、地面に頭を下ろす。漫画の『スヌーピー』には「ワー、ワー、ワー」とひたすら繰り返す先生が登場するけれど、わたしとリコシェときたら、それと同じやり取りを延々としているようだ。リコシェは何も聞いていなかった。あっさりと課題から——そしてわたしから——離れていってしまった。わたしの動作ひとつひとつを食いいるように見ていた子犬は、どこに行ってしまったのだろう？ わたしに応えようとするリコシェの熱意が懐かしかった。あのころの絆が懐かしかった。

ふいに子ども時代のことを思い出した。わたしは六歳か七歳で、父が「ぶらんこ」をしてくれていた。父に抱き上げられてぐるぐる回され、足で天井を蹴ろうとするのが楽しくてしかたなかった。十歳のころ、父が言った。「おまえは影のように、ずっと父さんのそばを離れなかったんだよ」離れなかった。そのときは聞かなかったけれど、いつから過去形になってしまったのだろう。同じパターンが、数度の結婚生活でも繰り返された。知らないうちに「現在」が「過去」になってしまうのだ。ある日、仕事に出かけた夫が「行ってくるよ」と言わなかったことに気づいた。昨日は言っただろうか？　わからない。なぜ気づかなかったのだろう？　同じような溝がリコシェとのあいだに生まれてしまったのではないか、と不安になった。

訓練にもっと新しい風を吹き込むために、ドック・ジャンピングに挑戦してみた。きょうだい犬のレッドと家族が大会に参加すると聞いていたので、いろいろな意味で楽しい一日になると思った。この競技では、犬が台《ドック》のふちから水に飛び込んで、距離と高さを競う。水が好きなリコシェにはぴったりだと思った。

でもリコシェの意見は違った。他の犬のように思いきりよく飛び込むのではなく、台のふちで足を止めてしまうのだ。ほんの小さなころからリコシェは論理的な頭脳を持っていて、行動する前にじっくり考えていた。たとえばわたしがプールにおもちゃを投げ込んでも、反射的に飛び込んだり、目先の楽しみだけのために行動したりしない。プールのふちに座って、どこまで跳ばなければいけないのか、どれだけエネルギーが必要か、おもちゃがどの方向に流されているか、きちんと計算するのだった。鳥を追うとき以外、リコシェが衝動的に動くことはなかった。今日もそうだった。

「かわいいわね」と、誰か。「どうやって飛び込もうか、真剣に考えているんだわ」というより考え過ぎよ、とわたしは思った。どうしてさっさと飛び込まないの？　あのエネルギーはどこに行ってしまったのかしら？

ようやく決心がついたのは、水の中にレッドの姿が見えたときだった。ところがわざとおなかから飛び込んで、レッドの真上に着水したので、あたりは騒然となった。おもちゃを取ってくるはずが、レッドの邪魔をしただけだった。わたしは飛び込み下手な「元・神童」について謝る羽目になった。他の犬のように遊ぶでもなく、リコシェは日なたでからだを乾かしている。よその犬と飼い主たちが一体となって、ジャンプしたり笑ったりして一日を楽しんでいるのに、リコシェはハエを追いかけている。嫉妬で目の前がよく見えなくなった。

何よりもどかしかったのは、リコシェがあれほどの才能を秘めているのに、使うのを拒否していることだった。楽しいはずのアクティビティでも、座り込んでまるで無関心だった。

わたしがむきになればなるほど、リコシェはかたくなに拒否した。残念ながら、わたしにはハードルを越えるだけの力がなかった。リウマチがひどくなり、毎朝ベッドから這い出るだけでも一苦労だったのだ。リウマチの専門医に予約を入れながら、自分のからだの悪さと、そのせいであちこちに影響が出ていることを考えた。ひょっとしてリコシェの無関心も、からだに原因があるのだろうか？　けれどいくら詳しい検査を受けても、獣医師は悪いところを発見できなかった。

必死で答えを求めて、カイロプラクティックやエネルギー・ヒーリングといった新しい手段も試してみたけれど、大きな効果はなかった。わたしの財布が軽くなり、心がいっそう重くなるだけだった。またもやリコシェが車に乗るのを拒否した日、もう手に負えないのがわかった。昔手伝ってもらったアニマル・コミュニケーターのアシアならリコシェに言い聞かせてくれるかと思って、電話をかけてみた。受話器を耳に、泥の山と化した庭を見つめながら。

「アシア、もっと熱意を見せてほしいとリコシェに言ってちょうだい」

「あなたが何を言いたいのかわからないそうよ」と、アシア。

「他の犬はおもちゃを取ろうとして、プールに飛び込むでしょう。いつだって、何のためらいもなく。それがわたしの言っている熱意なの」

アシアはそっと笑って、注意深く言葉を選んでいるようだった。「リコシェはそんなの下らないと言っているわ。なぜみんなが同じことを何度もやりたがるのか、わからないって。もう終わったのに、どうしてまたやるの？　新しい、いつもと違うことをしたいの。ばかみたいに同じことを繰り返すのではなくて」

ばかみたいに同じことを？　庭に五十個も穴を掘るのは、ばからしくないというの？　できれば聞きたくない言葉だった。訓練とは同じ行動を繰り返して、安定した能力を得ることだからだ。そろそろ限界だった。どうやらリコシェは無限の才能を持つ一方で、新しくもおもしろくもないことにはまったくやる気が出ないらしい。アシアにお礼を言って電話を切り、つらい事実に向き合った。リコシェとわたしは「夢のコンビ」などではない。特別な犬に寄せていた大きな期待は、ガラガラと音を立てて崩れ去った。失望と喪失は、わたしにとっておなじみの感情だ。

リコシェの輝きを取り戻そうとして費やした一年は、無駄に終わった。そもそも、何を夢見ていたのだろう？　わたしの人生は、喪失と挫折の繰り返しだ——今回もまた、デジャブのように失意が訪れたというわけだ。リコシェとの関係だけはうまくいくなんて、どうして思ってしまったのだろう？　もしかしたらわたし自身が恐怖という毒を持っていて、そのせいで最高の犬をだめにしてしまったのかもしれない。

リコシェの胸の白い模様は何かの予兆だと思い込もうとしていたけれど、今では遺伝子の作用にしか見えなかった。この子を選んだのは大きな誤りだった、と思うと胸がうずいた。それどころではない。リコシェもわたしを誤って選んだことで、この世で歩むべき道を歩めなくなってしまったのだろうか？

第7章 受容——魂の解放

「人生が満たされるのは、
ただ自分の使命を果たしたときだけだ」
——シャンドレン・レディ

リコシェは何カ月も反抗を続け、まじめに訓練するのを拒否した。抜群に頭のいい子どもに似ている。勉強など簡単で、できるとわかっているから学習や練習の必要性を感じられず、ただ面倒くさいだけなのだ。リコシェはどこかへ行って寝そべってしまうか、訓練を放り出してしまった。その様子を見ていると「無目的」という単語が浮かんできた。何もかも、どうでもいいのだ。おまけにケージが逃げ場所だと決めたようで、そこに引きこもって満足してしまった。

リコシェが幼かったころ、わたしの胸を満たしていた誇りはかき消えた。誇らしかったことさえ忘れかけていた。かわりに、暗い失望感に満ちた怒りがうずまき、何ひとつ満足にできない犬に対する落胆だけが残った。リコシェのきょうだい犬が訓練やアクティビティでいい成績を残しているのを見て、ひそかに恥ずかしさをおぼえた。訓練士が育成プログラムの看板として育てている犬が、問題児だなんて。

今振り返るとわたしたちのコミュニケーション不全や絆のほつれ、不信の原因となっていたのは、わたしの管理主義と無理な期待、そして失望感だった。わたしは批判の声を自分の中に留めておけず、リコシェを人前で非難するようにまでなっていて、関係は悪化するばかりだった。不運にも訓練のアイデアや忍耐心ばかりではなく、時間までなくなってきていた。

リードをつけたリコシェなら衝動を抑えるように仕向けられたし、わたしと一緒のときなら決して獲物を追おうとしなかった。でも現実問題として、障害のある人のもとに派遣されたあと、絶対に鳥を追って走り出さないという保証はない。あまりにリスクが高すぎた。

こうした問題と、訓練に熱意を示さないというのが、常に悩みの種だった。できれば考えたくなかったけれど、別の人に預けようかとも思った。わたしはリコシェにとって最善のことを望んでいたけれど、わたしと一緒に暮らすのは、この子にとって最善ではないのかもしれない。万が一、手放さなければいけない場合を考えて、預け先を当たった。候補のひとりの女性はとても熱心で、アニマルセラピーという選択肢を教えてくれた。家で飼っているセラピードッグたちは、彼女と一緒に災害の現場を訪れ、トラウマを負った人びとに寄り添っているという。他にも引き取り先の候補はあり、どこに行ってもリコシェが愛されるのは間違いなかった。

それにしても、ひとつの疑問が頭から離れなかった。あれほど優秀だった犬が、どうして生後十六週間を境に変わってしまったのだろうか？　リコシェはうつ状態のようだけれど、なぜかわからなかった。今になってみれば、はっきりとわかる。わたしにはこの子の病気の正体を突き止めるだけの力がなかった。わたし自身があまりに長いこと心を閉ざしていたので、リコシェの心もそうだと見抜けなかったのだ。わたしは深い失意の中にあったけれど、これ以上決断を先送りすることはできなかった。介助犬の訓練を中止しなければいけない。

暗い気持ちでそう考えていたとき、思いがけないメールを受け取った。あるイベント企画会社が〈ピュリナ・プロ・プラン・インクレディブル・ドッグ・チャレンジ〉という大会を主催していて、サーフィンをする犬、すなわちサーフ・ドッグのための大会を初めて開くという。全米規模のテレビ局の撮影が入るということで、既に話題になっていた。メールによると十二匹ほどが参加する予定だったけれど、キングという名前の犬が割れた爪を治す手術を受けなければいけなくなり、参加をキャンセルしたらしい。こうして一匹分の空きができ、代役としてリコシェが招待されているのだった。

じっくり考えてみても、不安は消えなかった。頭の中で声がする。参加させてみましょうよ。サーフボードに乗るのは上手だったじゃないの。別の声がする。何を言っているの？ボードに二回乗ったらいいほうなのに。根拠のない心配ではなかった。いつもリコシェは二回ほど海に入るだけで、あとは浜辺に根をおろし、今日のサーフィンのセッションは終わりだと主張するのだった。おまけに、経験豊かで熟練したドッグサーファーたちと競うことになるはずだ。たった一匹の初心者だというだけではなく、出来栄えが映像に残ってしまう。

数回波乗りをするよう求められるだけで、海に入っている時間もそんなに長くないはずよ、とわたしは自分に言い聞かせた。もしうまくいったら、子犬を早期から教育するメリットの証明になり、若い犬の驚くべき能力も見せつけられる。〈パピー・プロディジー〉のいい宣伝になるか……それとも悲惨な失敗になるか。

心配の種は尽きなかったけれど、ともかく主催者団体にメールを送り、招待を受け入れた。大会まで二日しかない。観客やテレビ局、よその犬――そして、もしかしたら鳥がいるところで、リコシェはどうやってサーフィンするのだろう？　わたしは何を考えていたのだろうか？あの子は後ろ向きにサーフィンするかもしれない。大会前夜は、胃がおかしくなりそうになりながら眠りについた。

当日の朝は神経が張りつめていたけれど、なんとか一日を乗り切ろうと思った。サーフィンの大会なんて、気を揉むまでもない。うまくサーフィンできるか、できないか、それだけだ。人の目が集まるのは、それでもいやだったけれど。砂浜に向かう途中、車の窓を開けて、潮風が胃の調子をよくしてくれることを願った。海の匂いをかぐとリコシェはたちまち元気になり、波打ち際が見えてくるあたりに目をこらした。駐車場は混んでいて、砂浜はもう参加者や観客、犬でごったがえしていた。わたしは深呼吸してから荷物をまとめ、リコシェを連れて人混みの中心に乗り込んでいった。

〈ピュリナ・プロ・プラン・インクレディブル・ドッグ・チャレンジ〉は大規模なイベントで、デル・マー・フェアグラウンドが会場だった。サーフィンはメインの会場から離れた海で行われていたけれど、観客はかまわず集まってきた。

わたしは海に目をやって、波の様子を見た。いつも慣れている波より明らかに高いけれど、弱腰になってはいけない。ああ、自信がほしい。ベテランのサーフ・ドッグの飼い主たちは挨拶をかわし、一緒にいる犬たちは鼻をくんくんいわせ、互いの鼻に触れて挨拶していた。誰もが楽しそうで、競技の準備ができているようだった。その一方で、わたしはすっかり場違いな気分を味わっていた。でもリコシェが落ち着いて座り、普段の砂浜での一日のようにあたりを眺めているのを見ると、少し気が楽になった。

波打ち際にはサーフボードが並び、さまざまな犬たちが周りをうろついていた。いくつかの大会で優勝しているバーニーズ・マウンテン・ドッグが目に入った。ボードの周りを歩く姿には余裕があって、堂々としている。ブルドッグや、サングラスをかけたコッカースパニエルの雑種もいた。ほとんどが介助犬の訓練など受けたことはないけれど、サーフィンのやり方は知っているようで、砂浜に置かれたボードの近くで楽しそうにしていた。それでもリコシェが集中すれば、実力を発揮できるはずだ。残念ながら、集中はリコシェの特技ではないけれど。

主催者から必要なものが入った袋が配られて、指示が出された。大会に参加しているのは十二匹の犬たちで、それぞれ十分間与えられ、できるだけ多くの波に乗るよう求められる。評価の対象はサーフボードに乗って移動した距離の長さと波の高さだけれど、「驚きをもたらしたこと」も加味されるという。審査員が「驚き」をどう評価するのか、わたしは何度も首をひねった。

袋の中をさぐると、ライフジャケットが手に触れた。わたしの顔に疑問が浮かんでいたのだろう。そばを通りかかったスタッフが教えてくれた。「犬には必ずライフジャケットを着せてください。安全のためです」

砂浜は観客、撮影スタッフ、鳥でにぎわっていた。水中で手を貸してくれるヘルパーは、リコシェの知らない人びとのはずだ。あの子には荷が重すぎるだろうか？

突然メガホンから大きな声が響き、大会の開始を告げた。「みなさん、始めますよ！」司会者が言った。「犬の準備を整えて、ライフジャケットをつけてください。水に入る用意はいいですか？　さあ、どうぞ！」

大型犬のカテゴリーには六匹の犬がいた。順番を待ちながら、リコシェが海に入ったあとはどうやって手伝ったらいいのか考えた。一八〇センチ近い長身のサーファーが、チェサピーク・ベイ・レトリーバーのボードを、波の向こうのより深いところまで押していく。遠くまで行けば行くほど、サーフィンの距離は長くなる。でも関節が弱いわたしは、揺れる海面をわけて遠くまで行くことはできないから、ヘルパーの力をあてにするしかない。

リコシェもこの高い波には苦労するだろうか。フィエスタ・アイランド・パークの穏やかな海で波乗りをするのに慣れていて、あそこは水深もわたしの膝までしかなかった。目の前の大きな波は、まるで別物だ。今まで高い波に乗ったのはほんの数回で、そのうち一回は前日のリハーサルだった。まだ修業中の身だというのに、プロのように振る舞うことを求められているなんて。考えにふけっていると、ヘルパーのアリッサの声が割り込んできた。「リコシェ、準備はいい？」

リコシェがバランスを取っているボードを海中に押し出すのを、アリッサが手伝ってくれた。ウェットスーツと、主催者が貸し出してくれた白いラッシュガードを着ているのに、冷たい水に入るとからだが震えてくる。隣ではスポーツ専門チャンネルのＥＳＰＮの撮影スタッフも水に入っていて、防水加工のされたレンズはわたしとリコシェにまっすぐ向けられていた。寒くて震えるような思いをしていたとき、波が押し寄せてきて全員の顔にぶつかり、しょっぱい海水が目にしみた。リコシェはすぐバランスを取り戻したけれど、一瞬ボードの後ろのほうに滑っていった。映像に残るのは、リコシェがボードから落ち、わたしが溺れる場面ということなるのだろうか？

「リコシェ、大丈夫？」とたずねてみたけれど、こちらを向いた茶色の瞳に迷いはなかった。今のところうまくボードに乗り、海に出て、集中も切れずにいる。一羽の鳥に目をやることもない。少しだけ自分の気持ちが前向きになるのを感じた。もしかしたら。ひょっとして。

アリッサはリコシェの乗ったボードの後方にいて、肩越しに目をやり、いつベストな波が来るか目をこらしていた。ボードがかすかに揺れて、沖のほうに引きずられた。二度目の波だった。アリッサが「今よ！」と声を張り上げて、ボードを離す。わたしにできるのは、見守ることだけだった。

リコシェが前に体重をかけた。波がボードに追いつき、浜辺に向かって押し出すのに合わせて、背をかがめる。完璧だ。波に乗る姿は安定していて、優雅で、努力のかけらも見えない。そのとき突然、ボードがぐらりと揺れて、まわりで波が砕けた。わたしは息をのんだ。海に落ちてしまう！　けれどリコシェは立つ位置を調整して、バランスを取り直し、コントロールを取り戻した。

おみごと！　小さなころ、何度もバランスを取る練習をした甲斐があった。生まれてからずっと波に乗っていたようだ。

後ろでアリッサが白い波を勢いよく跳び越えた。野球帽の下でポニーテールが揺れ、チーズスプレッドの容器を手に満面の笑みを浮かべている。ボードがわたしの横を通りすぎるとき、リコシェは振り返って巧みにからだの向きを変え、そこから先は後ろ向きにサーフィンした。もう何年もサーフィンをしているような余裕で、撮影スタッフにサービスしていたのだ。

波打ち際に着いたリコシェは落ち着いてアリッサを待ち、わたしは浅瀬で見守った。周りでしゃべったり、歓声をあげたり、走り回ったりしている見知らぬ人びとに、リコシェは目もくれなかった。騒ぎを無視しているだけではなく、自分の家にいるようにリラックスして、堂々としている。そのときちょうど、海鳥の群れが頭上を飛んでいった。わたしは歯を食いしばった。リコシェに目をやり、集中力を切らしてあとを追いかけていきませんように、と祈った。

リコシェは視線を泳がせようともしなかった。わたしは安堵のため息をもらす。まだ砂浜から十メートルほどの海の中にいたわたしの姿を探しながらも、リコシェはそのままボードの上でじっとしていた。アリッサがチーズスプレッドを一口あげてから、リードを取って砂浜に連れて行き、ふたたび波乗りに向かった。

リコシェは手伝ってくれている人たちと初対面だったけれど、うまくやっていた。すばやくボードに乗り、次の波をつかまえることに集中する。持ち時間はあと七分。灰色の海を眺めながら、わたしは誇りで胸がいっぱいになった。蛍光オレンジのライフジャケットをつけたリコシェは、サーフボードの上で器用にバランスを取っている。まわりでは白い波頭が踊り、チョコレート色の毛皮はしぶきで濡れていた。リコシェはたくましく自信に満ちて、喜びにあふれていた。

砂浜に着くたびに、リコシェはすかさずボードに乗り直した。こんなにうまくいくなんてうそみたいだ。そのうち砂浜に座り込んで、今日のサーフィンは終わりと宣言するかと思ったけれど、そうはならなかった。頭を高く上げ、ボードの上で四本の足をしっかりとふんばった、威厳に満ちた姿は波の神ビッグ・カフナのようだ。飽きる気配などなかった。心から楽しんでいたのだ。初めて訓練を受けた子犬のころのように意欲的で、よく集中していた。

やがて最後の波がやってきた。波間でアリッサが何かを叫び、砂浜では犬たちが吠えていた。リコシェの後ろで、厚い雲の陰から太陽が顔をのぞかせていた。わたしはぶるっと震えたけれど、全身の寒気は引いた。やってきた波はさっきより勢いが強く、高さもあった。アリッサがボードを押しだし、リコシェが波に乗る。ボードが左右に揺れたけれど、プロ顔負けにバランスを取り、舵のようにしっぽを立て、波しぶきと潮風の中で両耳をそよがせていた。やがてリコシェは見たこともないほど優雅に、砂浜にたどり着いた。わたしは笑い声を上げ、水の中でも不快に感じなくなっていた——身も心も暖かく快適。

これこそ、わたしの知っている子犬だった。自慢のリコシェが戻ってきた！

合図が鳴って持ち時間の終わりを告げると、わたしはいそいそと浜辺に向かった。アリッサは、じっとサーフボードの上に立っているリコシェを放す合図を待っていた。後ろ向きに乗っていたけれど。わたしが手を上げると、アリッサがこちらを指さしてみせた。リコシェがボードから飛び降り、大きなしぶきを立てて足首までの海に飛び込む。耳をはためかせ、うれしそうな表情をしながら、海をかきわけて走ってきた。全力で走っているのに、まだしっぽが大きく揺れていた。

わたしは膝をかがめて、濡れたリコシェのからだを思いきり抱きしめた。

「ほんとうにいい子ね」

リコシェがむしゃぶりついてくる。わたしは自分がこのまま永遠に幸せな表情でいるのではないかと思った。リコシェが濡れたしっぽだけではなく、びしょぬれの全身を揺するのを見て、笑い声がもれた。うれしげにからだを震わせるリコシェが何を言いたいのか、わかるような気がした。ちゃんと見ていた？　とたずねているのだ。純粋な喜びが瞳にあふれている。リコシェは思いきりからだを揺すって、わたしに水滴を浴びせかけた。

足首の周りで渦巻く波も、浜辺の大騒ぎも無視した。このままずっとリコシェを抱きしめて、誉め言葉をかけてあげたい。何カ月も肩にのしかかっていたいらだちが、海の上を吹き渡る風に乗って消えてしまったようだった。

このところずっとリコシェにつらくあたってきたことを思い出して、胸が痛んだ。濡れた毛皮に顔をうずめる。「ごめんなさい、リコシェ。あなたはりっぱよ」目覚めの瞬間だった。リコシェはやっと、自分の才能を見つけたのだ！

濡れた毛皮をぽんぽんとたたいて、また抱きしめ、リコシェが幸せをおすそ分けしてくれたことに感謝した。進行性の関節炎と免疫の問題を抱えているせいで、わたしはスポーツを楽しむことができないけれど、きょうリコシェは自分を通して楽しむことを教えてくれたのだ。一瞬一瞬がからだにしみわたるようだった。リコシェにはサーフィンの才能がある！　もういちど強く抱きしめた。涙が頬を流れていたけれど、ぬぐおうとも思わなかった。涙は波とまじり、沖に流れていった。

安堵と喜びに浸りながら、わたしたちは結果発表を待った。本当は結果なんてどうでもよかった。もう勝利していたのだから。それにしても、何匹かの犬より長くサーフボードに乗っていたし、後ろ向きにサーフィンするなど「驚きをもたらす」瞬間があったと言っても的外れではないだろう。

一位と二位の発表に、じっと耳を傾けた。リコシェが三位だと聞いて、自分の耳が信じられなかった。

思いきり飛び跳ねたかった。「リコシェ！　おめでとう！」

リコシェはまだ十七カ月で、大会では最年少だった。いちばん年が近い犬でも三歳半だったのだ。早くから訓練を受ければ、幼い犬でも年長の犬と同じような結果を出すことができるという証明だ。得点は拮抗していて、一位が四十三ポイント、二位が四十一・五ポイント、リコシェは四十・五ポイントだった。「大きな犬」たちと対等に渡り合ったごほうびとして、リコシェは鮮やかなピンクと白のプルメリアのレイをかけてもらった。

プルメリアは「新しい人生、新しい出発」を象徴する花だ。レイをかけたリコシェの瞳には、輝きと気力がよみがえっていた。うれしそうな表情で、今すぐ素晴らしいことが始まるというように、砂浜を見回している。わたしにとっては、もう始まっていた。リコシェはこの先の年月、いくつものレイをもらうことになるけれど、わたしのお気に入りはずっとこのプルメリアのレイだ。〈ピュリナ・プロ・プラン・インクレディブル・ドッグ・チャレンジ〉は、決定的な変化をもたらしてくれた大会ということで、いつまでも温かい思い出として残るだろう。ただのサーフ・ドッグの大会ではない。リコシェの可能性を、予想もしない方法で目覚めさせてくれたのだ。

くたくたになって、でも満ち足りて帰宅してから、あらためて今日の出来事を思い返した。わたしが訓練した小さな子犬にはやはり才能があったのだ、と心の底から確信した。つらかったこの数カ月のあいだ、きつく接してきたことへの罪悪感が薄らぎ、考えがまとまってきた。できないことを強要するのではなく、できることに集中しよう。リコシェを他の犬のようにしたりはしない。ありのままで、もっとも輝けるようにするのだ。わたしは人間の親子のことを考えた。子犬と同じように、子どもにも早いうちから個性が備わっていて、少しずつ自分の姿をあらわしていく。けれどももし父親が、お絵描きをしたい息子にスポーツを押しつけたらどうなるだろう？　本当は木登りや外遊びをしたい娘に、母親が新発売の人形で遊ぶことを無理強いしたら？　こういった場合、子どもは早いうちから親の期待を背負わされ、親は生まれる前から用意していた型にはまるよう、子どもに強いるのだ。どんな魂を持っているのか、どんな道に進みたいのかに注意を払うことなく。運命の道があるかもしれないのに。人は誰でもそんな期待を持っていて、犬に対しても同じだ。競技で活躍する犬がほしい人も、介助犬がほしい人も、ペットがほしい人もいる。けれど実際どれくらいの人が、犬自身が何をしたいのか考えているだろうか？

それに気づいたのが、わたしとリコシェの曲がり角だった。やらなければいけないことがはっきりすれば、あとは簡単だった。答えは最初から決まっていたのだ。ありのままのリコシェを認めて、型にはめたり、できないことを強要したりするのはもう終わりにする。そのままで完璧なのだから。「欠点だらけで完璧なリコシェ」とつぶやいて、わたしは微笑んだ。

その夜、リーナとリコシェの規則正しい寝息に合わせて眠りにおちたわたしは、リコシェが波をかきわけて走ってくる夢を見た。チョコレート色の毛皮と蛍光オレンジのライフジャケットが、きらきらと輝く広大な海に映えている。

次の朝起きてから、長いあいだ棚上げにしていたことをした。リコシェの介助犬の訓練を中止したのだ。何カ月も決心がつかなかったのに、いざやってみると少しも未練はなかった。わたしにしては珍しく楽観的で、希望が芽生えていた。

第8章

再生——ありのままに

「人生で最も大事な二日は生まれてきた日と、生まれてきた意味を発見した日だ」
——マーク・トウェイン

リコシェが〈ピュリナ・プロ・プラン・インクレディブル・ドッグ・チャレンジ〉で成功したあと、わたしは思いもよらない分岐点に立たされた。リコシェにサーフィンの才能があるのはうれしかったけれど、〈パピー・プロディジー〉の手法を生かしながら世界を変えていくにはどうしたらいいのだろう。頭を悩ませていたとき、ふいに稲妻のようなひらめきに打たれて、今すぐ行動を起こしたいという衝動に駆られた。これまでまったく経験したことがない、不思議な感情だった。脳からの指令がなくても、どのキーを叩くべきかわかっているとでもいうように、指がキーボードの上を躍った。考えを司っているのは、わたしの中で荒れ狂う川だった。人知を超えたひらめきの奔流が、わたしを通して流れ出ているようなものだ。

気がつくとパソコンの画面に「ドッグサーフィンで支援の輪を」という一文が浮かんでいた。リコシェはサーフィンを通して、助けを必要としている人間や動物のために資金を集めるのだ。数時間のうちにウェブサイトが完成し、わたしのひらめきはただの思いつきではなく、いつでも開始できる行動プランになっていた。

ありのままのリコシェを受け入れようとはっきり決めた瞬間、扉が開き、次々と運命的な出会いが重なった。この先の出来事は、人によってはただの偶然だと言うかもしれないけれど、わたしは必然だったと考えている。リコシェの誕生がめぐりあいだったのと同じように、無理な期待をかけるのをやめた瞬間、すべてが完璧なハーモニーを奏でだしたのだ。リコシェの支援活動の対象を探していたころ、場所と環境は異なるけれど、角ひとつ曲がったほど近いところで、パトリック・アイヴィソンという名前の十四歳の少年が彼自身の夢を追い求めていた――高校の卒業式で、自分の足で壇上を歩くのだ。

わたしがリコシェを解放したことがどれだけ重要だったか、大いなる力が認めているかのように、いくつもの奇跡の連鎖に助けられて、リコシェとパトリックの人生が重なっていくのだった……。

一九九五年九月二十四日、ジェニファー・ケイラーの人生は一瞬で変わってしまった。一歳二カ月になる息子、パトリック・アイヴィソンが目の前で車に轢かれ、意識不明の重体に陥ったのだ。救急車の後を知人の車で追ったジェニファーが、救急センターの待合室に駆け込んだとき、パトリックはもう手術室に運び込まれていた。からだは恐怖で凍りついているのに、震えが止まらない。ジェニファーは息子の状態についての情報を待った。やがて看護師がやってきて、容体は安定しています、頭蓋骨を整復する手術を行いました、と告げた。それ以外の怪我の程度については、まだわからないという。

「あの子は……無事なんですか?」と、ジェニファーはおそるおそるたずねた。

「無事ですよ」と、看護師。

ジェニファーは安堵に包まれた。やり直しのチャンスを与えられたのだ。「あの子は助かったのね! 生きているのね!」

「そうよ」と、看護師が穏やかに答えた。「誰か連絡を取りたい人はいるかしら?」

この場に来てもらえる人はいなかった。両親は旅行中で、自分は恋人との難しい関係に終止符を打ったばかりだった。「オーリア」という名札をつけたその看護師がそばに来て、抱き寄せてくれた。人間の肌に触れたことで、ジェニファーはこらえきれなくなって泣きじゃくり、解放感と安堵の涙を流した。わたしの子どもは生きている。オーリアのやさしさは、長くつらいこの先の時間に耐える勇気をくれた。

それから数日間、ジェニファーは病室のパトリックに付き添った。大勢の医師や看護師が出入りしていた。ある日ふたりの医者が、痛覚検査と称してパトリックの両足に何本も針を刺した。どうしてわざわざこんな検査をするのか、パトリックが何も感じていないのは心配するべきことなのか、ジェニファーにはピンとこなかった。医師が深刻な顔つきであらわれてようやく、苛酷な現実を悟った。パトリックはC4～C5の脊髄を部分損傷していて、手足のどれも影響を免れず、首から下がほぼ完全に麻痺した状態にあるという。

ジェニファーが慣れ親しんでいた世界は、その日崩壊した。それから六週間、病院で寝泊まりした。以前から経済的に苦しかったけれど、事故の前に手付金を払っていたアパートもあきらめることにした。一度だけ病院を離れたのは、家の中の荷物を倉庫にしまうときだった。ジェニファーは書類上ではホームレスだった。

集中治療室のパトリックのもとに戻ろうと病院の廊下を歩いていたとき、何かが聞こえてきた。耳に心地いい響き。パトリックのかすかな笑い声だ。大人が微笑まずにはいられない、幼い子どものきゃっきゃっという笑い声。そのときジェニファーは、きっと何もかもうまくいく、と確信した。あの子が戻ってきた。おばかさんで、いつもにこにこ機嫌のいいパトリック。事故に遭って以来、パトリックが笑い声をあげたことはなく、二度と笑わないのではないかと心を痛めていた。病室の手前の角を曲がりながら、その美しい響きを胸に刻んだ。幸福感が湧いてきた。きっとあの子は大丈夫だわ。

　レディーこども病院で六週間過ごしたあと、ようやくパトリックは自宅に帰ることができた。現実は厳しかったけれど、ジェニファーが「たら・れば」にとらわれて貴重な時間を無駄にすることはなかった。息子のために、やらなければいけないことをする——前進あるのみだ。


　二〇〇四年のクリスマスイブ、十歳のパトリックと七歳の妹のサマンサはショッピングモールで、サンタクロースと話をする列に並んでいた。子どもたちが何をお願いするか、ジェニファーは隣で聞き耳を立てていた。そうすればふたりがいないときにさっとお店に行って、サンタクロースのアシスタント役ができるからだ。ところが実際は、お金でどうにかなる話ではなかった。クリスマスにほしいものを聞かれたサマンサは、お兄ちゃんがまた歩けるようにしてください、と言ったのだ。

「そんなことを言うなよ」と、パトリック。

　しかしサンタクロースは答えた。「かまわないよ。サマンサは好きなようにお願いしたらいい。わしにできることを考えてみよう」

　数分後、ジェニファーとサマンサがパトリックの車椅子を押してショッピングモールの中を歩いていると、車椅子の男性ふたりとすれ違った。挨拶を交わして、それぞれの方向に去る。親子が車に乗り込もうとしたとき、先ほどのふたりが角を曲がってあらわれて、少しだけ話ができないだろうか、と言った。ふたりは自分たちが関係する〈ファイティング・チェア・スポーツ〉——車椅子の人びとのためのスポーツ支援団体について語った。

「〈プロジェクト・ウォーク〉を知っていますか？」と、ひとりがたずねた。

ジェニファーは初耳だった。カリフォルニア州カールスバッド近郊にある、脊髄損傷患者のリハビリセンターの名前だという。興味を持ったジェニファーはお礼を言い、家に帰ってからインターネットで検索してみた。驚いたことに、車椅子に乗ってセンターに来た患者の多くが、数年後には自分の足で歩いて退所するらしい。胸が高鳴った——希望の光が見えた！でも一年間の治療に平均三万ドルかかるようでは、どう考えても無理だと気づいて、ジェニファーは暗い気持ちになった。母親と息子には意欲があるのに、お金がなかった。

「あの子がパトリックよ、リコシェ！」

わたしは〈ポージティブ・チーム〉主催のイベントを通して何度かパトリックに会ったことがあり、リコシェの支援活動の対象について考えたとき、真っ先に頭に浮かんだのが彼だった。パトリックもリコシェと同じサーファーで、あと三年も経てば同級生と一緒に、帽子とガウンを身につけて高校を卒業する予定だった。介助犬を手に入れて自立した生活をしたいと思っていたけれど、そのためには家族が何千ドルも負担しなければいけない。おまけにわたしが〈プロジェクト・ウォーク〉で働く知人から聞いたところ、この意志の強い少年が回復するには、通常の三年間よりはるかに長い期間のリハビリが必要だというのだった。

数週間後、〈ポージティブ・チーム〉の訓練士のキャロルが電話をかけてきて、サーフィンのUSオープンに誘ってくれた。パトリックが波乗りのデモンストレーションをするという。障害のあるサーファーたちと一緒にサーフィンを披露して、熱意と勇気を観客に伝えるのだ。

パトリックはジェス・ビラウアーが主宰する〈ライフ・ロールズ・オン〉のアンバサダーだった。ジェス自身も脊髄損傷を抱えるサーファーで、障害のある人たちに波乗りを体験してほしいと願っていた。パトリックが無事にデモンストレーションに臨めるよう、〈ライフ・ロールズ・オン〉からヘルパーのチームが派遣されていた。

わたしたちは午前中に砂浜に到着した。雲のあいだから顔をのぞかせた太陽が、世界でいちばん好きなことに打ち込むパトリックを見守っている。パトリックが波に乗れると聞いて、わたしは心底驚いた。わたし自身、海の中では思い通りに動けないのだけれど、わたしの病気ときたら脊髄損傷患者とはまったく程度が違うのだ。パトリックがサーフィンをすると聞いただけで興味を持ったけれど、実際に波に乗っているのを見ると、意思があればどんなことだってできるのだ、とあらためて思わされた。

友人、家族、ヘルパーがパトリックを海中に連れて行き、サーフボードに乗せた。初めてではないのは知っていたのに、ついはらはらしてしまった。砂浜に目をやると、ジェニファーは平然としていた。太陽がまぶしいので手でひさしを作り、微笑みを浮かべている。

大きなうねりが向かってくるのを見て、ヘルパーが力を合わせてパトリックを波に乗せた。うつぶせでボードにしっかりとからだを預けたパトリックは、揺れに合わせてバランスを取っている。明るい表情がすべてを物語っていた。波の上はこの少年の王国なのだ。

ヘルパーが二度、三度とパトリックを波に乗せる。思ったより簡単そうにしていたけれど、四度目に挑戦したとき、バランスを崩した。ボードが傾いて、パトリックを海中に振り落とす。わたしは息を飲んだ。ライフジャケットを着ていても、自力で浮かび上がることはできないはずだ。泳げないのだから。しかしもちろん、周りにはヘルパーが控えていて、肩幅の広い少年がすかさず水中から引き上げた。

これでサーフィンのセッションは終わりだと思った。ところがパトリックは大きく息をついて、笑い声をあげた。

「すごい波だったな」と明るく言い、周りが背中をたたいて笑った。パトリックは心から仲間を信じているようだった。これこそが究極の信頼というものだろう。常に支えてもらい、助けが必要になったら必ず救い出してもらう。わたし自身の人生にそれだけ信頼できる相手はいるだろうか。考えてみたけれど、心当たりはなかった。

波打ち際に立っていると、わたしが目にしているのは「仕事」ではないとわかった。友情とチームスピリット。仲間どうしが海の中で力を合わせ、自分たちのいちばん好きなことをしているのだ。みんなもう少し海の中にいるようだったので、パトリックと初めて会ったときに顔を見ていたジェニファーのもとに行ってみた。赤みがかった金髪のかわいらしい女性で、息子と同じ明るい笑顔の持ち主だった。あの子が怪我をした瞬間に人生がすっかり変わってしまったわ、と何度か言っていたけれど、愚痴は決してこぼさなかった。パトリックが楽天的な性格と、人生をめいっぱい楽しむ姿勢を誰から受け継いだのか、よくわかった。

「たいした息子さんだわ」と、わたしは言った。「怖くならないの？」

ジェニファーが肩をすくめた。「あの子はサーフィンのおかげで、自分にできないことなんてないと学んだみたいよ」それから笑顔になる。「高校の卒業証書を受け取るとき、壇上を自分の足で歩きたいらしいの。あの子ならできるわ。〈プロジェクト・ウォーク〉でのセラピーにかかる、何年分もの費用さえ用意できれば」

わたしはうなずいた。リコシェの資金集めのアイデアが、頭の中でふくらんでいく。仲間に連れられて砂浜に戻ってきたパトリックに、わたしは笑顔を向けた。そうしないではいられなかった。「かっこよかったわよ」

「一度、落ちましたけどね」と、パトリック。「長いこと息を止めようと思えばできるけれど、あんまりやりたくないんです」そう言って笑う。

「昔からサーフィンをやってみたかったの？」

「はい。今ではただのサーフィンではなくて、精神的にも意味があるんです」パトリックは一呼吸おいた。「砂浜を振り返ると、空っぽの車椅子が見えるんです」その言葉にわたしははっとした。「海の上では、ぼくは自由です」

長いあいだリコシェを縛っていたことを思い出した。わたし自身が自分の病気や、ときには悲しみからどうしても自由になれなかったことも。

「サーフィンをやってみるといいですよ」と、パトリック。

「海には何度か入ったけれど、向いているとは思えなかったわ」と、わたしは白状した。数日前は、波に呑まれたあと顔を出すのに一苦労した。我が家のサーファーはリコシェだけで十分だ。

訓練士のキャロルと一緒に車に向かって歩きながら、わたしは試練に立ち向かうパトリックとジェニファーの前向きな姿勢をかみしめていた。

「今日はとても楽しかった」と、キャロルに言った。「パトリックのエネルギーに元気をもらったわ」

キャロルの表情は、わたしに同意していた。

車のドアを開けながら、わたしはつけ加えた。「あの親子との架け橋になってくれてありがとう。リコシェのサーフィンが何かの形でパトリックの役に立ったら、どんなささやかなことでも、わたしにとっては大きな意味を持つはずだわ。すべては必然なの。ひとつの扉が閉じれば、別の扉が開く。この道がどこに続いているのか、楽しみだわ」

夜遅くひらめいたことがあって、ジェニファーに電話をかけるのが待ちきれなかった。朝、電話に出たジェニファーに、リコシェがどうやってパトリックの資金集めを手伝うのか説明した。

ひとりと一匹が――少年と犬が――別々のサーフボードで同じ波に乗っているところを撮影するのだ。その動画を通して、ふたりが何を分かち合っているのか示し、リコシェの募金活動への協力を求める。もしかしたら、地元のテレビ局に放映するよう働きかけられるかもしれない。

「すごい！　きっと盛り上がるわ」と、ジェニファーが言って、話は決まった。わたしたちの意思は固まっていた。

努力したところで大金が転がりこんでくるというわけにはいかないだろうけれど、数回のリハビリと介助犬を買う費用くらいは集まるのではないか。ささやかな金額でも、パトリックが目指している自立した生活への一歩になる。

「どう思う？」わたしは机で作戦を練りながら、リコシェにたずねた。

リコシェがしっぽを振って応えた。わたしを信頼していたのだ。八月二十日にデモンストレーションが行えるよう、作業を進めた。それからの数週間は、思いつくかぎりすべてのスポンサー企業候補に連絡を取り、初めてプレスリリースを出した。できれば地元のテレビ局をいくつか呼んで、宣伝をしたいと思っていたけれど、あまり期待はしていなかった。自分たちで撮影して、ジェニファーがリハビリの募金のために作ったウェブサイトで宣伝することだけは決まっている。

「リコシェ、できるわね？」わたしは聞いてみたけれど、答えはなかった。静かに見守って、うまくいくのを期待するしかない。

次の作業は、リコシェとパトリックを引き合わせることだった。

デモンストレーションの前日、パトリックの家を訪れて、車椅子用のスロープをのぼった。

「いい子ね、リコシェ」横にいる犬は、どこへ向かっていて何をするのか、よくわかっているようだった。反対にわたしはあまり自信が持てなかった。それでもにこやかな表情のジェニファーがドアを開けて招き入れてくれて、パトリックの顔が見えた瞬間、リコシェの最初の支援活動にぴったりの相手を選んだと思った。

ラスティという名前のゴールデン・レトリーバーがはしゃいで駆け寄ってくると、リコシェは一瞬気を取られた。しかしそれも、ハンサムで堂々としたパトリックが車椅子でやってきて、丁寧に挨拶をするまでだった。驚いたことにリコシェはまっすぐパトリックに走り寄り、うれしそうにしっぽを振って、横にそっと座った。その場にはジェニファー、サマンサ、ラスティ、わたしがいたというのに、誰に会いに来たのか、きちんとわかっているようだった。やがてはっきりするのは、リコシェはその場にいるどんな人間とでもすぐに仲良くなれるけれど、誰がいちばん自分を必要としているのか、いつもわかっているということだった。そのときのわたしは、まだ新しい展開に驚きを隠せなかった。ジェニファーが気さくな笑みを浮かべる。息子と仲がいいのが手に取るように伝わってきた。わたしたちは目前に迫った冒険について三十分ほど話し合った。別れの挨拶をするころには、一緒に何ができるか、お互いに自信を持っていた。

自宅の電話をチェックすると、マスコミから何件かメッセージが入っていた。意外だったけれど、うれしかった。ところが電話が多くなってくると、緊張で胃が締めつけられるように感じた。いつもの不安とネガティブな思考が頭の中を駆け巡った。リコシェがしっかり役目を果たせるかどうかに、かつてない大きなものがかかっている。わたしは不安でいっぱいで、ここまでの準備のせいで疲れきっていたけれど、それでも数年ぶりに気力に満ちて、胸を躍らせていた。

二〇〇九年八月二十日

夜明けの灰色の空が明るくなり始めても、わたしはまだ昨夜のままに緊張していた。リコシェは数回しかサーフィンの経験がないし、パトリックのこともそれほどよく知らない。サーフィンそのものを拒否するかもしれない。〈ピュリナ・チャレンジ〉はただの偶然だったのかもしれないのだ。他の犬と遊び始めてしまったらどうしよう？　テレビ局が撮影している前で、鳥を追いかけて行ったら？

「なんだか、とんでもないことになったわね」と、リコシェを見下ろして言った。

リコシェはからだを揺すってしっぽを振り、最高のアイデアじゃないの、とでも言いたげに上目づかいをしてみせた。

リコシェを車に乗せて、デル・マー・ドッグ・ビーチに向かって出発した。運転しながら自分の考えに浸っていたので、高速道路の出口を通り過ぎてしまった。Uターンするとすぐ心配事にとらわれて、またしても出口を逃してしまった！　うまくたどり着けないのは大きな間違いを犯そうとしている予兆なのだろうかと思ったけれど、振り向くとリコシェの楽しそうな表情が目に入り、わたしはその考えを振り払った。

なんとか頭を整理して、集中力を取り戻し、正しい出口で下りて砂浜にたどり着いた。リコシェを少しの間走らせてやり、砂浜に鳥がいないかチェックしながら、戻ってくるよう声をかけた。到着した撮影スタッフが機材の設置を始める様子を見ていると、地元の四つの局が来ているようだった。またしても緊張に襲われて、胃がむかむかした。リコシェにとっては初体験だ。〈ピュリナ・チャレンジ〉では結果を出したけれど、あのときはプレッシャーがなかった。鳥やありとあらゆる未知の困難、会ったことのない人びとについて、もう何回目になるか、不安が渦巻き始めた。「ポジティブ思考でいこう。それだけを考えるのよ」自分に言い聞かせたけれど、自信はゼロだった。

友だちに車椅子を押されて、パトリックが登場した。周囲が色めきたち、砂浜に向かうパトリックを、マイクを手にしたメディア関係者が追いかけていく。わたしは遠巻きに眺めていた。パトリックが近づいてきて、声が聞こえた。「いた！　おいで、リコシェ！」その声を聞くやいなや、リコシェは砂の上を一目散に走っていった。

リコシェは耳を寝かせ、砂を蹴立て、チョコレート色の毛を風になびかせ、うらやましくなるほど身軽に駆けていく。あたりには大勢の人がいたけれど、前日のパトリックの家でのように、誰に挨拶をしたらいいのかわかっていた。リコシェが塩からい海風の中を全速力で駆けてくると、パトリックが両腕を広げて迎えた。

わたしはずっとリコシェと過ごしてきて、いろいろな場面を目にしてきたけれど、それでもこのときは胸を打たれた。周りを見回すとあたりは静まり返り、打ち寄せる波の音だけが聞こえてくる。砂浜にいる誰もが動きを止めて、黙って見つめているようだ。一匹の犬が、誰かに会うのをこれほど喜んでいることに感動しているのだろう。リコシェがはしゃぎ回って、パトリックの顔に砂をかけるのではないかと思ったけれど、パトリックのもとにたどり着いたリコシェは行儀よく隣に座っただけだった。

離れたところからでも、ふたりの固い絆が感じられた。車椅子のパトリックのもとに駆けて行って挨拶をしたリコシェは、じっと目を見つめている。パトリックに意識を集中しているのが、はっきりと感じられた。

それにしても、リコシェの熱意には驚かされた。ふたりの結びつきは電流のようで、昨日三十分しか一緒に過ごしていないのに、いとも簡単に心を通わせているのだった。お互いの人生に欠けていたパズルのピースのように。

　もちろん、パトリックは素晴らしい少年だけれど――出会った誰もがたちまち魅了され、隣にいたいと思うだろう――リコシェには彼を知る十分な時間はなかったはずだ。いや、もしかしたら、十分すぎるほどの時間があったのかもしれない。徐々にわかってきたように、リコシェは相手の中に、わたしには見えないものを見るのだから。

「やあ、元気かい！」パトリックが顔をほころばせた。

　リコシェの頭の中が見えるようだった。〝パトリック！　サーフィンの準備はいい？　今すぐ始められる？〟

　ふたりはもう千回も顔を合わせているかのように、種の壁を打ち破り、常識を超えた言葉でコミュニケーションを取っていた。ヘルパーに抱えられたパトリックが海に入ると、またどよめきが起こった。パトリックはうまくつかまれるように作られた特注のサーフボードに乗った。チームの面々が浅瀬を通り越して、波に乗せた。

　わたしはリコシェとヘルパーのひとりと一緒に、浅瀬に入っていった。リコシェが優雅に楽々と青いサーフボードに飛び乗り、寄せては返す波の上でバランスを取るのを見ていると、誇らしい気持ちでいっぱいになった。でもうれしさと同時に、また不安がぶり返してきた。

　リコシェはうまくできるかしら？　きちんとやってくれるかしら？

目の前の光景はカオスそのものだった。ヘルパーやメディア関係者が全員海に入り、大声でやり取りをしたり、動き回ったりしている。リコシェはわたしから離れて、知らない人たちと一緒に沖に出て行こうとしていた。サーフボードから落ちたときのために、大勢のヘルパーが控えている。海の上に出たパトリックは自力では何もできず、周囲に頼っていた。けれどピンクのラッシュガードとオレンジのライフジャケットを身につけてボードの上に立ったリコシェは、周りのことをいっさい気にしていないようだった。リコシェを落ち着かせようとしてからだをなでたけれど、落ち着かせてほしいのはわたしのほうだったのかもしれない。

「用意はいい？」そうたずねると、リコシェが振り向いた。

「お楽しみの準備はできている？」チョコレート色の瞳は「もちろん！」と言っているようだった。

リコシェとパトリックを沖まで連れていったヘルパーは、腰までの深さの海をかきわけ、波の中を歩いていた。リコシェがボードの上でバランスを取った。ヘルパーが、ボードの上で波に洗われるパトリックを支え、最初の波に乗れるようにそれぞれのボードを押し出した。

「来たぞ！」と、誰かが叫んだ。「いいぞ！　この波だ！」ヘルパーがリコシェとパトリックのボードを押し、波に乗れるようにした。波が迫ってくるにつれて、砂浜の興奮も高まった。わたしは砂浜に目をやって、観客とメディア関係者の様子をうかがった。

「いい子ね、リコシェ。がんばって！」

次の瞬間、ふたりは出発していた。それぞれのサーフボードで、同じ波に乗り、砂浜に向かって滑ってくる。笑みを絶やさないパトリックを見ていると、彼の言葉を思い出した。「砂浜を見ると、空っぽの車椅子が目に入る。ぼくは自由なんです」

リコシェがボードの上でバランスを取っている姿が目に入った。波に向かってからだを傾け、重心をかけ直す。パトリックの右側で波に乗っていて、顔を向けて相手の様子をうかがっていた。その集中力には驚かされた。パトリックが困っていないか確かめ、今どこにいて次にどこに向かっているのか追っている。一緒に浜辺にたどり着くと、ボードから飛び降りて海に飛び込み、夢中でしっぽを振り続けた。これほど熱意に満ちて幸せそうなリコシェは見たことがない。

全員でふたたび沖に出て、ふたりを波に乗せた。いつもならリコシェは数回波に乗ったらもう水に入ろうとせず、その場に根を生やしてしまう。腕組みをして「いやだ」と言い張る小さな子どものように。砂浜で遊ぶほうがいいというのだ。ところが今日は、何度も自分から海に入っていった。ふたりはあと何度か波に乗り、わたしはわくわくした。それでも、リコシェが飽きて投げ出してしまう記憶を捨てられなかった。こんなにうまくいくなんて、できすぎている。

リコシェはパトリックに絶えず目を配り、パトリックのほうはまっすぐ前を向いて集中し、楽しげに笑っていた。するとリコシェがボードから飛び降りた。びしょぬれで、でも楽しそうに、しっぽを高々と振りながら波の中に飛び込んでいく。それからわたしの想像をはるかに超えたことをした。わたしが一生、驚きを持って振り返ることを。

長く波に乗ったあと、ふたりは同時に浜に上がった。リコシェがサーフボードから飛び降りたけれど、先ほどまでのようにくるりと振り向いて海に戻るのではなく、すぐさまパトリックのボードに飛び乗った。ヘルパーのひとりが――たぶんリコシェが何をしているのかわからず、パトリックのことが心配だったのだろう――ボードから下りるよう、そっと指示した。なぜそんなことをしたのかわたしもピンとこなかったけれど、集中してリコシェの言葉に耳を傾けるべきだと思った。わたしにはすぐにわかった。メッセージが肌で感じられたのだ。

リコシェはパトリックと一緒のボードに乗りたいと言っていたのだ。わたしの頭では考えつかないことだったけれど、周りがいいと言うなら、そうさせてやりたかった。

「パトリック、リコシェが一緒に乗りたいそうよ」と、わたしは言ったけれど、自分の言葉とは思えなかった。脊髄損傷の少年のボードに犬を乗せるなんて、何を考えているのだろう？

「おもしろそうだな」と、パトリックがいたずらっぽく笑った。

「家に帰って、もっと大きなボードを取ってこようか」と、ヘルパーのひとりが言った。

誰もがリコシェのアイデアに賛同しているようだった。わたしには自分の感情がよくわからなかった。驚き？　ショック？　信頼してみようという気持ち？　訓練を拒否していたあの長い時間、リコシェが何を言おうとしていたのか、もしかしたらわたしは出会ってから初めて耳を傾けていたのかもしれない。

ヘルパーが大きなボードを抱えて戻ってくると、わたしはパトリックと仲間たちに言った。

「どうしたらいいかしら。こんなこと、初めてだわ」

リコシェがこんな真似をしたことはない。今日は資金集めに使う映像を撮るだけで、それ以上の期待はしていなかった。重い障害のある少年を前にして、わたしは彼と母親、集まった仲間たちに、犬に信頼を置いてほしいと頼んでいる。ボードがひっくり返るかもしれない。リコシェのせいでバランスが取れなくなり、パトリックは溺れてしまうかもしれない。何もかもが未知数だった。どうやってリコシェをボードに乗せたらいいのだろうか。誰かが乗っているボードでバランスを取るやり方なんてわからないはず……少なくとも、わたしの知るかぎり。

「今できるのは、リコシェの感覚を信じることだけだわ」と、わたしは全員に向かって言った。人が集まってくると、わたしは思った。この犬は、わたしを何度も失望させた犬。そんなリコシェに、全幅の信頼を置こうとしている。

「この子を信じてくれる？」と、十四歳のパトリックに聞いた。

「もちろん！　さあ、やってみようよ！」と、パトリックはためらわず答えた。

その瞬間、その場に集まった誰もがリコシェを信頼しているのがわかった。

仲間がまずパトリックをボードに乗せた。それから声をかけると、リコシェが飛び乗った。

四本足をつっぱるという、自分だけのときのような形で乗ることはできない。パトリックの伸ばした足がスペースを取っていたので、からだをひねって、後ろ足をパトリックの足の間に置き、一本の足を縮め、残る一本は背中に置いた。わたしは不安を覚えたけれど、一緒に乗るにはどうしたらいいのか、わかっていると信じるしかない。そしてリコシェはわかっていた。

わたしの不安をよそに、その場にいたヘルパーとメディア関係者の全員が、これから起こることに胸を高鳴らせていた。今からやろうとしていることが本当にできるのか、疑問に思っている人も多かっただろう。できてほしいと心から思っていたはずだけれど。仲間がリコシェとパトリックの乗ったボードを押し出し、寄せる波の中で向きを変えた。すると次の魔法のような瞬間、ふたりは一枚のボードで波に乗っていた。ふたりの一生をすっかり変えることになる、希望という名の波に。

海の中と浜にいる人びとの歓声と拍手は、波の音をかき消すほどだった。あらゆる職業の人びとが見物していたけれど、金髪の少年とチョコレート色の犬が一緒に波乗りをするのを見るうちに一体感が生まれ、ひとつの感情を共有するのがわかった。先ほど会ったばかりの見知らぬ他人が、今では家族のように感じられる。こんな体験は初めてだ。この世のものとも思えない、純化された時間だった。

歓声に包まれてふたりが浜に滑り込んでくると、わたしの両腕には鳥肌が立った。寒かったからではない。リコシェを見ると、また波に乗ろうとしていて、生き生きと興奮している。へルパーのチームは一体となり、リコシェに信頼を寄せていた。ひとりと一匹はふたたびボードに乗り、波をとらえた。蛍光オレンジのライフジャケットを身につけたリコシェが、灰色のうねる波を背にしているのを見たとき、その表情が目に入った。いつまでも決して忘れないだろう。海の向こうの何かを一心に見つめていたので、鳥でもいるのだろうかと、わたしは思わず目をやった。そんな顔をしていたのだ。けれど心の底ではわかっていた——鳥なんていない。リコシェが何を見たのかは知らないけれど、自分の見たものはわかった。リコシェは全身全霊で集中していた。生き生きとして、楽しげで、自分の好きなことを満喫していたけれど、それだけではなく、何か大きな意味を持つことをしていた。天の啓示のような瞬間だった。

さらに何回か、リコシェとパトリックは一緒のボードに乗って滑った。自由になるという夢をかなえたパトリックの後ろで、ボードに立ちながら、リコシェはメッセージを伝えようとしていた。この瞬間のために生まれてきたようだった。わたしに向かって、自分のやりたいことをはっきりと主張していた。それが運命だというように。リコシェは生まれ変わったのだ！

パトリックの後ろでボードに乗ったリコシェが、すっかりリラックスし、家にいるような気分でいるのがわかった。パトリック自身が語ったのと同じように、リコシェも完全に自由だったのだ。遠くの車椅子を見ていたわけではないだろうけれど、自分を解放した遠くの何かを見つめていた。

パトリックはうなずき、はちきれそうな笑みを浮かべていた。リコシェが足のあいだでバランスを取っている。ボードに乗っているあいだ、パトリックはぴくぴくとからだを動かしていた。足が痙攣してしまうのだ。リコシェのからだが揺れる。いったいどうやってボードから落ちずにいるのか、さっぱりわからなかったけれど、リコシェはすべて自力でやってのけた。ボードの上に立ち、パトリックの頭のちょうど後ろから顔を出して、注意深く自分と相手の動きを読み、重心を調整する。パトリックが落ちないように、バランスを取りながら。もう何年もやっているようだ。空は曇っていたけれど、生まれ変わったリコシェがきらきらと輝く姿を見ていると、ここ以外の世界はかすんでしまうような気がした。宇宙が脈を打ち、すべてのものが生気に満ちていた。

誰かと一緒にサーフボードに乗り、うまく重心を移動できるようになるには、長い時間がかかる。ひとりがからだを傾けたら、もうひとりも傾けなければいけない。リコシェが重心のかけ方を間違えたら、ふたりとも海に落ちてしまう。でもリコシェは本能的に、どうやってパトリックと逆に体重をかけるか理解していた。実際わたしの目の前で、大きな波がボードに打ちつけた。ふたりは左に流されたけれど、すかさずリコシェが体重を移動した。転落を免れたのだ!

みごとなチームワークだった。とりわけ多くのヘルパーが初対面で、一緒に作業をしたことなどないのを考えると。もちろん、誰もボードに犬を乗せたことなどなかった！　それでもみんな、パトリックに対するのと同じようにリコシェに気を遣っていた。波の中に立って見つめていると、からだが温かいもので満ちるのがわかった。立ち上がり、パトリックの肩ごしに注意ぶかくあたりを見つめているリコシェは、鳥も犬も、何ものにも邪魔されなかった。百パーセント集中していた。そしてすべてを自分の意思で決めたのだ。リコシェの天職は、このとき正式に決まった。

わたしは驚きに満ちた表情の周囲に向かって微笑みかけた。人びとはうなずき、歓声をあげ、親指を立てたりピースサインをしてみせたりした。その日の砂浜は、一体となった幸福感に満ちていた。リコシェとパトリックのふたりが始めたのだけれど、その幸福感がさざ波のように広がり、ふたりを見つめているすべての人に届くのがわかった。通りすがりの人やヘルパーの中で、この魔法のような瞬間を忘れてしまった人がいるとは思えない。ひとりひとりにとって大切な目覚めの瞬間だったのだから。

かつてこの犬が意欲をすっかり失い、わたしの指示に何ひとつ従おうとしなかったなんて、この日砂浜にいた誰も信じなかっただろう。リコシェの反抗は、この地上に遣わされた意味をわたしに納得させるまで続いた。今日、そこにいたのは別の犬だった。これまでの刺々しい日々を思い返した——リコシェが反発し、わたしが髪をかきむしる。その日々は、リコシェがやりたいことをようやく理解したとき、うそのように消えていった。

二十回近く波に乗っても、リコシェは一度も飽きるそぶりをみせなかった。ただサーフィンをするだけでなく、パトリックの力となり、エネルギーを与えていたのだ。たった一度だけ、パトリックがボードから落ちると、すかさず寄り添った。せかされたり、指示を出されたりする必要はまったくなかった。リコシェは生き生きとして、幸福感に満ちていた。

わたしにとって世界は暗く恐ろしい場所で、悪いことばかり起きていたけれど、今砂浜に立っていると、みんなと素晴らしいエネルギーを分かちあうことができた。リコシェは海の中で、パトリックのボードに乗っている。魂は自由だった。他のこともわかってきた。リコシェはようやく自分の使命を教えてくれたのだ。何カ月も反抗していたのは自分らしくあろうとする努力で、誰かの期待や欲求のために姿を変えるのを拒否していたのだ。他にやりたいことはなく、だからこそ目的に合わないことは拒否していた。リコシェは理由があってこの地上にいて、わたしがようやく耳を傾けたことで、心の平穏を得たのだ。

一方的な期待をかけるのをやめると、わたしの心には無条件の愛と受容のためのスペースができた。考えるのをいったんやめて耳を傾けると、ようやくリコシェの運命がわかった。自分で選んだ道だ。他人に奉仕する類まれな才能は、押さえつけ、型にはめようとするのをわたしがやめてようやく花開いた。リコシェはそのままの姿で完璧だった。それをこうした形で示してくれたのを、わたしはしっかりと受け止めた。

リコシェの語る言葉に、ようやく耳を傾けることができた。アニマル・コミュニケーターも必要ない。わたしの魂に語りかけていて、心臓にアドレナリンを注射されるより強力だったからだ。

この日味わった感情を、わたしはこれから何度も経験することになる。リコシェは自分を必要としている人間とつながった。パトリックと一緒にサーフボードに乗り、たくさんの人びとの――血のつながりがあろうとなかろうと――信頼を受け、ほとんどの人間が手も届かない高みにいた。

ようやく波乗りを終えると、友だちやヘルパーがパトリックを砂浜におろし、リコシェがプロペラのようにしっぽを振りながら駆け寄った。「おいで！」パトリックの膝に頭を乗せたリコシェは、誘いに応えて腕の中に飛び込んだ。目を閉じて、頭をこすりつけている。

パトリックがリコシェを抱きしめた。ふたりともびしょぬれで、砂にまみれていたけれど、人生と波乗りの高揚感に浸っていた――そこにあったのは理想的な愛と尊敬の念、信頼だ。

レポーターが近づいていって、犬とサーフィンをするというのはどんな気持ちだったのか、次々と質問を投げかけた。質問のひとつは、まだわたしの記憶に焼きついている。

「怖いと思ったことは？」と、レポーター。

「そんなことないです。信頼していましたから。すごく安全とは言えないですけれど、サーフィンは完璧な波をとらえることだけが大事なのではありません」と、パトリックが答える。

「心の結びつきが大事なんです。大自然、そして海と一体になること……でもそのつながりを犬と体験できるというのは驚きましたね。びっくり仰天です。信じられませんよ。新しい世界が開けるようで、とても現実とは思えなかったし、すごく深い体験でした。言葉にするのは難しいです。強烈で、でも心が癒されました」

パトリックが次のせりふを口にすると、リコシェが膝の上で誇らしげな顔をした。

「犬とではなくて、とても大切な誰か、友だちと一緒にサーフィンをしているような感じでした」

映像を撮っている人も、ただ眺めているだけの人もいたけれど、誰もが小さな奇跡を感じていた。少年と犬が波に乗り、心を通わせるのを目にして、変化を実感していた。


その夜、わたしはくたくたになって帰宅したけれど、いつになくエネルギーに満ちて幸福感に包まれていた。リーナと、疲れてはいても満足げなリコシェに挟まれて、ソファに倒れ込んだ。

隣ではリーナがしっぽを振り、リコシェは充実した表情で見上げていた。目と目が合うと、何を考えているのかよくわかった。

「わかっているわよ」と、わたし。「あなたは自由な魂なのよね。自分ではない何かにはなりたくないんだわ」

見つめ続けるリコシェに向かってうなずき、頭をなでて、目をのぞきこむ。おかしな話だけれど、わたしが耳を傾けたことにリコシェは感謝しているようだった。ようやく幸せになったのだ。パトリックのボードに飛び移ったリコシェは、自分が何をしたいのかはっきり示していて、誰かに理解してほしいと願っていた。見逃すのは簡単だったかもしれない。でもどういうわけか、わたしは意識が冴えていて、心で受け止めることができた。リコシェの声を聞き、その願いを理解した。それでも拒絶していたかもしれない。周りの目を気にしたり、パトリックに怪我をさせるのではないかと心配して、ボードから引きずりおろしていたかもしれない。でもわたしはリコシェの声を聞いて、信頼した。皆が信頼した。リコシェはようやく、自分の望みを手にしようとしていたのだ。たった十九カ月の犬が、自分の使命をわかってもらおうと、こんなに長いこと苦労していた。

この聖なる一日のことは忘れない。海と、犬の癒しの力。あの砂浜に漂っていた清らかな空気には、ただの喜びだけではなく、人智を超えた平穏が満ちていて、その場にいたすべての人間を包み込んだ。パトリックもそれを感じていただろう。そしてリコシェとわたしはそれぞれ再生した。何かが波のあいだに放たれ、新しい何かが始まっていた。わたしは善の圧倒的な力を感じた。感じることはできても、なじみはなく、その正体がいったい何なのかわからなかった。信じられないほどの精神的な高揚をどう受け止めたらいいのか、それもわからなかった。これほど純粋な善に出会うのは初めてだったからだ。涙を流すことでしか表現できなかった。一片の曇りもない、喜びの涙。

あの日の砂浜でわたしはリコシェを心から信頼し、すべてを司っている大いなる力を信頼した。その力を「神」と呼ぶ人も、「宇宙」と呼ぶ人もいるだろうけれど、名前は何でもかまわない。大事なのはわたしがそれを目にして、肌で感じ、リコシェを信頼したようにそれを信頼したということだ。以降のわたしは自分で手綱を握ろうとするのをやめて、周りを取り巻いている驚くほど強くポジティブな力に委ねた。そうすると自分の心がよみがえり、自由になるのを感じた。

ときには一見よくできているものが崩れ落ち、その中からよりよいものが生まれるのだ。

第9章

善の勝利

「光のあるところには影がある」

——ローレンス・イングリッシュ

ジェニファーは息子のリハビリに最後の一ドルまで使い果たし、次回の費用をどうやって工面するか頭を痛め、それ以上のことなどとても考えられずにいた。資金集めに全力を傾けるときが来ていた。わたしは専用の動画を作って、知り合い全員にメールを送り、動画を観てパトリックに寄付をしてくれるよう呼びかけた。フェイスブックに参加するのは簡単だった。知人たちが、卒業式で壇上を歩くというパトリックの目的を伝えていくのを見守った。皆が自分のフェイスブックやウェブサイト、掲示板にリンクを載せてくれた。池に投げ込まれた小さな石がさざ波を起こし、やがて水面に変化が見てとれるように、ひとつの善意が他の善意を呼んでいく。ひとりの友人が別の知人に連絡を取り、人づてに話が広まっていった。

　洪水のように資金が集まるというわけではなかったけれど、目的に賛同してくれる人びとのポジティブなエネルギーは、若者から高齢者まであらゆる層に伝わった。資金集めの動画を観た誰もがパトリックとリコシェを賞賛してくれたので、正しい道を歩んでいると確信できた。わたしの五歳の姪のアンドレアもすっかり心を動かされて、生まれて初めて五十ドルを寄付してくれた。「パトリックに犬を買ってあげて、ママ」動画を観たアンドレアは言ったらしい。わたしは皆の努力が生んだ善意をかみしめた。たとえそれが、お金という形で流れ込んできていないにしても。

　リコシェが初めての大会で結果を出したので、その夏には他にもいくつか、動物愛護を目的としたサーフドッグの大会に参加した。どんな順位だろうと、参加すれば世間の注目が高まるはずだ。

　最初の大会は〈ロウズ・コロナード・ベイ・リゾート・サーフドッグ・コンテスト〉だった。試技の順番が最後のほうだったので、リコシェらしいというのか、近くにいた海鳥たちを心ゆくまで追いかけながら待っていた。

　幸いにもこの大会では、海の中で犬の手助けをするヘルパーが配置されていたので、どうやって自力でリコシェを深いところまで連れて行ってボードに乗せるのか、頭を悩ませずにすんだ。しかしどのカテゴリーの予選でもリコシェは上位に入らず、ピュリナの大会はビギナーズ・ラックだったのかと思った。おまけに他の参加者と話をしていると、このあと参加する大会はヘルパーを認めていないことがわかり、リコシェを手助けする算段をしなければいけなくなった。

サーフィンの教室や仲介サイト、知人を当たってヘルパーを探したけれど、すべて空振りに終わった。これほどサーフィンが盛んな土地柄だというのに、ひとりくらい見つからないのだろうか？　誰もが忙しいし、完全なボランティアという条件もあったけれど、時間切れになる前にどうしても見つけなければいけなかった。わたしの持病がリコシェの使命の邪魔をしたり、パトリックの支援活動の足を引っ張ったりするのはいやだった。

大会まであと数週間というとき、友人のサラが電話をかけてきて、いいニュースがあると言った。あまり期待しすぎないようにしたけれど、なんとサラの友人のブライアンが、リコシェの手助けを申し出てくれているという。ブライアンはサーファーで、他にも人を集めてくれたというのだ。

九月十三日、リコシェはデル・マー・ドッグ・ビーチで開かれた〈ヘレン・ウッドワード・アニマル・センター・サーフドッグ〉に参加した。百匹近い犬が、予選でトップを取って決勝に進出しようとしていた。海で泳いでいる犬も、浜辺で遊んでいる犬もいて、人びとは映像を撮ったり、見物したり、自分の犬の順番を待っていたりした。まさにカオスだった。

ブライアンがリコシェを最初の波に乗せようとするのを見て、心臓が高鳴った。

落ち着いて、ジュディ。リコシェは自分のやることがわかっているわ。

リコシェは自分のいちばん好きなことを始めた。他の犬の吠え声も、人びとの歓声もかき消え、わたしの耳にはいつしか波の音しか聞こえなくなった。渦巻く波の中でリコシェは落ち着き払い、ボードをしっかりとコントロールしていた。何度も長いこと波に乗り、ボードの上で胸を張った姿勢はプロのサーファーのようだった。ときには前を向き、反転して後ろを向き、また前を向く。黄色いサーフボードに乗った大きな黒いラブラドールと衝突しそうになるのを見て、わたしは息をのんだけれど、リコシェはぎりぎりで重心を移し、ボードを安全な場所に動かした。サーフィンを始めてからわずかの間に、見違えるほど上達していた。審査員も同じ意見だったらしい。リコシェは大型犬カテゴリーの二次予選で一位を獲得し、決勝進出を決めた。

「よくやったわ、リコシェ！」首にレイをかけてボードの上に座っているリコシェに、わたしは声をかけた。でも興奮は長く続かなかった。ブライアンの友人たちが、決勝の前に引き上げなければいけなかったからだ。

ひとりしかヘルパーがいないのに、どうやってサーフィンをさせたらいいの？

運のいいことに決勝の直前、パトリックのコーチのロビーが手伝いを引き受けてくれた。わたしたちが困っているらしいと聞いて、ボランティアを志願してくれたのだ。

決戦はあっという間に進んだ。犬と飼い主たちが、二十分の間にできるだけ多くの波に乗ろうと詰めかけたからだ。評価の基準は波に乗った距離、波の高さ、回転や後ろ向きの姿勢といったボード上でのテクニックだった。

リコシェとジャック・ラッセル・テリアのバディーは、隣り合わせで最後のほうの波に乗り、ずっとボードが触れそうになっていた。ゴールまでの競争だった。最後の最後にバディーが競り勝って優勝し、リコシェは全体の二位になった。百匹も参加した大会の結果としては上出来だろう。バディーは別格のサーファーで、ありとあらゆる大会で優勝していたので、その次の二位というのはできすぎなくらいだった。リコシェに使命があるという証明だった——おそらく生まれたときからの。わたしは満足していた。捨てられた犬の世話をする〈ヘレン・ウッドワード・アニマル・センター〉の資金集めに参加できただけではなく、ブライアンとロビーに支えられて、リコシェが実力を発揮できたからだ。大会での上位入賞は必要な力を与えてくれた——知名度が上がり、パトリックのスポンサーとお金が集まる可能性が広がった。

しかしポジティブな空気の裏では、黒雲が広がっていた。サーフィンのコミュニティの中で、決勝でヘルパーをしてくれたロビーはプロのサーファーで、わたしがリコシェを勝たせようとしてプロの力を借りた、という噂が流れていたのだ。「手を貸す」という行為を誰かがゆがんだ視点でとらえたせいで、話がすっかりねじ曲げられてしまっていた。意地の悪い人間がいるのは知っていても、あんな気持ちのいい行為をおとしめようとするなんて信じられなかった。

心の平穏を保つためには、噂を無視するべきなのはわかっていたけれど、努力しても大きくなった騒動が背中にのしかかってきた。罪を犯したような気分にさせられ、胃にはいつものじわじわと締めつけられるような不快感があった。せっかくエネルギーと情熱を持って資金集めに取り組んでいたのに、敵意を向けられて気持ちが萎えてしまった。最初に噂を流した人間は、皆も同じ意見だとわたしに言った。リコシェの善意や使命は、こんな騒ぎで台無しにされてしまうのだろうか。このことにしても教訓が含まれているのかもしれないけれど、わたしには見つけられなかった。

リコシェの準優勝に何か問題があっただろうか、と大会の主催者に問い合わせてみた。大会は純粋な資金集めのために行われているという答えで、リコシェが二位になったのは順当な結果だし、規則違反もなかったという。けれど主催者が味方をしてくれても、ネガティブな空気は頭の中でふくらんでいった。

まだ暗い考えにとらわれていたころ、ＡＰ通信の記者からメールが届いた。ずっとサーフドッグについての記事を書きたいと思っていたらしい。パトリックとリコシェが話題になっているのに気づき、介助犬の訓練を「落第」したリコシェという切り口がおもしろいと感じたそうだ。ＡＰ通信には膨大な数の読者がいるので、記事が掲載されたらパトリックの資金集めがより広く注目されるだろう。祈るような気持ちで、わたしはレポーターと浜辺で落ち合った。

「リコシェとぼくは、数回波に乗っただけです」と、パトリックが言った。「最初からうまくいったのには驚きました。あんなに簡単だとは思わなかった」

「パトリックとリコシェは初対面で心を通わせたんですよ」と、ジェニファーも口を揃える。

「初めて会って、すぐに絆ができました。意気投合したんです」

レポーターがうなずき、リコシェがパトリックを見上げて頭をなでてもらう光景に頬をゆるめた。「リコシェはこの子の膝に飛び乗ったんです。サーフィン好きなのが伝わってきましたし、パトリックのサーフィン好きはもちろんよく知っています。だからふたりを一緒にしたら、びっくりするようなことになりました」と、ジェニファー。

「リコシェはバランス感覚がすごいんです」と、パトリックが言う。「ちょっと信じられないけれど、一度ぼくが海に落ちそうになったとき、ボードの反対側に移動してバランスを取ってくれたんですよ」

レポーターは特集の締めくくりとして、次の大会の様子を撮影したいと申し出た。主催者の了承が得られれば、パトリックとリコシェが一緒に波乗りをするデモンストレーションができるかもしれない。

〈サーフシティ・サーフドッグ〉の主催者に連絡すると快い返事があり、パトリックを大会の正式な被支援者にすることを約束してくれた。メディアの前でふたり乗りのサーフィンのデモンストレーションをする許可までくれたのだ。集まったお金はウェブサイトを通じて、すべてパトリックのリハビリと介助犬を購入する費用にあてられる。

素晴らしいニュースだったけれど、喜びに浸っている暇はなかった。例の噂がふくれ上がり、妨害行動が計画されているという話まで耳に入ってきたのだ。誰かが大会の主催者に接触して、「犬と一緒に海に入れるのは飼い主だけ」というルールに変更するよう迫っていた。とんでもない提案だった。わたしとリコシェが標的なのだろうけれど、計画を邪魔しようとここまでやる人間がいるとは信じられなかった。もしルールが変更されたら、どの大会にも出られなくなってしまう。

わたしの障害は外から見ただけではわからないけれど、影のようにわたしを常におびやかしてきた。できないことがあるのは人生の一部だと割り切っていても、そのせいでリコシェを縛るのはいやだった。ようやく目的を見つけて、ものごとが好転する兆しを見せたのに、またしても誰かに言われているようだった。「悪いね、ジュディ。きみにそんないいことは起きないんだよ」

リコシェがパトリックと波乗りをして大きな成功を収め、わたしの世界に明るい光が差し込んできたのも束の間、いくつかの邪魔のせいでもう陰りが出ていた。大きなうねりが起きようとしていたのに、ネガティブな思考にとらわれていたわたしは、それを楽しめなかった。周りが善意であふれていても、心は暗いところに戻ろうとしていた。地上でもっとも美しい、陽に照らされた草原に立っているのに、頭上を漂う小さな黒い不吉な雲に気を取られているようなものだった。

数日後、リコシェとわたしは気晴らしのために、友人たちと砂浜に行った。サーフィン仲間で、長いことパトリックを支えてきたデイブという男性に、今の状況を打ち明けた。デイブはわたしの愚痴に根気よく耳を傾け――きっと必要以上に長々としゃべっていたはずだ――やさしく言った。「ジュディ、最後に勝利するのは善なんだよ」

この人、どうかしているの？　どんな世界に生きているのかしら？　けれどデイブはどこまでもひたむきだったので、その前向きな意見に水を差したくはなかった。「なあ、ジュディ」と、デイブが遠くの波を見つめながら言う。「リコシェは大会で優勝した犬として記憶されるんじゃない。多くの人の一生を変えた犬として記憶されるんだ」

両腕に鳥肌が立つのを感じた。デイブは長いこと障害者を支援するサーフィンに関わってきたので、何が本当に重要なのか、しっかり学んでいたのだろう。わたしたちはパトリックの人生を変えようとしているのであって、大会に勝つことを目指しているのではない。どれはどささやかでも、変化を起こしていると信じたかった。

「心配するな、ジュディ」と、デイブが力強い声で繰り返した。「最後に勝利するのは善なんだ」

わたしは礼儀正しくうなずいたけれど、心から信じることはできなかった。

太陽が空を移動して、砂浜に影を投げかけるころ、デイブが戻ってきて別れの挨拶をした。次の大会の会場のすぐ近くに住んでいるので、必要なら手助けをしてくれるという。ああ、デイブに助けてもらえたら。この十年間というもの、わたしはひとりきりで生きてきた。他人と距離を置き、助けを求めるのを怖がっていた。けれど今、デイブが手を差しのべてくれている。わたし自身が助けを受け入れるのは難しくても、パトリックとリコシェのためならそうしたいと思った。

リコシェとパトリックが初めて一緒にサーフィンをしたその日から、文字通り波のように善意が押し寄せたことを思うと、誰かに邪魔させるわけにはいかなかった。そんなことはできない。リコシェはわたしのためではなく、パトリックのために波に乗っているのだ。サーフィンができなければ、リハビリに必要なお金が集まらないかもしれない。リコシェ自身のことも考えた。ありのままの自分でいるために、何カ月も闘ってきたあの子。屈するわけにはいかない。

わたしはデイブの提案を受け入れた。何も知らないのに口出しをしたがる、ひとりかふたりの悪意ある人間の反応は予想できたけれど、勝手にすればいい。「チーム・リコシェ」の最初のメンバーが見つかったのだ――この先ずっとリコシェに関わることになる、水中の仲間たち。

家に帰ると電話がかかってきた。わたしの心は空高く舞い上がった。ニュースを耳にして、思わず声を上げてしまったほどだ。パトリックとジェニファーの人生を変えるニュース。資金集めの話題を耳にした慈善団体が、協力を申し出てくれている。ものごとは好転していた。

大会の前日、気分転換のためにリコシェを砂浜に連れて行った。リコシェは何度かサーフィンをしたけれど、そのたびにボードから飛び降りてしまった。そんな姿は長いあいだ見たことがない。波が押し寄せ、空を雲が流れていったとき、奇妙な音が聞こえた。リコシェが苦しそうに鳴いていたのだ。

「リコシェ、どうしたの？」と、わたしはたずねて、瞳をのぞきこんだ。足を引きずっている。足そのものに異常はなかったけれど、足の裏を調べると、肉球に豆ほどの大きさの傷ができていた。

「困ったわね、リコシェ」傷の状態を調べてみると、赤く湿って、えぐれている。「かわいそうに」

走っている最中に、貝殻で切ってしまったのだろう。わたしはいつもの思考回路にはまり込んだ。どうせこうなると決まっていたのよ。必ず悪いことが起きるんだから。

獣医師によると傷は浅いけれど、痛みは強いはずだった。リコシェにゴム製の靴をはかせて、サーフィンができるかどうか様子を見るように言った。

パトリックに何と言えばいいのかしら？　せっかく資金集めのためにメディアを呼んだのに、デモンストレーションができなければ台無しだ。けれど砂浜と海水の中で、リコシェが痛みを味わわずにサーフィンができるとは思えなかった。サーフィンをしたがるはずがない。

ジェニファーとパトリックには連絡しなかった。朝まで待って、リコシェの様子を見よう。

次の日、ふたりと浜辺で会った。パトリックはリコシェの靴を一目見て「サーフィンはやめよう」と言った。

わたしはパトリックのやさしさに胸を打たれた。自分の回復も、リハビリのために必要なお金もそっちのけで、リコシェの状態だけ気にしていたのだ。何週間ものあいだ、誰かが勝手な理由でわたしたちを妨害しようとしていたけれど、この少年はわたしの犬への愛情のためだけに、計画をあきらめようとしている。

「リコシェがどうするか、もう少し様子を見ましょう」と、わたし。「サーフィンをしたいと言うかもしれないわ」なんとか明るい声を出そうとした。

そのとき、見慣れた顔が目に入った。

「よう、リコシェ！」と言って、デイブが近づいてくる。リコシェはしっぽを猛烈に振って、なでようとかがみこんだデイブの顔をなめた。「その足はどうした？」

「昨日、貝殻にちょっかいを出したのよ。肉球を切っちゃって。サーフィンができるかどうか、様子を見ないといけないわ」

「無理はするなよ、リコシェ。足の具合がよくても、ここの波は結構高くなるからな。でも心配するな、ジュディ。サーフィンをするなら支えてやるさ」

デイブが海と真剣に向き合っているのがよくわかり、リコシェへの気遣いにも頭が下がった。リコシェを彼らに任せて、〈ポージティブ・チーム〉の訓練士のデニスと話をしているジェニファーのもとに行った。近づいていくと、まぶしい太陽の下でもジェニファーが泣いているのがわかった。

「こんにちは」と、声をかけてジェニファーの腕に触れ、あまり呑気な表情をしないようにする。「どうしたの？」

「ジュディ！」と、ジェニファーが大きな声を上げる。「何でもないの。それどころか、何もかも素晴らしいから――ほんとに素晴らしいのよ！」

ジェニファーの胸が大きく揺れた。言葉があふれそうなのに、つかえてうまく出てこない。突然ヒステリックに泣き出し――あとになって「ひどい泣き方をしちゃったわ」と言っていた――肩で息をした。それからビッグニュースを教えてくれた。デニスがチャリティー団体の〈ローズ・ファンデーション〉と連絡を取ってくれたのだという。〈ローズ〉はパトリックの苦境を知り、資金集めさえ成功すれば、卒業式で歩くという夢が実現することも理解した。そこでただ協力するだけではなく、大きな役割を果たそうとしてくれているらしい。気前のいいことに、パトリックの三年近いリハビリの費用の肩代わりを申し出たというのだ！

涙で頬を濡らしながら、それがどれだけ自分たちの人生を変えるか、ようやくジェニファーは言葉にすることができた。「来週の費用のあてもなかったのに、何年間も心配しなくていいなんて」ジェニファーは飛び跳ね、わたしが今まで経験したこともない温かい抱擁をしてくれた。「信じられないわ、ジュディ！」と、まくし立てる。「夢みたい！　あなたって最高よ。みんなのおかげだわ」

ジェニファーが本当に安心して、感謝しているのが伝わってきた。これほどの幸せを誰かにもたらしたというのは、信じられない気分だった。

「必要なリハビリを全部受けられるのよ——まるまる三年間！」ジェニファーは泣き笑いをして、口を開けっぱなしにしていた。卒業式で歩くというパトリックの夢は、ひとまず経済的に可能になったのだ。

ジェニファーとわたしはまだ呆然としたまま笑顔をかわし、こらえきれずに笑い、団体の太っ腹が信じられずに頭を振った。

まだくらくらしながら、デイブとリコシェのもとに戻った。わたしたちの顔を見たデイブがたずねた。「誰が宝くじに当たったたんだ？」

「よくわかったわね！」と、わたしたちは冗談を言い、素晴らしいニュースを伝えた。喜びに浸る一方で、リコシェの予選が近づいていた。

「どう、リコシェ？」と、わたしはたずねた。「サーフィンできそう？」

デイブがサーフボードをかついで、波打ち際で待っている仲間のもとに行った。リコシェが飛び上がり、しっぽを大きく振った。あっという間に駆けて行ってしまう。サーフボードを置くと、まったく気にならないといった様子で飛び乗った。

「どうやら答えが出たようね」と、わたし。「サーフィンしたいんだわ！」

最終的な順位に意味はなかったけれど、より多くの資金を集めるために、メディアの前でいいところを見せる必要はあった。まだ介助犬を買う資金が足りなかったのだ。波が来るたびに、デイブがリコシェの準備を整え、励ましの言葉をかけていた。「準備はいいか、リコシェ？」

リコシェは真剣に、強い意思を持って波に乗った。六回ほど浜辺までたどり着いたはずだけれど、一度も集中を切らさなかった。少し元気がないようにも見えたけれど、前足があの状態ではしかたないだろう。予選で一位になって決勝に出場し、パトリックと一緒に完璧なデモンストレーションをした。初めて一緒に波乗りをした日と同じように。審査員がリコシェの優勝を発表すると、わたしはパトリックに、出て行って一緒に賞品を受け取るよう頼んだ。やさしい彼以上に、この賞がふさわしい人間はいない。歓声や口笛、拍手に囲まれて、パトリックとリコシェはステージにのぼった。

わたしはリコシェを見つめた。足を怪我していたのに、あんなことができたなんて。楽ではなかったはずだけれど、最初から自分の役割がわかっていたのだろう。そして耐えぬいた。一匹の犬が、ここまでの力を持つなんて……その力が生まれたのは、自分らしくあることを許されたときだ。さらなる善意がわたしたちを包み込み、闇をかき消し、この闘いの意義を証明しているのがわかった。ようやく教訓がつかめた。自分自身を解放し、試練に打ち勝ったなら、地平線には善と希望が見える。自分自身を信じ、何があろうと目的の正しさを疑わないのだ。

翌週、ＡＰ通信の記事は千八百の新聞、ラジオ、テレビ、インターネットのニュースサイトに配信された。パトリックとリコシェはバーチャル世界のそこかしこで波乗りを披露することになった。すべてリコシェが、あの温かい前足で指揮を取っていたのだ。ある日パソコンを立ち上げてみると、ＡＯＬがＡＰ通信の記事をその日のトップストーリーのひとつとして扱っていた。「脊髄損傷の少年、サーフィンのスターに」

ジェニファーが興奮して電話をかけてきた。「うそみたいね！」と、弾んだ声で言う。「こんなに注目が集まるなんて！」

電話越しに、喜びとポジティブなエネルギーが伝わってきた。

資金集めは十月の末まで続けた。活動が終わると、皆でパトリックとジェニファーを食事に誘い、リコシェが集めた一万ドルを正式にパトリックに渡して成功を祝った。その場には代表のアートをはじめとする〈ポージティブ・チーム〉の面々が揃っていた。レストランは介助犬以外の犬の入店を断っていたけれど、リコシェが外にいると聞いたオーナーは、すぐに入れてくれた。輪の中にはパトリックの新しい介助犬、コーナもいた。ラブラドールとゴールデン・レトリーバーの血を引く美しい犬で、募金で購入したのだ。

祝杯をあげ、過去数カ月の驚きの出来事を振り返るあいだ、リコシェがその場にいられるのは本当にうれしかった。リコシェが成し遂げたことだからだ。パトリックがコーナと写真を撮ることになると、皆がリコシェも一緒に撮りたがった。コーナとリコシェがパトリックの左右に座り、中央のパトリックがカメラに向かって笑みを浮かべる。小切手を高々とかかげるパトリックとリコシェの写真も撮った。フラッシュが光る中で、パトリックがわたしのほうを向き、リコシェにうなずいてみせた。「コーナはぼくの介助犬《サービス・ドッグ》だけど、リコシェは〝サーフィス・ドッグ〟だね！」

サーフィンをするサービス・ドッグだから、サーフィス・ドッグ。わたしは笑いながら、うまい表現だと思った。リコシェが飛び上がって、パトリックの頬をなめた。よくわかっていたのだろう。

しばらくしてテーブルに戻ってから、ジェニファーに聞いてみた。「これ以上の成功が収められるかしら？」

「リコシェに乾杯！」と、パトリック。

「コーナにも乾杯」と、わたしはつけ加えた。

ジェニファーは泣き出しそうな顔をしていた。「こんなにお金が集まったなんて信じられないわ。リコシェはパトリックに、自由と回復という贈りものをくれたのよ。値段はつけられないわ。あなたになんとお礼を言ったら……」

わたしはさえぎった。「何もしていないわよ」と言って、微笑む。

「リコシェに乾杯！」と、パトリックがもう一度言った。

そのとおりね、と内心思った。リコシェに乾杯。自分に正直だったあなたに。

グラスを合わせたとき、リコシェはもう少しで使命を達成できなかったかもしれないと思って、ぞっとした。噂に負けていたり、大会のルールが変更されたりしていたら、こんなふうにはならなかったはずだ。

わたしはリコシェから学び続けていた。わたしも自分の心とリコシェの使命に正直でありたい。生きていれば誰しも不快な経験をするもので、プレッシャーに屈して、他人の価値観に迎合してしまう人もいる。自分らしさを見失ってしまうのだ。自分が何者なのかわからなくなってしまう人もいる。リコシェは何を押しつけられようと、どんな邪魔があらわれようと、自分にしかできないことを貫くよう教えてくれた。

人生にはいつも影がつきまとう――光が影を引き寄せる場合もある。でもそれに耐え抜けば、いつかは光が見つかるだろう。幸運にも、わたしは光を見つけた。デイブ、パトリック、ジェニファーといった、逆境に負けず夢をかなえた人びとも。影はいつでもあるから、大事なのはどう付き合っていくかだ。楽しい経験とはいえなくても、試練を超えたことでわたしは自分が善意に取り巻かれ、強力なエネルギーで導かれているのをあらためて感じた。

すべてのできごとへの感謝をこめて、「介助犬からサーフィス・ドッグへ」と名づけた動画を作った。犬の動画はもう何度も作っている――子犬の訓練の映像や、わたし以外はたぶん誰も気にかけないし観ようともしない、ちょっとしたおふざけの映像など。フェイスブックに登録していたので、そうした動画を投稿して、犬の愛好家たちとシェアすることができた。パトリックの物語はよく知られていたので、パトリックに出会う前のリコシェの生い立ちを伝えたかった。動画の中ではリコシェの長所だけではなく、たとえば鳥を追いかけてしまうような短所も紹介した。誕生の瞬間を見せ、天才的な子犬だったこと、ところがやる気を失い、わたしがいら立ったことも明かした。都合よく見せることはしなかった。正直に事実を語った動画だった。サーフィンのセッションで得たポジティブなエネルギーに囲まれていたので、ビデオもその影響を受けたのだろうけれど、「投稿」ボタンをクリックしたときは、誰かが実際に観てくれるとは思わなかった。

数日後、パソコンを立ち上げたわたしは、再生回数を二度見直した。三日で一万回！　言葉もなかった。一週間も経たないうちに、五万回まで増えた。ささやかな自家製のビデオが、ここまで受け入れられているとは。それから爆発的に広まった。世界中からコメントが寄せられた――香港、イギリス、アルゼンチン、オランダ。動画を観た誰もが、自分へのメッセージをいろいろな角度から受け取り、自分自身を解放することに気づいて涙を流したという。リコシェが初めてサーフボードに飛び乗ったときに生まれた愛は、遠く離れた誰かの人生にまで届いていた。

動画をシェアしていたのは犬の愛好家だけではなかった。おとなや子ども、セラピスト、ライフコーチ、バイカーのグループが自分のページに載せていたのだ！　あらゆる環境の人びとが、ありのままに生きるというリコシェのメッセージに共感していた。単純なモットーだけれど、簡単とはかぎらない。

リコシェは人生の可能性を呼び起こす着火剤のような存在だった。期待を背負うのをやめて、他人をまるごと受け入れ、あらゆることが可能だという信念とともに、心のままに歩む。リコシェはサーフィンを通してそれを伝えるというユニークなやり方を選んだけれど、それ以上に人生そのものの意味を教えていたのだ。

動画を観た〈ペイ・イット・フォワード・デイ〉の企画者たちが――力を合わせて善意の連鎖を起こす日のことだ――アンバサダーになってくれないかとリコシェに打診してきた。もちろんわたしは了解の返事をして、リコシェのウェブサイトで「ポー・イット・フォワード」運動を紹介した。それぞれのコミュニティで積極的に活動し、各自の才能を前足《ポー》で次の人に贈るのだ。

パソコンを起動するたびに、ポジティブなメッセージに勇気づけられ、おかげで休暇が迫っていることにも気づかなかった。母がクリスマスイブにこの世を去って以来、わたしはクリスマスとそれに関わるもののすべてを拒絶してきた。でも今年、リコシェは自分が持たないものを嘆くのではなく、持っているものに目を向けるよう教えてくれた。わたしは善意の人びとに囲まれているけれど、世界にはそうではない人もたくさんいる。

大晦日にパソコンを起動して、またしても目を疑った。ゼロの数が五個から六個に増えている。動画は再生回数が百万回に達していた。百万回？　どうにもピンとこない。リコシェがここまでの影響力を持つなんて、まったく考えられなかった。四十日間で、あの動画は百万人の魂に触れたのだ。現実とは思えなかったけれど、そのとおりだった。もう少しでよその家庭に預けるところだったのを思い出すと、からだがむずむずした。リコシェを自由にしてやらなければ、人生はまったく違ってしまっていたはずだ。わたしはリコシェに、障害を持った人を支える介助犬になってほしかったけれど、リコシェの意思は違った。何百万人もの人生に変化を起こしたかったのだ。〈パピー・プロディジー〉を立ち上げたときとはまったく違う道をたどっていた。

そのとき、わたし自身は運転手に過ぎないのを悟った。ナビゲーターはリコシェだ。本当に久しぶりに、新年の訪れが楽しみだった。わたしは心の底で、デイブが正しかったことを認めた。善はかならず勝利する。

三年後――ポー・イット・フォワード

二〇一二年、歓声やすすり泣き、口笛、割れんばかりの拍手の中で、名前が読み上げられる。「パトリック・ジェームス・アイヴィソン」

学校の大講堂は卒業生、保護者、きょうだい、友人たちで満員だ。普通なら犬の入場は禁止されているけれど、リコシェはこの輝かしいイベントに招待されて、わたしの足もとの床に伏せている。歓声がいっそう大きくなり、パトリックが車椅子で壇上にあらわれる。今日を迎えるためにどれほど頑張ったことか。週に一度、六時間の苛酷なリハビリをまる三年間。ストレッチに費やした長い時間。自宅での訓練。ほんのわずかでも進歩が見えると、パトリックはさらに努力した。

白い帽子とガウンを身につけた壇上のパトリックが、きりっとした精悍な表情で、車椅子から身を起こす。専用の杖をつき、目の前の理学療法士に導かれながら、自力でしっかりと壇上を歩く。誇らしげな母親と妹が見つめる前で、自分の足で立ち、卒業証書を受け取る。

金髪の小さな男の子は、突然大人になったようだった。お兄ちゃんがまた歩けるようになってほしい、と妹はサンタにお願いした――少年は自分の意思を貫き、また家族や友人のサポートを得て、夢をかなえたのだ。その中には四本足で毛皮を着た友人もいる。出席者がスタンディングオベーションで応える。リコシェが立ち上がる。わたしはその隣で拍手を送り、歓声をあげる。リコシェがパトリックのボードに飛び乗り、ふたつの魂が溶け合って、永遠の自由を手にした日を思い出しながら。

第10章

悲劇を越えて

「自分をもっとも成長させるのは、
往々にしてもっとも深い痛みだ」
――カレン・サルマンソン

年が明けても、動画の再生回数の伸びは止まらなかった。これほど注目が集まったからには、そこを出発点に使わない手はない。リコシェが「ポー・イット・フォワード」のメッセージを広げ、より多くの人間や動物を救うことにつなげるのだ。そこで動画のおしまいに、寄付を募る短いメッセージをつけた。

世界中の人々が、ただ助けたいと願っているだけではなく、実際に手を貸してくれようとしていた。自分を超えた大きな何かの一部になりたかったのだ。寄付が集まり始めたので、支援の対象を探さなければいけなかった。いったい誰にしよう？　するとまためぐり逢いが起きた。ある朝メールをチェックすると、友人が「ぼくはもういちど波に乗りたい」と題された記事を送ってくれていたのだ。イアン・マクファーランドという男の子についての、あまりに悲惨な、しかし究極的には勇気と可能性に満ちた物語だった。

二〇〇八年七月二日の夜、イアン・マクファーランドと妹のローレン、弟のルーク、両親のステファニーとトッドは、カリフォルニア州カールスバッドの自宅を出て、いとこの結婚式に出席するためにコロラド州ボールダーに向かった。昼間にイアンのサッカーの進級テストがあったので、移動が夜中になったのだ。子どもたちは車の中で眠り、到着は翌朝になる。ボールダーではオクラホマ州タルサから車でやって来た、ステファニーの妹のメリッサ・コールマンと落ち合う予定だった。姉妹が顔を合わせるのは五月の祖母の葬式のとき以来で、一緒に過ごすのを心待ちにしていた。結婚式のあと、コロラド州でキャンプをするつもりだった。

メリッサとステファニーは二歳違いで、とても仲がよかった。一日に何度も、電話でおしゃべりするほどだ。

「会話依存症だわ」と、メリッサは冗談を言った。本当によく話をしているので、どちらかが連絡がつかないと心配になるのだった。

メリッサはステファニー、トッド、そして子どもたちが夜中に移動するのを不安に思っていた。出発の数日前には、何ともいえない胸騒ぎを覚えていた。

七月二日に眠りにつく前、メリッサは既に出発していたステファニーに電話をかけた。ふたりは短い会話を交わした。

翌朝、姉一家に電話をかけたけれどつながらなかった。どのルートで来るか知っていたので――山道ばかりで、携帯電話の電波は悪い――最初は気にならなかった。けれど時間が経つにつれて、焦りが生まれてきた。何かがおかしかった。でもまさかマクファーランド一家が事故に遭っていたとは思わなかった。

その日の朝六時、マクファーランド一家は車を停めてガソリンを補給し、軽く食事をとった。約四十五分後、高速道路を走っていたときにカーブを曲がりそこねた。ソルトレークシティの南方約二百四十キロ、州間高速道路七十一号線上で制御不能になったフォードは、道を外れて路肩に乗り上げ、さらに照明ポールにぶつかった。そのまま路肩を蛇行しながら金網に突っ込む。フォードは宙に舞い、回転しながら真っ逆さまに転落し、下の高速道路に激突してようやく止まった。車がぶつかったコンクリートの路面は砕けていた。

メリッサが連絡を受けたのは、両親と披露宴のリハーサルに出ていたときだった。大きな事故があったという。ところが折り返そうとしても、つながらなかった。メリッサと両親は警察に連絡したけれど、警官が病院や派出所に片っぱしから電話をかけて、家族の行方を懸命に捜してくれているあいだ、警察署で待つしかなかった。

真夜中を過ぎてようやく、あまりにも悲惨な知らせが届いた。メリッサと両親の一生を永遠に変えてしまう知らせだった。トッドとステファニーは即死だった。幸いにも三人の子どもたちはチャイルドシートに固定されていたけれど、それでも怪我は免れなかった。三人はソルトレークシティのプライマリー小児医療センターに救急搬送された。イアンは五歳、ローレンは二歳、ルークはまだ一歳だった。呆然とするほかなかった。メリッサが何よりも恐れていたことが現実になった。大切な姉が、心の友が……いなくなってしまった。けれど現実が見えてくると、ひとつのことしか考えられなくなった。子どもたちのそばにいてあげなければ。他にするべきことはない。それだけだ。

メリッサは何のためらいもなく、オクラホマ州タルサでの生活に別れを告げ、二度と振り返らなかった。両親と一緒にすぐさま飛行機の便を予約した。怪我を負った子どもたちが病院に取り残されていること、姉とトッドが亡くなったことを考えると、胸が張り裂けそうだった。それでも立ち止まっている暇はなかった。ステファニーと子どもたちのために。メリッサに迷いはなかった。「どうしたらいいの？」と考えることもなかった。自分に子どもはいないし、タルサに未練もない。するべきことはわかっていた。病院に行くのだ。

病院に到着した三人は、必死で子どもたちの姿を捜した。悪い夢から覚めたときのように、事故の詳細がわかってきた。最初に事故現場に駆けつけたレポーターのひとりは、イアンは助からないと思ったという。末っ子のルークは目を覚まして、泣き叫んでいた。子どもたちはヘリコプターで病院に運ばれ、トッドが身につけていたスクリップス・グリーン病院のＩＤカードを発見した救急救命士たちが、トッドの母親に連絡を取ったのだった。母親は子どもたちに付き添うためにユタ州から飛んできたけれど、メリッサと両親に連絡する手段はなかった。

メリッサたちが到着したとき、イアンは昏睡状態で、からだが痙攣していた。両足はギプスで固定され、軸索損傷と呼ばれる重度の外傷性脳損傷を負っていた。絶望的な状態だった。メリッサにとって、幼いイアンのそんな姿を見たことほどつらい記憶はない。奇跡が起きるよう、神に祈った。ローレンとルークは打ち身がひどかったけれど、命に別状はなかった。医師はふたりの身内に、両親が逝ってしまったことを今すぐ話したほうがいいと言った。きょうだいは泣きじゃくり、ショックでぼんやりしていた。しかしなんといってもまだ幼く、言われたことを本当には理解していなかったようだ。イアンも死んでしまったと思っていたらしい。

ローレンとルークの存在が、大人たちにとってはささやかな心のなぐさめだった。自宅に連れ帰り、慣れ親しんだ環境に置くのがいいと医師に言われたので、メリッサと妹のクリスティーナ、その夫のスティーブは、ローレンとルークを連れてカリフォルニア州カールスバッドに向かった。車の窓はクッションで覆い、外が見えないようにした。子どもたちにとって、高速道路は恐ろしい場所になってしまっていたからだ。メリッサの両親とトッドの母親のヴィーが、イアンに付き添った。

帰宅すると、ローレンが家の中をばたばたと走りながら叫んだ。「ママ？　パパ？」メリッサはなすすべもなく立ち尽くしたまま、涙をこらえていた。室内にはステファニーが旅行の前に書いた「やることリスト」が散らばっていた。ステファニーの筆跡によるメモと走り書き。もう耐えられなかった。メリッサは泣き崩れた。

けれど悲嘆にくれている暇はなかった。子どもたちの世話をしなければいけないし、いずれはイアンも連れ帰ることになるだろう。一家はまだ目が覚めないイアンを迎える準備を始めた。四週間後、イアンは自宅に近いサンディエゴのラディーこども病院にヘリコプターで運ばれ、三カ月に渡って急性期の治療を受けた。転院の直前、医師たちはイアンの脳にシャント手術を施して、溜まっていた水を一部抜いた。今後の見込みは相変わらずはっきりしなかった。まだ完全には昏睡状態を脱していない。でも次の日、メリッサが幼いきょうだいを連れて会いに行ったあたりから、イアンの意識がはっきりしてきた。

それから三カ月、トッドの母親は病室のイアンの隣で眠った。メリッサは毎日ローレンとルークを連れて見舞いに訪れ、医師と話し合い、イアンが処置を受けるところを見守った。イアンを療養病棟に移すという話もあったけれど、断固として拒否した。病棟を見学したとき、大半の子どもたちが十八歳までそこから出られないことを知ったからだ。

四カ月の入院生活のあと、やっと退院の日が訪れたけれど、イアンは視力が極端に弱く、栄養チューブが外せず、脳梗塞を患ったように左半身が麻痺していた。頭の怪我のせいでほとんど話すことができず、車椅子なしには生活できなかった。脳損傷を負った患者の隠れた問題は、保険でカバーできる範囲はわずかなのに、治療の費用が莫大だという点だ。

記事を読んでいると、不思議なほどパトリックの状況に似ているという気がして、また運命の糸が結ばれようとしているのがわかった。事故の前、イアンはよく父親とサーフィンをしていたという。リコシェならイアン・マクファーランドの力になれるだろう。もうひとつ似たところもあり、心の深い部分を揺さぶられた——今度はわたしの人生との共通点だ。わたしも両親を亡くしている。もちろんイアンよりずっと年を取っていたけれど、この間まで両親がいたかと思うと、次の瞬間には孤児になっていたのだ。一瞬で人生が様変わりしてしまったこの少年を、もう他人とは思えなかった。

連絡先はわからなかったけれど、記事を配信したのはパトリックとリコシェの話を放映したのと同じテレビ局だった。これもまた運命。わたしはテレビ局に聞いた。「一家とコンタクトを取る方法はありませんか？　リコシェはイアンのために募金活動をしたいと思っています」

動画の人気は相変わらずだったけれど、いつまで続くかはわからなかった。この先数週間で再生回数が落ちたときのために、今すぐ機会をつかまなければいけない。

プロデューサーの紹介で、亡くなったイアンの父親トッドのクラスメイトのマックス・ムーアに会うことができた。〈ケアリングブリッジ〉という、重い病気や怪我と闘う人びとを支援するウェブサイトに、イアンのページを作った男性だ。事故のことを聞いたマックスは、真っ先にこう言ったという。「どうしたら助けになれるだろう？」

　結局マックスは、一家のために自宅を開放したのだった。皆がその好意に感謝していた。病院に勤めていて、脳損傷の専門知識があるマックスは、イアンの治療が一刻を争うことを知っていた。肝心なのはすばやい行動で、手をこまねいていればいるほど、回復の望みは薄くなる。一秒でも早く、イアンが重点的なリハビリを受けられる状況を作らなければいけない。

「ぼくに手伝わせてくれるなら、いつでも力になるよ」と、マックスはメリッサに言った。

「ありがとう……どんな小さなことでもうれしいわ」

　オクラホマでの生活をためらいなく捨てたメリッサに、わたしは深い感銘を受けた。こんなに温かい心の持ち主はそういない。選択の余地がなかったのよ、と本人は言うだろうけれど。

　メリッサには、イアンが必要としている治療を受けさせるほどの経済的な余裕はなかった。週に約四千五百ドル、両足の装具に三千五百ドル。メリッサは必死でやりくりをしようとしていた。募金は低調だったけれど、今何とかするしかなかった。

「リハビリは今後の結果に直結します」と、医師も言っていた。

　イアンの父親のトッドは、スクリップス・グリーン病院の理学療法士だった。同僚たちは即座に、失った人生を取り戻すイアンの長い闘いを支援することにした。脳損傷を負った患者のリハビリは、通常は年十二回。トッドの同僚の協力を得て、イアンは週に二十回受けることができた。メリッサがそれだけ忙しくリハビリに参加しながら、三人の幼い子どもの世話をしているのは驚異的だった。

不思議なことに（リコシェの力を知った今となっては不思議でも何でもないけれど）、イアンの見舞いに訪れたマックスが病院で最初に出会ったのが、パトリック・アイヴィソンの母親のジェニファー・ケイラーだった。ラディーこども病院の正看護師を目指していたジェニファーは、仕事の手を止めてマックスと向き合い、資金集めをするならしなければいけないこと、連絡を取ったほうがいい人びとについて詳しく説明した。長大なリストを作って、メールで送ったという。その話を聞いて、人生の奇妙で美しいつながりを思った。

マックスは、リハビリがイアンにとっていい思い出になることを願っていた。楽しめないようなら、そのうち投げ出してしまうだろう。幼いイアンはスポーツ選手並みの訓練を受けることになるけれど、怪我をした子どもにとっては負担だし、おまけになぜそんな訓練を受けなければいけないのか、難しい課題をこなさなければいけないか、なかなか理解できないはずだ。

サーフィンが楽しみを取り戻す手段にならないだろうか、とマックスは考えたけれど、そのアイデアにはさまざまな課題があった。まずイアンは車椅子を使っていて、ほとんどからだが動かせない。肉体的な負担があるし、それ以上に精神的な痛みが大きいだろう。サーフィンはイアンが亡くなった父親と楽しんでいたことだった。トッドはサーファーで、アウトドア愛好家で、釣りやロッククライミングが好きで、時間があれば家族を連れ出して、波の音を聞きながら浜辺でピクニックを楽しんでいた。イアンがよちよち歩きをするようになると、すぐサーフボードに乗せたという。父と子の温かい時間だった。イアンにとって、海やサーフィンを愛しただけではなく、同じ冒険家の魂を持つ父親と過ごした特別な時間だった。絆を確かめ、ともに喜び、熱意をわかちあう。ふたりは四六時中浜辺にいて、時間さえあればサーフィンを楽しんでいたという。浜辺と海は神聖な場所だった。

わたしはマックスに、リコシェの動画のリンクを送った。動画があふれ、人びとが新しい刺激を求める現代の社会では、リコシェは明日にも古いニュースになってしまうかもしれないので、急いで行動を起こさなければいけなかった。リコシェがどれほど未来に影響を及ぼすか、その時点では知る由もなかった。資金集めに協力したいと申し出ると、是非ともイアンとリコシェを引き合わせたいと言ってくれた。もちろんサーフィンをするのも素晴らしいけれど、犬と会わせてやりたいという。今のイアンには、何か気晴らしが必要だったのだ。

「写真を送ってくれますか？」と、わたしはたずねた。「リコシェのウェブサイトに、イアンへの寄付を募るページを作りたいの」

写真が送られてくると、イアンの資金集めという新しい活動に取りかかった。リコシェのことを聞いたメリッサは、当然ながら不安に思っていた。なにしろメリッサと子どもたちにとっては毎日が闘いで、とにかくその日を乗り切ることが最優先だったのだ。そんなときに知らない女性から電話がかかってきて、サーフィンをする犬の話を聞かされたのだから。「犬ですって？」と、メリッサは聞き返した。これ以上エネルギーを費やす時間と余裕があるだろうか。「勘弁してよ。そんなことに使う時間はないわ」

けれどマックスはあきらめなかった。イアンは犬が大好きで、サーフィンをするのも大好きだった。最高の組み合わせではないか。抵抗する気力もなく、メリッサは首を縦に振った。

そのころのわたしには、自分たちが想像よりはるかに大きな波に乗っていることがわかりかけていた。初めてマックスと話したときは、動画の人気がいつまで続くかわからなかったけれど、再生回数が百万回を超えてもまだ止まらなかった。リコシェは飛び抜けた影響力を持ち、遠く離れたところにいる人びとをも動かす力を持っているのだ。その中でもリコシェは、イアンという男の子に直接触れる運命にあるようだった。

イアンの家を訪れたのは一月で、サーフィンには寒すぎた。メリッサが車椅子を押しながら、木の下の芝生を通ってやってきたので、リコシェを連れて初対面の挨拶に向かった。誰に会いに来たのか、何のために来たのかはっきりわかっているというように、リコシェは茶色の長い前髪をした男の子のもとにまっすぐ歩いていって、顔をなめた。怖がるのではないか、と一瞬どきりとしたけれど、愛くるしい顔に笑みが広がったので、不安は消えた。顔をなめられるたびに、男の子がうれしそうな表情をする。わたしは言った。「リコシェの鼻に、そっと息を吹きかけてみて」イアンがそうするたびに、リコシェは顔をなめて応えた。イアンが笑い声をあげた。

初対面には過度な期待をしていなかった——ふたりの写真を撮って、資金集めに使えたらいいと思っていたくらいだ。イアンの左半身はまだ弱かったけれど、視力は回復していた。イアンがボールを投げると、リコシェが飛んでいって拾ってきた。ときどきリコシェは木の匂いを嗅ぎに行った。イアンに時間と余裕を与えて、自分のエネルギーで圧倒しないようにしていたのだろうか。

「楽しそうだわ」と、メリッサが言った。「あの子は近所の犬が大好きで、ずっと犬を飼いたがっているの。それはよく知っていたけれど、あんなに仲良くなるなんて。心が温まるわ」

ふたりはたちまち打ち解けた。のちにインタビューを受けたイアンは、リコシェとの友情について聞かれて、こんなふうに答えている。「はじめてリコシェに会ったときは、すごくわくわくしました。走ってきて、ぼくにキスしてくれたんです」

ふたりは言葉を超えた手段でコミュニケーションを取っていた。しかしそれでも、一緒にサーフィンができたのは何カ月も経ってからだ。イアンはまだ怖がっていた。海水は冷たすぎるし、鼻に水が入るのもいやだった。父親との思い出も関係していたのかもしれないけれど、いちばんの理由は、からだが利かないことだろう。パトリックと同じように、海の中では助けてもらう必要があったけれど、パトリックほど大きくもたくましくもなかった。からだが小さく、ひ弱で、水中で長時間息を止めるコツもつかんでいなかった。失敗したら、二度とサーフィンをやりたがらなくなってしまうかもしれない。

一月二十二日の六歳の誕生日、イアンとリコシェはカーディフ・ビーチで再会した。カーディフでの誕生日パーティは、少しだけほろ苦かった。誕生日や特別な日のたびに、ステファニーとトッドはその浜辺に子どもたちを連れて行き、ステファニーがテーブルを広げてテーブルクロスやろうそくで飾っていたからだ。浜辺は特別な場所で、本当の家だった。

イアンの誕生日、メリッサはステファニーがやっていたのと同じようにテーブルをセットして、ピザとケーキを並べた。三十人近い人びとが集まっていた――友だち、親戚、理学療法士。イアンは騒ぎに戸惑っていたけれど、リコシェを見ると顔を輝かせた。リコシェも男の子が目に入ると、浜辺をまっすぐ駆けて行き、イアン・マクファーランド以外の人びとやハトや、その他のものには目もくれなかった。

「びっくりしたわ」と、メリッサ。「たった一度会っただけなのに、もうお互いが忘れられないのね」

「うれしいな、リコシェだ」イアンが顔をなめられながら言い、頭をそらせて笑顔を浮かべた。「友だちに紹介してもいい？」

「いいわよ」と、メリッサ。

「リコシェはぼくの新しい友だちなんだ」と、イアンが言った。心なしか、二週間前よりも自信に満ちて、堂々としているようだった。

それから数カ月間、リコシェはイアンのための資金を集め、わたしはメディアやウェブサイト、動画、Eメールを駆使して宣伝を続けた。イアンの物語をフェイスブックとリコシェのウェブサイトに掲載し、リハビリの費用七千五百ドルを集めた。イアンの遠い親戚とも知り合い、血はつながっていなくても愛情で結ばれた。母親の死や、わたし自身の離婚、大人になるまでのたくさんの失望といった暗い日々の中では、とても想像できなかった。この流れを前向きに受け止めて、新しい旅に逆らわないようにすると、より大きな力が働いているのがわかった。チョコレート色の毛をした犬がしっぽを振り、もっと人の役に立ちたいと願っているのがわかった。

三度目に会ったのも浜辺で、イアンに小切手を渡す手はずになっていた。イアンはリコシェの横でサーフボードに座り、メリッサが砂浜に大きく「ありがとう！」と書いた。リコシェは喜びを隠しきれない様子だったけれど、イアンにはどれくらいが限界かよくわかっていて、隣にそっと座るか、寝そべるかで満足していた。

「リコシェはぼくの友だちで、仲間なんだ」と、リコシェのやわらかい背中をなでながら、イアンがあたりを見回して言った。

数カ月後、脳損傷に関するドキュメンタリーが放映されることになり、プロデューサーはイアンの出演を望んだ——できればリコシェとサーフィンをしている映像がほしい。マックスとメリッサはその日までの数週間、何度もイアンをサーフボードに寝かせて水の中に連れて行こうとしたけれど、イアンはいやがって泣いた。海が怖くてしかたなく、顔に水がかかるのもいやだったのだ。何より、父親との思い出が濃すぎたのだろう。しかしメリッサは、水が回復の助けになるのを知っていた。事故のあと、イアンが初めて足を動かしたのも水の中だった。

「足が動いたわ！」そのとき、メリッサは理学療法士に大声で言った。

彼らは信じなかった。何度言っても本気にしてもらえなかったので、ビデオを撮影して見せた。理学療法士のひとりは浜辺までついてきて、イアンにとっての特別な場所で、本当に足が動くか自分の目で確かめようとした。

海はイアンにとって大切な癒しの場所だったので、メリッサとマックスは、次のステップとしてイアンをサーフボードに乗せることを決めていた。父親と一緒に海で遊んだことは、何より大切な記憶のはずだ。けれどイアンは、海に落ちたら前と違って頭を出せないことを知っていた。それに以前は、いつも隣に父親がいた。今は他人に頼らなければいけない。

それでも事故に遭ってから初めて、リコシェと一緒にサーフィンをすることになっていた朝、イアンは機嫌よく目を覚ました。恐怖心は消え去り、興奮と期待だけがあった。

「今日はリコシェとサーフィンするんだ！」

大勢の人びとが浜辺に集まっていた――メリッサとマックス、ドキュメンタリーのプロデューサーと部下、パトリックを支えてきたデイブと息子のオースティン、プロサーファーのプルー・ジェフリーズ。誰もが、この大事なイベントを支えようとしている。リコシェはイアンのもとに走っていき、気がすむまで顔をなめてから、隣に座った。

「今朝起きたイアンはね」と、メリッサが教えてくれた。「こう言ったのよ。『サーフィンがしたい！　リコシェとサーフィンするんだ！』びっくりしたし、胸が熱くなったわ。いつまでも懐かしく振り返るでしょうね。海はあの子とお父さんをつなぐものだから、本当は大好きなのに、今まですっかり怖がっていたの」

メリッサとマックス、そしてヘルパーのプルーがイアンを囲んだ。デイブとオースティンが、サーフボードの後ろにリコシェを乗せるのを手伝ってくれた。押し寄せてきた最初の波に、イアンとリコシェは一緒に乗った。また別の波がくる。皆が少し緊張していたけれど、いっせいに安堵のため息をつき、リラックスした。そのとき、ふたりが海に落ちた。イアンの頭がすっかり水にもぐってしまい、あとになってマックスは、一瞬ぞっとするようなパニックに襲われたよ、と言った。イアンのチームがすかさず手を差しのべ、波間から引っぱりだした。海中から顔を出したイアンの言葉に、皆が目を丸くした。「あーあ、落ちちゃったよ」と、笑い声を上げたのだ。

「もういっぺん、やってみたいか？」と、マックスが慎重にたずねた。

「うん、やってみたい」

こうしてまたふたりは波に乗った――イアンがボードに腹ばいになり、後ろにリコシェが器用にバランスを取って立つ。イアンは真剣な顔をしていたけれど、ときどき笑顔がのぞいた。リコシェの顔も真剣そのもので、集中していた。まるでこう言っているようだった。「安心して。先導するから。何もかも大丈夫だから」

わたしは心の中で思った。ええ、きっと何もかも大丈夫。想像したとおりではなかったにしても、きっとなんとかなるし、すべてがうまくいくだろう。イアンがリコシェと一緒に次々と波に乗るのを、誰もが感心しきって眺めていた。イアンはふたたび、海に出て心から楽しんでいた。

リコシェは犬にしかできないやり方で——リコシェにしかできないやり方で——男の子の魂に触れた。海に落ちたときの笑い声が、わたしの心の中でこだましていた。イアンは浜辺まで完璧に波に乗ったことより、ボードから落ちたことを繰り返し話していた。

海から上がってきたふたりを、誰もが興奮して迎えた。妹のローレンが駆け寄って、おめでとうの抱擁をした。楽しい時間をわかちあった幼い兄妹が抱き合う光景には、胸が温かくなった。

「みんなが心から楽しんでいたわ」と、メリッサ。「イアンが海で泳ぐなんて……またサーフィンできるなんて」

「海に落ちたときはあわてたよ」と、マックスが言う。「あれが分岐点だったな。心底、不安になったよ——パニックと言ったほうがいいかな。あの子が海に落ちた瞬間、もう海はごめんだと言うんじゃないかと思ったよ。それなのに失敗のあと、笑っていたんだから……何と言ったらいいんだろう……」マックスが言葉を詰まらせた。

「わたしも緊張したわ」と、わたしは笑った。

「リコシェのおかげで楽しめたよ」と、マックス。「一緒に過ごしたおかげで、子どもらしさがよみがえったんだ。いつも大人と過ごすのはいやなんだろう」

「一緒にいると、みんな無邪気になるのよね」と、わたしも言った。

「リコシェはあの子に、楽しむという気持ちを呼び起こしてくれた。自分のことなんかひとつも考えていない」と、マックスが愉快そうに笑う。「ぼくは自分がサーフィンをしたいという気持ちを優先してしまうからね。でもリコシェは言うんだ。『さあ、遊ぼうよ』とね」

そう、とわたしは思う。本当に、そのとおり。リコシェは相手に期待を押しつけたり、プレッシャーをかけたりしないで、黙ってそのままの姿を受け入れるのだ。

無邪気で純粋。それがリコシェだった。

ふたりは浜辺に座っていた。からだは濡れていたけれど、生命力にあふれている。イアンがリコシェのほうを向いた。

「リコシェはぼくのサーフィン仲間なんだ」

後になって、リコシェがボードの前方に乗ったほうが、イアンの顔に水がかからないことがわかった。イアンはリコシェの後ろ足に腕をまきつける。こうしてリコシェは、打ち寄せる波からイアンを守った。

その日のあとも、ふたりは何度も波乗りをしたけれど、陸の上でもよく一緒に遊んだ。リコシェが顔をなめると、お返しにイアンが抱きしめたり、なでたりする。水の外でもセラピーの効果があがっているのだった。

こうした経験はわたしにとっても癒しになるのがわかった。暗闇の中を長いこと歩いてきたあとで、今は善意に包まれている。メリッサという、やさしい女性に出会えたのは幸運だった。穏やかな空気を漂わせているので、わたしは安心と愛情の繭に包まれたような気分になった。

「誇らしいわ」と、メリッサが言った。「毎日が誇らしいの」それから一息つく。「子どもたちはわたしのことを『お母さん』と呼ぶのよ。感動するわ。天の贈りものみたい。イアンはわたしを『ハッピーちゃん』と呼ぶの。ステファニーが子どものころ、そう呼んでいたから。リコシェがどれだけイアンの人生を変えたかと思うと」と、メリッサが続ける。「犬と一緒にサーフィンさせるよう、マックスが説得してくれていなかったら、わたしたちの人生はどうなっていたのかしら。リコシェがイアンの人生を変えるために力を尽くしてくれたことを考えると、感謝の気持ちでいっぱいになるの。きっとこれから何年間も、イアンはいい影響を受けるわ。リコシェが隣にいるときのイアンは怖いもの知らずなの」

わたしはリコシェと、このイベントについてきていたリーナの隣に座った。そして家族同然になった特別な男の子のことを考えた。どちらも両親を亡くすという、似たような体験をしている。けれどわたしは、今手に入れた家族のことも考えた——おそらく、その悲劇のおかげで。きっと本当の家族というのは、ある時点まではまったくの他人だったけれど、どこかで愛と共感で結ばれるようになった人びとのことを呼ぶのだろう。人生は輪になっている。ジェニファーとパトリック……メリッサとイアン……みんな自分の家族を開放して、わたしを迎え入れ、感謝祭やクリスマスに招いてくれた。わたしがひとりぼっちだと知っているからだ。それは本当だとも、違うとも言えるけれど。

イアンは内省的な子どもだった。賢いと言ってもいいだろう。メリッサによると、あるときこう言ったらしい。「ぼくがサーフィンを好きなのは、お父さんを思い出すからだし、海にいると心が落ち着くんだ」

リコシェと一緒にサーフィンをする姿を見ながら、わたしはその言葉をかみしめた。そしてこの瞬間のために用意された、たくさんの奇跡の出会いについて考えた。ESPNが撮影にやってきたときのコメンテーターの質問と、イアンの子ども離れした答えを思い出した。

「きみは昔、サーフィンをしていたそうだね?」と、コメンテーター。

「うん」

「どうやって波に乗るのかな?」

「波を信頼するんだ」と、少し考えてからイアンが言った。

「どうやって信頼するんだい？」

「人を信頼するみたいに」と、イアン。

「またサーフィンを始めたそうだね」

「うん」

「どんな気持ちがする？」

「うーん、最初は怖かったけれど」イアンが少し間を置く。「リコシェが怖い気持ちを取ってくれたんだ」

「それはどういうこと？」

「後ろに飛び乗ってきて、一緒にサーフィンするとは思わなかったから驚いたよ。でも、それで安心したんだ。そこにいるのがわかったから。リコシェがいてくれると安心するんだ」

「もう怖くないんだね？」

「ときどきは怖くなるよ。あんまり遠くまで行くのは好きじゃないんだ。でもリコシェが励ましてくれる。ぼくがリコシェを好きなのは、犬だし、いちばんの友だちだからなんだ。リコシェとぼくのポスターを部屋に貼っているよ。それを見ると勇気が出てきて、また会いたいと思うんだ」

「波に乗っているとき、自分はどんなふうに見えていると思う？」

「ずっとにこにこして、楽しそうにしている」

「どうして？」

長い沈黙が続くあいだ、イアンは一度もコメンテーターから目をそらさなかった。じっと見つめるその目には、涙が浮かんでいた。「お父さんと波に乗ったのを思い出すから」

「それはきみにとって幸せなことかな？」

「うん」今度、イアンはためらわずに言った。

第11章 すべては必然

「鼓動することに意味がなければ……心臓はとっくに止まっているだろう」

――メフメット・オズ

リコシェが波に乗り続けて、さまざまな人びとのために資金集めをする一方で、わたしの人生には予想外の恐ろしい転機が訪れた。その頃わたしは、先天性免疫不全症のために注入療法を受けていた。免疫システムが機能しないので、通常なら赤血球が作り出す抗体の免疫グロブリンを、点滴で投与するのだ。数カ月は治療を受ける予定だったけれど、ひどい頭痛や吐き気、高血圧に悩まされるようになり、とても続けられなくなってしまった。

ある晩ベッドに寝ていたとき、胸に軽い圧迫感を覚えた。治療の副作用はすべて記録するようにしていたので、次の日、医師に電話をかけて事情を話した。どうやらよくない状況だったらしい。翌日、心電図を撮りにくるよう言われた。結果が異常だったので、今度は心エコー検査を受けることになった。僧帽弁逸脱症と呼ばれる、左心室と左心房を隔てる弁がきちんと閉じない病気を抱えているのは昔から知っていた。わたしの心エコー図を見た医師は、症状がだいぶ悪化していると言った。「一、二年のうちに弁置換手術が必要になりますよ」

わたしは衝撃を受けた。

循環器内科医には、胸部外科医と話し合うよう勧められた。結局、経食道心エコー検査を受けることになり、弁がすっかり張りを失って、ひどい逆流が起きていることがわかった。六カ月以内にロボット手術を受けなければいけないという。

頭がいっぱいになったわたしは、セカンドオピニオンを求めた。悪い知らせは最悪の知らせに変わった。今度の医師には心臓カテーテル検査を受けるよう言われた――腕か足の付け根の血管から挿入した細いカテーテルを心臓の脇まで通し、モニターで心臓の動きを観察するのだ。方法だけでもぞっとするけれど、結果も恐ろしかった。映像によると、四カ所で動脈が詰まっているという。弁置換手術だけではなく、四本のバイパス手術も必要になってしまい、ロボット手術では済まなくなった。今は症状が出ていなくても、ただちに手術が必要だという。かなり深刻な状態で、二～三週間のうちに手術の予定を入れるよう強く勧められた。

心臓切開手術。手術台の上で、医師がわたしの心臓を切り開く？　想像するだけで身が凍った。

歩く時限爆弾になったような気分だった。当時、わたしは五十二歳。母は五十四歳のとき、心臓発作で亡くなった。わたしもまったく同じ破滅への道を歩んでいるのだろうか。母と同じような心臓の問題を抱えるとは思ってもみなかった。遺伝的な症状とはいえ、どうしたわけか——たぶん考えるのを拒否していたのだろう——病気のことは今まで心配事のリストに載せていなかった。今はリストの最上位だ。新しい現実を受け止めようともがいているあいだにも、心臓が爆発するような気がした。心臓の手術を受ける人は大勢いるけれど、わたしにとっては一大事で、途方に暮れるほかなかった。

一年以内に心臓手術の予定を組まなければいけなくて悩んでいたはずが、十四日以内に手術を受ける羽目になり、わたしは激しい恐怖とパニックに襲われた。両親を亡くした年以外に、こんなストレスを感じたことはなかった。今まで不安をやわらげる薬を飲んだことはなかったけれど、医師に抗不安薬を処方してもらった。ただ現実に耐えるだけでも、助けが必要だったのだ。パニックで頭がいっぱいになり、夜寝られなくなった。眠るかわりに、四本のバイパス手術にどんな危険がともなうのか考えた。麻酔から覚めなかったらどうしよう？　入院しているあいだ、誰がリコシェとリーナの面倒を見てくれるのだろうか？　二度と家に帰ってこられなかったら？　不安と恐怖ばかりではなく、怒りまで湧いてきた。ジョン・レノンの格言の苦い真実が身にしみた。「忙しく計画を立てているときに邪魔が入る、そのことを『人生』と言うんだ」わたしは多くの人に変化を起こそうという、リコシェの活動を全力で支えているところだった。なぜ、よりによってこんなときに？

リコシェがこんなにいいことをしているときに、いったいなぜこんなに悪いことが起きるのだろう。あまりに不公平だ。電車に乗って素晴らしい世界へと続く線路を急ごうとしていたのに、力ずくでブレーキをかけられたようなものだった。

わたしは昔からネガティブな思考回路で生きてきたので、ポジティブな姿勢を保とうとしても、いつの間にか頭の中がネガティブになっていくのがわかった。今までずっと、すべては必然だと思ってきた。一見つながりのないささやかな偶然から、人生を左右する重大な出来事まで。それでもなぜ必然なのか、その理由はわからないままだった。今また逆境に立たされ、どうしてこんなことになるのか、わたしは答えを求めてもがいていた。

ようやく、ロサンゼルス在住の評判の外科医に執刀を頼む決心がついた。それでも不安は薄れなかった。手術がうまくいかなかったときのために、リコシェとリーナの行き先を決めた。考えるだけで涙がこぼれてきたけれど、二匹がきちんと世話をしてもらえるようにしなければいけなかった。神経は限界だったけれど、リコシェの募金活動について思いをめぐらせることで、なんとか自分を支えた。わたしよりずっと厳しい状態に置かれている人びとや動物を、大勢助けているのだ。リコシェに助けられて、多くの人びとが困難を乗り越えてきた。他人のことを考えていると、からだへの不安や怖いという感情から距離が置けて、ほんの少し気持ちが落ち着いた。それでもすぐに、耐えなければいけない容赦のない現実が迫ってきて、不安がわたしの鎧を砕くのを感じた。メスで心臓を切り裂かれるように。これより恐ろしい手術は、脳の手術しか考えられなかった。

二〇一一年三月一日、わたしは心臓をいったん停止させられた。数時間に及ぶ切開手術のあいだは、人工心肺装置が血液を循環させていた。手術室に運び込まれる前、最後に見た顔は、前の晩から来てくれている弟のボビーだった。意識を失うまでのあいだ、リコシェに教わったことを思い返した――自分のできることを見つける。手術が終われば目が覚めるだろうし、そうしたらまばたきができる。無理なことではなく、できることを探すのだ。

手術を受ける前には麻酔医と時間をかけて話し合い、麻酔をかけられても途中で目が覚めてしまう傾向がある、と伝えておいた。前にもそんなことがあったからで、外科医が胸を切り開いているときや、自分の心臓ではなく機械が血液を循環しているときに意識が戻ったらたまったものではない。恐ろしい想像にとらわれるたびに目を固く閉じて、その光景を追い払った。長年、リウマチを患ったせいで首の骨が変形しているので、枕を使えないことも伝えた。集中治療室にいるあいだは、首の激痛を避けるために頭を完全に水平にしておいてほしい、と。ところが目を覚ますと、恐れていた状態になっていた。首と背中がひどく痛む。口にはまだ呼吸用の管を挿入されていた。頭の下には枕があった。

眠りと覚醒の中間の薄ぼんやりとした状態では、何が現実で何が想像なのか、区別するのは難しかった。でもこれは現実だった。わたしは生きている。まばたきはできても、目を開けたままにしておくことはできないし、集中治療室を出たり入ったりしているふたりの看護師に話しかけることもできなかった。壁には時計があったけれど、時間が止まっているのかと思った。何度目を開けても、時計の針は進んでいなかった。

看護師たちの会話が耳に流れ込んできた。ダンキンドーナツの話をしている。テレビのキャスターはチャーリー・シーンについてしゃべっていた。それなのに時計の針が進まない。わたしはなんとかして看護師の注意を引こうとした。どうしてこっちを向いてくれないの？ドーナツの話なんて、もうやめて。両手にチューブを固定されてテープで巻かれていたけれど、かまわず手を上げようとした。ようやくふたりが気づいた。

「いいから」と言って、ひとりがわたしの手を下げようとする。「大丈夫よ」

わたしは紙にペンで書くジェスチャーをした。筆談で頭の下から枕をどけてくれるよう頼みたいのに、看護師はジェスチャーを当てるのがまるで不得手だった。

「大丈夫よ。だめだめ、しゃべらないで」

研修医のひとりがベッドの脇にやってきて、喉が腫れているので呼吸用の管を外すことができない、と言った。無理に外したら気管が圧迫されて、呼吸ができなくなるかもしれない。麻酔でぼうっとしていたわたしは、気管切開を受けなければいけないのかと思って、パニックに陥った。

必死で親指と人さし指をかざし、見えないペンと紙を持っているしぐさをする。誰もわかってくれなかった。気管切開が必要なのか、すぐに教えてほしい。わたしがこんなに焦っているのに、ふたりの看護師はまるでピンとこないようだった。

チューブを挿入された患者の意思表示の方法がなぜ確立されていなかったのか、まったくわからない。単純に絵カードか、メモ帳とペンをベッドの脇に置いておいてくれるだけでいいのに。弟がやってきたとき、わたしの頬には痛みと悔しさの涙が伝っていた。何をしてほしいのか、弟はすぐにわかってくれて、ペンと紙を手渡し、頭の下から枕をどけてくれた——わたしを救ってくれたのだ。本当にほっとした。

あとになって、壁の時計が実はきちんと動いていたことがわかった。意識がもうろうとしていたので、止まっているように見えたのだ。完全に起きているわけでも、眠っているわけでもない、宙ぶらりんの状態だった。

あるとき女性の研修医に「何も問題ないですね」と言われて、状況をまるでわかっていないのに腹が立って、つい押しのけてしまった。心臓の切開手術を受けたばかりで、からだじゅうにチューブや点滴の針を固定され、胸には二十五センチもの手術痕があったというのに、まだ誰かを押しのける力が残っていたのだ！（当然ながらこの件が原因で、わたしは「モンスター弱っている患者が、若い研修医を押しのけるなんて。けれど病院のスタッフが冷たいという点では、弟も同じ意見だった。

執刀してくれたのは評判の外科医だったけれど、おもに術後の面倒を見てくれたのは研修医で、彼らの態度には不安をかきたてられた。コミュニケーションを取ろうとするだけでひどい吐き気に襲われ、抗不安薬を飲まなければいけなかった。

初めて全身が映る鏡の前に立ったときは、胸の真ん中を走る二十五センチの手術痕にぎょっとした。予想していたよりかなり長い。テレビキャスターのバーバラ・ウォルターズが、心臓の手術を受けたあとで番組に出ているのを観たことがあるけれど、Vネックのセーターという格好なのに、手術痕はまったく目につかなかった。わたしとは大違いだ。両足にもバイパス手術のために血管を摘出した傷跡があり、神経を切断してしまったので今でも感覚がない。リウマチのせいで骨がもろく、普通のワイヤーでは胸骨が固定できないので、かわりにプレートが使われた。

わたしの入院中、リコシェとリーナは友人のジェシカの家で過ごしていた。毎日、二匹の様子を知らせてもらった。わたしがいないのをさびしがっているけれど、新しい環境に慣れて、落ち着いて過ごしているという。

弟のボビーは自分の生活を一週間犠牲にして、わたしに付き添ってくれた。妻と幼い娘をシカゴに残し、ラップトップを持ちこんで、病室で仕事をしていた。まだ薬を大量に投与されていて、まともな会話ができないわたしは、さぞかし退屈な相手だっただろう。ボビーには何から何まで、本当に感謝している。時にはシャーベットの買い足しに走ってくれた。それが唯一、わたしの喉を通るものだったからだ。集中治療室での一件のあと、ボビーは医師や看護師の様子に注意して、きちんとわたしの要求に応じているか、目を光らせていた。わたしにはここまでしてくれる弟がいたけれど、誰も味方のいない患者はどうしているのだろう。

見舞いに来てくれたうちのひとりがジュリー・カルーサーズ、愛称ジョーだった。若く美しい、活発な女性で、彼女の人生もまた波瀾万丈だった。ある日スキーをしていたときに転倒して、病院に運び込まれた。医師の診断は骨盤骨折だったけれど、CTスキャンを撮ったときに、それとは比較にならない大きな問題が見つかった。ジョーは骨のがんを患っていたのだ。命を救うためには片側骨盤切断しかなかった――右足を付け根から切断して、骨盤の一部もなくしたのだ。それほどの試練に見舞われたのに、ジョーは明るさを失わず、彼女がリコシェと一緒に波乗りをするのを見られたわたしは幸運だった。ジョーはリコシェのお尻につかまって、自分の足で立っていたときのようにバランスを取った。解放感に満ちた、美しい光景だった。ジョーは海に入ることを「平等になるチャンス」と表現した。

「わたしは自由なのよ」と、ジョー。「波に乗っているときは、からだや心の痛みを忘れられるの。リコシェとサーフィンするのは魔法みたいだったわ。スピリチュアルな体験と言ってもいいかも。心がつながっているのが感じられたし、ほんのちょっとだけ助けが必要な誰かに手を貸すのを、リコシェが楽しんでいるのがよくわかったわ。リコシェのやさしさが、からだじゅうに響いてくるの」

ジョーはほとんどの医師に欠けていた愛情と共感をもたらしてくれた。彼女自身、がんのために何度もつらい手術を経験していたので、手術がどんなに怖かったか聞かせてくれて、わたしの気持ちもよくわかってくれた。なんて深い心なのだろう。彼女がかけてくれた言葉にも胸が震えた。「今はとても疲れているように見えるけれど、早く元気になってリコシェの活動を後押ししたいという強い意思を感じるわ。あなたってそういう性格なのよね。すごいことだと思うわ」

ジョーの励ましのおかげで、自分の置かれた状況を別の角度から見ることができた。ベッドに横になり、人生で何が本当に大切なのか、自分に問いかけた。わたしはどちらかというと几帳面で頑固だ。家の前の通路に泥がはねているのはいやだし、リコシェが庭に穴を掘るのも気に入らない。壁にかかった絵が曲がっていたら、まっすぐに直さなければ落ち着かない。秩序こそが大事だった。けれど死の淵に瀕してみると、洗濯が終わっているか、家がきちんと片づいているかということは、いちばんどうでもよかった。回復に専念しながら、リコシェとリーナのことだけ考えていた。大切なのは二匹の命で、あとはどうでもいい。

集中治療室から出るとすぐにフェイスブックでの作業を始め、リコシェが支援している〈リアリティ・ラリー〉への寄付を求めた。集まったお金は乳がんの研究所、〈ミシェルズ・プレース〉の運営に役立てられる。体力が落ちて痛みもあったので、うまくタイプできなかったけれど、人助けに集中すると気分が楽になり、痛めつけられた自分のからだのことも気にならなくなった。

そしてとうとう退院の日がやってきた。弟が車で連れ帰ってくれて、親しい友人のひとりが、二十四時間わたしの世話をする人びとを集めてくれていた。買い物や料理、リコシェとリーナの散歩を肩代わりしてもらう必要があり、その他にも毎日を過ごすために助けがほしかった。とにかくやっとのことで病院から解放されて、シャワーを浴びるのが待ちきれなかった。肌に触れる熱いお湯と、石けんの清潔な匂いというささやかな喜びに浸った。退院した晩は弟が付き添ってくれた。ずっと望んでいた大家族は手に入らなくても、弟がそばにいてくれて、信頼できる友人の輪もあることに気づかされた。感謝の気持ちで胸が熱くなった。

リーナとリコシェに会うのを心待ちにしていたけれど、二匹が興奮のあまり飛びついてくるのではないかと危惧していた。それだけは決して起きてはならない。簡単に転んでしまうだろうし、からだが弱っているのでひどく怪我をするか、手術痕が裂けてしまうかもしれないのだ。念のためジェシカと相談して、一匹ずつ連れてきてもらうことにした。さらに慎重を期して、寝室のドアのところにベビーゲートを置き、犬が興奮した場合の備えにした。犬たちとは、ベビーゲート越しに会うことになるのだ。

最初に連れられてきたのはリコシェだった。わたしはいつも、リーナはわたしだけの犬だけれど、リコシェはみんなの犬だと言っていた。リコシェはいつも子どもや大人を支えているけれど、今まで同じようにわたしを支えてくれたことはなかった。手術後のこのとき初めて、みんながリコシェに何を感じているのかわかった――魂の魔法だ。

わたしに会いたくて興奮していたはずなのに、リコシェはゆっくりと歩いてきた。頭を低くしたまま、静かに近づいてくる。いつもと違うことをはっきりと察していて、飛びつく気などみじんもないのがわかった。とても飼い主に一週間会えなかった犬のようには見えない。わたしがなでようとすると、そっと背中をかがめた。よくわかっていたのだ。真心がこもっていた。わたしが弱っていることを、誰に言われなくても理解していた。リコシェとはそういう犬なのだけれど――今までに何度も目にしたことがある――それでも感動した。リコシェが多くの人とつながって、本当に必要なものを差し出すのは見てきたけれど、わたし自身はこの日の他に体験したことがない。リコシェはやさしく愛情に満ちているだけではなく、人を動かす強い力を持っているのだ。わたしは魂の奥底を揺すぶられ、今までとまったく違う次元でリコシェと結ばれた。

リコシェと再会したあとはリーナだった。リーナもわたしの具合を気にかけていて、動作は静かだった。二匹ともわたしの両手を何度もなめた。わたしに近づくたびに、慣れない匂いがすると思っていたのではないか。病院と手術室の匂い。電動ノコギリ、乾いた血、縫合糸。あの嗅覚ならすべてわかっただろう。何よりも二匹は、どこかがいつもと違っていて、よくない状態なのを悟った。鼻を使って、この五日間で何が起きたのか理解しようとしている。

それからしばらく、大勢の人が出たり入ったりして日常生活を支えてくれる中で、犬たちも適応しようとしていた。普段のリコシェはどちらかというとインドア派で、室内で過ごすのが好きだったけれど、リーナは外にいるほうがよかった。いつもは朝起きたときから夜呼び戻すまで、ずっとドアを開けたままにしておいた。リーナは太陽とそよ風と匂いを楽しみ、近所の人がおやつをくれるのを待ち、なかなか出てこなければ窓のところまで行って吠えるのだった。けれど今は、わたしが横になってからだを休めていると、ちょくちょく家の中に入ってきて様子を確かめた。その気遣いには心が温まった。役に立っていると思ってもらうために、わざと床にものを落としたりした。

二匹と一緒に寝られないのはつらかったけれど、電動式リクライナーを使っているのでしかたがなかった。

ある日どうしてもリーナを抱きしめたくなったので、カウチの上に誘った。「おいで、リーナ！」

いつもならすぐに飛び乗るはずのリーナはためらっていた。ぐるぐると大きな円を描いて歩いている。

「こっちよ、リーナ！」

リーナはカウチの端に前足をかけただけで、まだ飛び乗らなかった。

「どうしたの？」と、わたし。

なんとしても隣に来てほしいのに、思い通りにいかない。しかたなく、ゆっくりと立ち上がった。するとそのとき、リーナはわたしが指さしたまさにその場所に、軽々と飛び乗ったのだ。わたしが隣に座ると、満足したようだった。やっとわかった。やさしいリーナは、あなたは弱っている、と言っていたのだ。わたしが座っているときに飛び乗るのがいやで、立つまで待っていたのだろう。集中治療室の看護師たちは、わたしが何を求めているのかさっぱりわからなかったのに、この犬は一瞬で理解した。運命の犬が、わたしを守ろうとしていた。わたしはからだを寄せて、心ゆくまでリーナを抱きしめた。

手術から二週間後、事故で障害を負ったイアンの物語を紹介するというイベントが、病院で行われた。スポンサーはリコシェの参加を望んでいるという。リコシェが顔を出すことの重要性はよくわかったので、行くより他になかった。親友が手伝ってくれた。

さらに一週間後、雑誌の〈ガイドポスト〉がリコシェとパトリックの記事を掲載したいと申し出てきた。わたしはまだ体力が戻っていなかったけれど、リコシェの仕事の邪魔はしたくなかった。わたし自身から注目をそらして、リコシェが助けている人々に注目を集めたかった。

手術から六週間後、乳がん患者の支援を目的とする〈リアリティ・ラリー〉というウォーキング・イベントが開催された。決して楽ではなかったけれど、リコシェがスポークスパーソンならぬ「スポークスドッグ」の役割を任されていて、付き添いが必要だったので、わたしも出席した。手術から回復する中で、周囲に集中することが自分の助けになると学んでいた。わたしの仲間たちのチームが十位でゴールしたとき、ようやく長く苦しい試練を乗り越えたことがわかった。自分で自分を誉めたかったけれど、それ以上にリコシェを誉めてあげたかった。このイベントで、どのセレブもかなわないほど多くの資金を集めたのだ！

わたしは十二週間、車を運転することができなかった。リードを引っぱられて胸の手術痕が裂けてはいけないので、友人たちが車を運転し、犬の散歩をしてくれた。みんなが何かの形で手を貸してくれて、本当にうれしかった。助けてくれようとする人の数に圧倒されることもあった。

わたしが手術からの復帰を目指した数カ月間は、リコシェの人助けの旅の中でもいちばん忙しく、いちばん実り多い時期だった。〈アメリカン・ヒューメイン・アソシエーション〉のニューヒーロー部門のヒーロードッグ賞を含めて、いくつかの賞を受賞した。手術から七カ月後、リコシェとわたしはビバリーヒルズのスターの祭典に参加した。レッドカーペットを歩いて、セレブから賞を受け取ったのだ。舞台に立って俳優のジョーイ・ローレンスから賞を受け取ると、ここに至るまでに乗り越えてきたさまざまな困難が脳裏を駆け巡った。

最初に循環器専門医から心臓切開手術の必要を告げられたときは、ひどいことが起きたと思った。なぜリコシェの支援活動が邪魔されるのだろう？　すべてが必然だと知っていても、なかなか受け入れられず、理由もわからなかった。手術という試練を乗り越えた今になって考えると、はっきりわかる。今や「すべては必然」ということを信じようとする必要はなかった。もうそれが真実だと知っているのだ。

当時は乱暴な手術だと思っていたけれど、今は命を救われたことに感謝している。死の淵に瀕したおかげで、かけがえのないことを学んだ——すべてが必然だとわかっただけではなく、その理由もわかった。リウマチの専門医が綿密に調べてくれなければ、何も知らないまま命を落としていたはずだ。リコシェがまだ仕事を終えていない今、死ぬわけにはいかなかった。多くの人びとが助けを必要としているので、わたしが旅を支えなければいけない。どこに向かっているにしても、まだやるべきことはたくさんあった。

第12章

神の介入――天使に守られて

「わたしは天使が普通の人びとの姿をして、普通の暮らしをしているのを見たことがあります」
――トレイシー・チャップマン

リコシェとわたしは、一瞬で人生が変わってしまった人びとの支援活動を続けた。ところが二〇一一年のある日曜、もう少しでリコシェ自身の一生が変わってしまうところだった。その日は友人たちとハンティントン・ビーチに集まって、犬を連れて気楽なサーフィンの一日を楽しむ予定だった。家が近いデイブも来ることになっていた。わたしはリーナとリコシェを車に乗せた。他の犬たちと波乗りをするあいだ、わたしは浜辺でしばらくのんびりできるだろう。砂浜に到着すると、駐車場は混雑していた。パシフィック・コースト・ハイウェイに十数台の車が列を作り、空きができるのを待っている。最後尾に車をつけたとき、歩道にデイブが立っているのが見えた。

「三十分ほど待たされるぞ。リコシェとリーナを、先に砂浜に連れて行ってやろうか」

リーナはわたしのそばを離れたがらないだろう。訓練センターに預けてからというもの、わたしがいなければ、他の人といっしょに行くのをいやがるのだった。

「リーナはわたしが行かないとだめだわ。たぶんリコシェも。でも試してみましょう」

デイブにリコシェの首輪とリードを渡した。ほんの一瞬、これでいいのだろうかという気がした。ハーネスを渡したほうがよくないだろうか？　けれどその疑問は、すぐに頭から消えた。意外なことにリコシェは元気よく車から飛び降りて、デイブと一緒に行こうとした。砂浜までにはまだ少し距離がある。家を出発してから一時間半近く経っていたので、車の中にいるのに飽きていたのだろう。

砂浜に着いてから、デイブは他の犬と遊べるように、リコシェのリードを外してやった。ところが次の瞬間、リコシェは道路の脇の芝生を走っていた。くるりと向きを変えて、歩道に続く長いスロープをひた走っていたのだ。デイブがあわてて追いかけ、なんとかつかまえてリードをつないだ。

「きみたちを探しに行ったんだ！」と、わたしとリーナを指さす。「今度はリードを外さないようにするよ」大きな声で言って、もう一度リコシェを連れて砂浜に向かった。

けれど、いなくなった「母親」と「姉」を探しに行こうと固く決心していたリコシェには、リードを外さない程度では足りなかった。わたしは見ていなかったのだけれど、首輪をするりと抜けだして、猛スピードでスロープを駆け上がり、歩道を通り過ぎて、時速七十キロで車が行き交う四車線の道路に突っ込んでいった。

一台前の車に乗っていた友人のビルが、車から降りて、運転席の窓のところまでわたしとおしゃべりをしに来ていた。その瞬間、リコシェが四車線の道路に飛び出していくのが見えた。歩道にいちばん近い車がクラクションを鳴らし、急ブレーキをかけたが、かまわず走り続けている。どこに行くのか決めていないまま、ただリーナとわたしを見つけたい一心で、無我夢中で走っていた。

愛犬が命の危険にさらされているのを見て、からだが凍りついた。リコシェは一列向こうの車線の白いユーコンSUVの前に飛び出たけれど、わたしにできることは何もなかった。大事な犬が轢き殺されそうになるのを待っていただけだ。SUVのタイヤが迫ってきたとき、リコシェはようやく首を後ろに向けて、巨大な白い怪物が自分を押し潰そうとやってくるのに気づき、恐怖に目を見開いた。わたしの悲鳴と、金属の塊がハイウェイを滑る音が交錯した。車の運転手も叫んだ。

「なんてことだ。犬だ！」

次の瞬間、リコシェがからだを沈めた。巨大な車を数センチで避けるのと、SUVが急ブレーキをかけるのが同時だった。車はきしみながら止まった――止まったのはリコシェの心臓ではなかった。

ところがリコシェはもう別の車の陰に消えていた。わたしは無我夢中で車のドアを開けて、飛び出そうとした。ビルはもう外に出ていて、ハイウェイの真ん中に向かって走りながら、両手を上げて車を停めようとしていたけれど、大混乱に陥ったリコシェは次々とやってくる車から逃げ回っていた。本能的に、怪物たちをよけてわたしを探そうとしていたのだ。

やっと車から出たときには、ビルが道路の真ん中でリコシェをつかまえていた。何もかもほんの短いあいだのできごとだったのに、永遠のように感じられた。わたしが名前を呼ぶと、リコシェの目に浮かんでいた恐怖は安堵に変わった。ビルが手を離すやいなや、リコシェは走ってきた。わたしは今までにないほど固く抱きしめた。

車に戻ってからドアを開けると、リコシェが飛び乗ってきた。わたしは運転席に座って、呼吸を整えようとした。後ろでクラクションが鳴ったので前を見ると、車の列が駐車場に向かって動いている。駐車するまでに十分かかり、その間に落ち着くことができた。けれどまだ動揺していたので、遊ぶ気にはなれなかった。リコシェにしても、こんな目に遭ったあとでサーフィンをしたいとは思わないだろう。待ち時間が長かったので、とにかく犬たちを砂浜に連れて行き、友人に会うことにした。

砂浜に向かう途中、リコシェがどんな気持ちでわたしを必死に探していたのか考えると、胸が痛んだ。もう少しで轢かれるところだった場面が、頭の中で再生される。デイブには首輪ではなく、ハーネスを渡すべきだった。誰のせいでもない事故のはずなのに、責任を感じずにはいられなかった。

けれどそれとは別の次元で、何かの力が作用しているのを感じた。家に帰って、この驚くべき一日のすべてを知るまでは、今日起きたことの本当の重要性はわからなかったけれど。リコシェが車に当たられ、タイヤに踏みつぶされるのを避ける手段は存在しなかったはずだ。でもリコシェは助かった。それはつまり、大いなる力がすべてを支配しているということだろう。そこにいた守護天使が車を停めて、ＳＵＶをよけるのに必要な反射神経をリコシェに授けたのだ。

リコシェの受け身の姿勢も――他の犬にいじめられる原因なので、今まではいいことだと思っていなかった――実は助かった理由だった。この場合、あえて控えめな動作をしたことで死を免れたのだ。それも自分らしさを受け入れるという教訓だった。

その夜、リコシェのフェイスブックにこの一件を投稿し、守護天使の力が働いたというわたしの考えを記した。この種の話では当然だけれど、たくさんのコメントがついた。

このようなできごとを消化するのには時間がかかる。恐ろしい一幕だったけれど、発見もあった……神のご加護とはこんなに力強いものなのか。リコシェのこの地上での役割がまだ終わっていないので、守護天使が介入して命を救ったのだ、とデイブとわたしは話し合った。

次の日の午後、テリーという女性から投稿があった。内容はこうだった。

わたしはあの場にいました――リコシェは隣の車の前に飛び出して、もう少しでわたしたちの車のタイヤに巻き込まれるところでした。けれどジグザグにかわして、車の後ろに消えていったんです。あの小さな犬が誰なのか、あのときは知りませんでした――ずいぶんおびえているように見えました。なんともなければいいと祈っていたので、無事だとわかってとてもうれしいです！

投稿への返信という形で、メールがほしいとテリーに呼びかけた。ショックのせいで記憶が途切れていて、すべてを思い返すことができなかったので、テリーがなにを見たのか正確に聞きたかったのだ。何度かやりとりをしてようやく、テリーがもう少しでリコシェを轢きそうになった白いSUVに乗っていたのがわかった。そのときの様子を説明する文章を読んで、信じられない思いでいっぱいになった。それだけではなかった。テリーと夫のダニーは、その日曜に別の予定を立てていたのだけれど、最後になって予定を変更しなければいけなくなったという。二匹のゴールデン・レトリーバー、マギーとモリーを連れてどこへ行くのがいいか、ふたりは相談した。ハンティントンのドッグ・ビーチは第四あるいは第五候補だった。話をしているうちに、リコシェの動画がふいに頭に浮かんだという。テリーは夫に言った。「これを観てほしいの」動画を観ていると、ふたりとも目に涙がにじんできた。それでもその時は、動画で見た犬と最悪の形で接触するとは思ってもみなかったはずだ。

日曜の夕方、帰宅してからも、リードが外れたあの犬がリコシェだとは気づかなかったという。フェイスブックにサインインして、リコシェがあわやの目に遭ったというわたしのニュースフィードを見て、もう少しで轢きそうになったあの犬がリコシェだったと気づいて愕然とした。

テリーは一週間前にリコシェのフェイスブックに参加したばかりで、これが初めてのコメントだった。やり取りをしていると、すぐに仲良くなった。ふたりとも、あわや惨劇という場面の目撃者だった。その時、テリーと夫が下したさまざまな選択が、リコシェの道と重なることになり、別の力が働いているとわかったという。メールでテリーは言っていた。

駐車場を出たあと、夫は右折してパシフィック・コースト・ハイウェイに乗りました。まっすぐ家に帰るには、左折するはずでした。ハイウェイをもう少し南にドライブしたいんだ、と夫は言いました。道が渋滞していたので、数ブロック行ったところで左に車線を変更し、さらに南に向かいました。ほんの少し走ったところで、隣の車線から急ブレーキの音が聞こえ、気がつくと犬が猛スピードで飛び込んできたのです。

自分があの場にいて窓から外を見ていたのは必要があってのことで、夫が運転していたのもそうだとテリーは言った。天使の力が働いていたのだ。

もうひとつの偶然も作用していた。テリーが最初にリコシェのページにたどり着いたのは、ある慈善団体のフェイスブックを通じてだった。リコシェのフェイスブックを紹介して、活動に五千ドル提供してくれた団体で、その資金を使ってリコシェは二十の動物愛護団体を支援したのだった。さらにもうひとつ。前の車に乗っていたビルは――リコシェを追いかけてくれた男性だ――ピュリナの大会を辞退した犬の飼い主で、つまりリコシェがサーフィンを始めるきっかけを作ってくれた人物だった。どこまでも伸びる運命の糸は、人間どうしのつながりの謎めいた美しさを象徴している。守護天使たちはずっと前から、ハイウェイでの出会いを計画していたのだろうか？

リコシェが集めている資金はもう少しで十万ドルに届くところだった。わたしはどきどきしながらその瞬間を待った。フェイスブックのファンもそうだった。リコシェを無理やり介助犬に仕立てようとして、反抗に遭っていたころは、こんな日がくるとは思わなかった。七月二十四日、もう少しでＳＵＶに轢かれそうになった日に、リコシェは偉業を達成した。

目標は八月二十日――二年前、リコシェが初めてパトリックと波に乗り、サーフィス・ドッグとして歩み始めた日――までに達成できればいいと思っていた。十万ドルはニュージャージー州の動物虐待防止協会に託し、もう少しで命を落とすところだった犬を救うのに使ってもらった。犬の名前はパトリックという。リコシェはパトリックという少年を助けることで最初の一ドルを集め、パトリックという犬のための募金で十万ドルに到達したのだ。人生は輪になっている。善意をこめて大海に投げ込んだひとつの石が、どれだけ多くの人びとに触れることか……そして人生を変えるか。

リコシェの経験は、この世に善など存在するのかと疑う人への反論になるだろう。運命、守護天使、結びつき、めぐり逢い、動物の天使、虹の架け橋。戦争や動物虐待といった恐怖に触れ、テレビやラジオやソーシャルメディアを通じて広まるネガティブな話題を見て、この世には善より悪が多いのではないかと疑っている人への。

わたしたちは誰もが旅人で、見えない力に導かれている。その力は一見、偶然のようなめぐり合わせなど、時には何かの形を借りてあらわれる。人間の姿で、あるいは動物がメッセンジャーとなって、道をはっきりと示してくれるのだ。どんなしるしであろうと、心を開いて耳を傾ければ、声が聞こえて理解できるはずだ。

周りを包む善意を見れば、それが偶然起こったのではないことがわかる。ひとりひとりの旅は、より大きな存在に結びついているのだ。人生の目的を——自分の運命を追っているとき、個々の出来事はよりしっくりおさまる。リコシェを取り巻く数々の奇跡の出逢いには驚きを隠せない。ジェニファーが看護師になり、逆境をバネにして、パトリックが長い時間を過ごしたことも病院で働くようになったこと。イアンの亡き父トッドの友人だったマックスとジェニファーがその病院で出会い、ジェニファーが助けの手を差しのべたこと。メリッサが自分の人生を投げ出して、姉の子どもたちを受け入れたこと。「わたしの人生にはまだ余裕があるわ」と、彼女は言っていた。そしてトッドが理学療法士として働いていて、彼が亡くなったあと、同僚たちがイアンに必要な治療を施したこと。

リコシェの旅に関わったすべての人間と動物が、理由があって選ばれていたとわたしは固く信じている。ハンティントン・ビーチでの出来事は、運命の歯車が働いていなければ悲惨な結果に終わっていたかもしれない。リコシェ、ビル、テリーとダニーは、あの日守護天使に導かれていた。皆がリコシェを危険から守ってくれた。彼らのおかげで、あわやの惨劇は気づきの瞬間に変わった。大いなる力が、介入を誘っていたのだ。

リコシェとわたしは、それぞれ人生の危機を乗り越えた。わたしたちはお互いを必要としていた――この地上で目的を果たすため、誰もが互いを必要としているように。わたしたちはどちらも、まだ道半ばだった。

第13章

強くなること——語られない言葉を通して

「犬にも言葉がある。だが彼らが語りかけるのは、聞き方を知っている者だけだ」

——オルハン・パムク

「ウェストをどこに連れて行きたいですって？」と、ローレン・チャベスがたずねた。

「海岸よ。リコシェという犬に会いに行くの」と、母のシンディ。

「ママ、悪いけどそれは無茶よ。ママひとりで、孫ふたりを砂浜に連れて行くの？　ウェストはパニックを起こすわよ。きっと鳥を追いかけていって、姿が見えなくなるわ。そういう子なのは知っているでしょ」

ウェストの母親のローレンは、こういうやりとりには慣れていた。チェックリストと日課をこなすのが常で、予定外の行動は厳禁だ。砂浜で一日過ごそうと思ったら、計画と準備が必要だった。

　八歳のウェストは二〇〇六年二月に生まれた。二日間の激しい陣痛と緊急帝王切開を経ての出産で、ローレンは大量の血液を失った。ようやく生まれたばかりの息子を目にすると、その愛くるしさに胸が震えたけれど、同時に何かがおかしいと直感で察した。

　麻酔が切れたあと、ウェストとふたりきりで過ごしたけれど、やはりどこか変だという気がしてならなかった。電気がついていると、赤ちゃんは目を開けようとしない。息子の瞳が見たかったら部屋を暗くしてちょうだい、とローレンは親戚に言った。我が子はぐったりしていて、まだこの世で生きていく準備ができていないように見えた。重度の黄疸と診断されていて、小さなからだに負担がかかっているのは知っていても。

　退院したあとは看護師が毎日訪ねてきて、ウェストの状態を確認した。一週間も経たないうちに、もう体力がついたので両親が二十四時間見ている必要はない、ということになった。

「気を楽にしなさい、ローレン。心配することなんてないわよ」と、シンディが言った。けれど新米の母親であるローレンは、悩みが尽きなかった。心のどこかで、何かがおかしいとわかっていた。ウェストはいつも機嫌がよくて愛くるしく、這ったり歩いたりするのは他の子と同じ時期だったけれど、声を出すことも話すこともなかった。

　いちばん異様だったのは、抱っこしようとすると金切り声をあげ、身をよじって母親のスキンシップを逃れようとすることだった。他の赤ちゃんとは大違いだ。生えかけの歯がむずむずしているときでさえ、母親に甘えようとしなかった。あるときウェストを抱っこしたローレンは、思いきり頭突きを見舞われて、くちびるを怪我してしまった。なぜくちびるが青紫になっているのかと聞かれても、恥ずかしくて答えられなかった。

一歳児の行動としては普通ではないだろう。ウェストはよく窓辺に立って、ぼんやりと外を見つめていた。声をかけないかぎり、いつまでもそうしていた。かんしゃくを起こすと、いちばん近くにいる人間におもちゃを投げつけた。相手が怪我をしたら、その年齢なりにすまなそうな顔をするはずなのに、そのそぶりもなかった。まだほんとうに幼かったので、おかしな癖はそのうち直るだろうと期待した。それでも息子が自閉症ではないかという疑いを捨てられず、公園に集まったママ友に悩みを打ち明けた。みんな笑って、そんなことはないと言った。

「まさか、違うわよ。自閉症なら腕を振り回したり、つま先立ちで歩いたりするはずでしょ」

あるとき、ウェストが手に怪我をした。救急救命室でこの世の終わりのように泣き叫ぶウェストを見た医師は、声をかけて落ち着かせ、どんな処置をするか説明するようローレンに言った。ローレンは医師をまじまじと見つめた。

「説明できないんですか？」と、医師。

「できないわ。この年の子どもに、そんなことが通用するんですか？」

「当たり前でしょう」

またしても赤信号だ。けれど家族に相談しても、くよくよ考えるなと言われるだけだった。「男の子は学習が遅いんだよ」とか「うちの子だって話さなかったわ。もっと本を読んであげたら？　そうすれば話し始めるかも」など。ローレンは新たに本を買い込んで、息子の興味を惹こうとした。

「ウェスト、ボールを取ってきて！　ママにボールをちょうだい」

母親がおかしくなったとでもいうように、ウェストが無表情に見つめる。ボールとは何か、ママとは誰のことか、まったくわかっていないようだった。ものを指さすこともなかった。

時間が経つにつれて、ウェストの奇妙さはますます目立ってきた。公園に行っても皆のように遊ぼうとしないし、砂場ではなく、よその子どもの頭の上に砂をぶちまける始末だった。自分のおもちゃを取られても――いちばんのお気に入りでも――まったく気にしないで、ふらりとどこかへ行ってしまうのだった。

ローレンは繰り返した。「あの子はきっと自閉症だわ」

ママ友は反論しなかった。その沈黙が答えだった。違和感を覚えていたけれど、口にしたくなかったのだろう。

ウェストが十四カ月を迎えたとき、病院で診てもらったけれど、問題はないということだった。「男の子はしゃべるのが遅いんですよ」そう言って女性の医師が、舌を押さえるための器具を差し出すと、ウェストが握った。「ほらね？」と、医師。「ごらんなさい。握ったでしょう。自閉症の子は、こんなことはしませんよ」

その言葉を信じたかった。ウェストが妙な行動を卒業してくれればと心から願い、たぶん自分は大げさなのだろうと思った。それでも、ふたりの子どもを育てた祖母のギニーにたずねてみた。ウェストはおかしいのではないだろうか？

「ええ、ローレン」と、祖母は言った。「明らかにおかしいと思うわ」

ローレンと夫のスティーブは、精神科医のもとに息子を連れていき、言語テストなどの総合的な検査を受けさせた。身近に言語療法を受けている子どもたちがいたので、おそらく週に数回の療法を勧められるのだろうと思っていた。言葉の遅れなど、医師にとっていちばん取るに足らない問題だとは、思いもよらなかった。

「今の時点では、言語療法はお勧めしません」

「どういう意味ですか？」と、ローレンは気色ばんだ。

「言語療法はお勧めできません。問題は認知機能にあるからです。お母さん、お子さんの知能の発達は六カ月ですよ」

六カ月？　ローレンは愕然とした。もう一歳八カ月だというのに！

「どうしたらいいんでしょう？」と、ショックのあまりつかえながら言った。「どれくらい重いんですか？」

精神科医は「自閉症」と太い文字で書かれたパンフレットを差し出した。

「うちの子は自閉症なんですか？」

「自閉症スペクトラムに該当する特徴を見せています」

いったいどういう意味？　普通の言葉で話してちょうだい。「そういうことを聞いているんじゃないの。この子は自閉症なんですか？」

「断言はできませんが、可能性は大です」

　集中的なセラピーを毎日、できるかぎり長期間受けるのがいいということになった。心配ごとが現実となったので、ローレンは紹介状を書いてくれた小児科医に相談した。医師はすぐさま手配をしてくれた。

　十五分の検査のあと、神経内科医はローレンと夫に向き直り、道案内をするときのような抑揚のない声で淡々と説明した。「お子さんは自閉症です」

「そう思われるんですか？」と、ローレン。

「思うのではありません。明らかに自閉症です」

　覚悟していたとはいえ、すぐに受け入れられることではなかった。診断結果を消化しようと必死になっているとき、医師がさらに悪いニュースを告げた。ウェストは重度の自閉症というだけではなく、言語失行症《げんごしっこうしょう》と呼ばれる運動性の言語障害を持っているという。言葉を話すときには筋肉の働きが必要だけれど、脳がうまく指令を出せないのだ。

「いつか話せるようになりますか？」と、ローレン。

「たぶん無理でしょう」

ローレン、スティーブ、上の女の子のリース、ウェストの四人は車で帰宅した。家族の未来はすっかり変わってしまい、明るかった行く手には暗雲が漂っていた。夫婦が息子に託していた夢は打ち砕かれた。この子は決して話せるようにならない。時間も味方をしてくれなかった。神経内科医の警告によると、ウェストと心を通わせる時間は少ししか残されていない。四歳までに口をきかなかったら、その後もきくことはないというのだ。家族がウェストという子どもを理解する前に、自閉症がウェストを連れ去ろうとしていた。

ローレンはウェストの寝室に引きこもって、床に倒れ込んだ。ひとりきりの室内でレゴや積み木、ウェストが決して遊びかたを学ぶことのないおもちゃに囲まれていると、現実の残酷さがひしひしと迫ってきた。閉ざされたドアの内側で、ウェストが生まれてから初めてローレンは泣いた。けれどウェストとリースの生まれたばかりのころの写真を見て――二組の瞳、笑顔、無限の可能性――自分に喝を入れた。子どもたちには、強い母親が必要だ。

いいわね、と自分に言い聞かせる。自閉症とやらについて涙を流すのは、これが最後。しゃんとして、行動を起こさなくては。やるべきことをするのよ。

ウェストが生まれたのには意味があるはずだ。どん底にいてもローレンは神さまの存在を疑わなかったし、なぜ自分を見捨てたのかと嘆くこともなかった。その日神さまは、他のどんな時よりも近くにいたはずだ。彼女を助け起こし、部屋から出るように仕向けたのは神さまに違いない。

しかし、そこから険しい道のりが始まった。毎日の作業療法と行動療法は、ウェストにとって大きな苦痛だった。二歳になると――リコシェが生まれた一カ月後だ――事態はいっそう悪化した。「魔の二歳児」と呼ばれる時期にさしかかったウェストが、怒りや暴力、かんしゃくという問題行動に走るようになったのだ。ある晩は重たいおもちゃをつかんで、父親の顔を思いきりひっぱたいた。ショックが冷めやらない一家は、次の日ウェストがセラピーを受けているあいだ、散歩に出かけた。家に戻ってみると、セラピストが表で荷物をまとめていた。

「ごめんなさい。ウェストはいい子だけれど、こんなに乱暴な子どもは後にも先にも見たことがないわ」

後にも先にも？　ローレンはいぶかった。まだ二歳の子どもじゃないの！

「あなたがたが彼の暴力的な行動を抑えられるようになるまで、セラピーを続けることはできません」

病院では投薬を勧められたけれど、医師にしてもこれほど幼い子どもに処方箋を書いたことはなかった。しかしウェストは、かつてないほど症状の激しいケースだった。ローレンとスティーブは反対した。薬は最後の手段だ。それでもごまかし続けるわけにはいかなかった。かんしゃくを起こしたウェストが、姉のリースの頭に軽いダンベルをぶつけたのだ。運よく怪我はなかったけれど、もし大きな事故になっていたり、この先似たようなことが起きたりしたらどうするのだろう？　リースを守らなければいけない――それにウェストも。自閉症のせいで、彼自身が危険な目に遭うこともあってはならない。

「薬を与えなければ、息子さんは大変なことになりますよ」と、医師が言った。

他に打つ手もないので、両親はしかたなく承知した。それから固唾をのんで見守った。薬の効果は六週間以内にはっきりするはずだ。ところがわずか四日後、ウェストの暴力的な行動がおさまった。殴る蹴るがぴたりと止まったのだ。新しいウェストが生まれたようだ。これが本当のウェストだ。ほんの束の間、話だってできるようになるかもしれない、とローレンは期待した。薬が脳の中の何かを治してくれるかもしれない。さすがにそこまでうまくはいかなかったけれど、かわいい息子が戻ってきた。これでようやく、身体的なセラピーを受けさせることができるし、精神的にもウェストが懸命に求めていた愛情を与えてやれるだろう。

わたしがリコシェときょうだい犬を、丸太や板や動くおもちゃにせっせと慣らしていたころ、ウェストのセラピストたちも同じようなことをしていた。セラピーの目的のひとつは、ウェストを安全な世界から連れ出して、不安定な台やぶらんこなど、動いているものに乗せることだった。ウェストは心底それを嫌った。安定を求めていたのだ。ほんの一瞬でも両足が地面から離れるのがいやで、金切り声を上げて床に這いつくばり、どうしてもしなければいけない訓練を拒否するのだった。

三歳になってもまだ話せなかったけれど、ある程度の音は出せるようにはなっていた。何度も苦しい練習を繰り返し、ある日ようやく「バイバイ」という言葉を口にした。わずかに希望の光が差したけれど、タイムリミットの四歳が迫っていて、もう時間はほとんどなかった。

ローレンは学校から勧められた重度障害児のクラスの見学に行った。教室に入ってすぐ、ウェストにふさわしい場所ではないとわかった。子どもたちのまわりの人びとへの反応は鈍く、ウェストよりずっと認知機能が低かったのだ。ローレンは校長に頼み込んで、息子を見てもらおうとした。

「書類の上では重度障害児ですけれど、実際はそうじゃないんです」と、ローレン。「あのクラスに入れる前に、顔だけでも見てあげてください」

ウェストの顔を見た校長は、目の輝きを感じ、別のクラスに入れたほうがいいと認めてくれた。こうして障害が軽い子どもたちのクラスに入ることになったけれど、ウェストはそこになじめなかった。手話で三十ほどの単語を操ることができたのに、トイレトレーニングを拒否し、おやつのくだものを毎日床にぶちまけた。

「二十年もこのクラスを受け持っていますけれど、お手上げだと思ったのはこの子が初めてです」と、担任は言った。「やりたくないことは、絶対にやろうとしない。殻にこもってしまうんです」

不運なことに、ウェストは軽度と重度のどちらのクラスにも居場所がなかった。そしてますます自分ひとりの世界にこもってしまった。二年間、毎日泣き続けたけれど、何がいやなのか両親に伝えることができなかった。四歳の誕生日を迎えるころ、声を出せるようになった。音を出そうと懸命に口を動かす姿は、ローレンの目には痛々しく映った。

「どうしてあんなにつらそうなの？」

セラピストによると痛みはないはずだけれど、言語失行症のせいで、単語を発音するのに苦労しているのだという。

五歳のころ、ウェストの言葉の発達は三歳児程度で、慣れていない人はなかなか聞き取れなかった。そのせいで、あまり友だちがいなかった。ひとりきりでずっと部屋にいるのが好きで、外出はきらいだった。ローレンが庭のドアを開けても、不安そうにするだけだった。

「ここにいる。外はいやだ」と、大声を出すのだった。

何が起きるかはっきりわからなければ、危険を冒したくないのだ。外の世界はあまりにも広かった。周りの様子が完璧につかめていないと、意欲をなくしてしまった。

いい刺激にならないかと、ローレンの母親のシンディは孫たちを図書館で開かれる「おはなしの時間」に連れて行った。子どもたちがセラピードッグに本を読んで聞かせるのだ。ウェストは部屋の奥に座り込み、心細そうにしていた。数週間後、シンディはリコシェの動画をインターネットで見て、子どもたちを連れて行こうと思った。

「冗談はやめて。お話がわかる犬の次は、サーフィンができる犬？」

娘に言われても、シンディは譲らなかった。リースとウェストを浜辺に連れて行って、リコシェに会わせるのだ。

「ひとりで孫ふたりを浜辺に連れて行くつもり?」

どうしてそれが無茶なのか、ローレンは理由を並べ立てた。ウェストはかんしゃくを起こすかもしれない。もし逃げ出してしまったら? ほんの小さなころから、ウェストは鳥を追いかけるのが大好きだった。鳥が目に入ると、いきなり駆け出すのだ。夢中になっていてコンクリートの階段を転げ落ち、ローレンを凍りつかせたこともある。走っていったウェストをつかまえようと、公園を一キロ近く駆け回る羽目になったこともあった。鳥を見るとじっとしていられないのだ。しかし鳥がいようといまいと、シンディは子どもたちをリコシェのもとに連れて行った。

わたしとリコシェが砂浜で待っていると、シンディ、リース、ウェストが一列に並んでやってきた。リースははっとするほど美しい少女だった。縁の太いめがねと、ピンクのかぎ針編みの帽子がよく似合っている。

「ジュディにご挨拶してちょうだい」と、シンディ。

ウェストは少しはにかんでいたけれど、リコシェを見ると元気を取り戻した。「ばあば、ウ、ウ、ウ、ウィコシェだ!」と、指さして駆け寄ってくる。「ウィコシェ!」

砂浜は人でごった返していたけれど、ウェストは長いあいだリコシェをなでて話しかけていた。リコシェは目を輝かせて男の子の顔をのぞきこみ、ごろりと仰向けになって、おなかをなでられるにまかせた。ふたりともすっかりリラックスしていた。

数時間後、シンディは日焼けしたご機嫌の子どもたちを連れて帰った。ふたりとも、おそろいのピンクの〈ポー・イット・フォワード〉のリストバンドをつけている。ウェストはめずらしく目を輝かせて母親に駆け寄り、祖母が携帯電話で撮った写真を見せたがった。

「見て、ママ。見て！」と、ぴょんぴょん飛び跳ねながら言う。

ローレンが画面をのぞきこむと、写真の中のふたりはリコシェという名前の犬の隣に座っていた。びっくりしたのは、いつものウェストなら犬からたっぷり腕一本分は離れようとするのに、写真の中ではそうしていないことだった。リコシェの隣で、浜辺に足を組んで座り、リラックスした楽しげな表情をしている。他の犬といっしょにいるときは、そんな顔はしなかった。

「今度いつ行くの？」と、ウェストが聞いた。

犬が怖くて、家を離れたがらなかった男の子が、いきなり自分の部屋から出て、予定外の行動を取ろうという気になっている。またリコシェに会いたいだなんて！　リースも同じくらい興奮していた。さっそく学校の友だち全員に、弟といっしょにリコシェという名前のサーフドッグに会いに行った、と話をしたらしい。

子どもたちが言うことを聞かないと、リコシェをお巡りさんのかわりに使えることがわかった。「リコシェに言いつけるわよ」とおどかすと、わがままがすぐにおさまるのだ。ウェストがかんしゃくを起こしそうになると、リコシェの動画を見せた。するとウェストは落ち着きを取り戻して、何が気に入らないのか、口で伝えることまでできるのだった。子どもたちには「安心毛布」が必要なときがある。ウェストには今、リコシェという名前の安心毛布があった。

四本足で毛皮を着た幻の家族の一員に、ローレンは実際に会ってみたくなった。そこでリースとウェストを連れて、チャリティイベントに参加した。挨拶をしようとやって来たローレンの温かい笑顔を見て、わたしはつくづく思った――リースとそっくりの笑顔だわ。

「こんにちは、ウェスト。元気?」と、わたしはたずねた。

けれどウェストの注意はよそに向いていた。目を輝かせ、挨拶をしようと駆けて行ってしまう。こんなことには慣れっこだ――リコシェの陰に隠れることなんて。

「ウィコシェ!」ウェストがうれしそうに言った。

リコシェは走っていって隣に座り、ウェストがからだをぽんぽんとたたいたり、抱きついてきたりするのをやさしく受け止めた。ウェストがリコシェを気に入っているのは、よくわかった。ローレンはその様子を見て頭を振り、笑みを浮かべながら、ウェストにとってリコシェの存在が本当に大きいこと、リコシェのおかげで心を開いてきていることを教えてくれた。別れる前に、わたしたちはメールアドレスを交換した。

家に帰ったウェストは、リコシェと遊んだことにまだ興奮していて、ガレージで埃をかぶっているボディーボードを探しに行った。「サーフィンしている写真がほしい。ウィコシェにあげるんだ！」これが足を水につけようとせず、揺れる水面が大嫌いだった男の子のセリフだろうか？

ローレンは弾む心で、セラピストにボディボードを押さえてもらい、上に堂々と立っているウェストの写真を撮った。なんと水に入って、揺れるボディーボードの上でバランスを取っている。しかもシュノーケル用のマスクという邪魔なものも、いやがらず顔につけている。リコシェのおかげだ。

それからウェストは水泳教室に通うと言いだした。「ウィコシェと泳ぐんだ」

リコシェがウェストを狭い世界から誘いだし、自分の世界に導こうとしていた。

数カ月後の二〇一三年五月、わたしはＥＳＰＮのプロデューサーからメールを受け取った。リコシェのサーフィス・ドッグとしての活躍ぶりを、映像に撮りたいという。リコシェに会うとウェストの顔が輝き、おかげで恐怖心が薄れたと母親が話してくれたことを思い出した。わたしはローレンにメールを送って、撮影のためにリコシェとサーフィンさせてくれるか聞いた。

ローレンはすぐに了解してくれたけれど、息子にはまだ隠しておきたいと言った。あまり興奮させたくなかったからだ。それにウェストは時間と場所の概念がよくわかっていなかった。「いつ」、「どこで」がピンとこないのだ。撮影用のカメラにも不安を覚えるかもしれない。写真を撮られるのが大嫌いで、映像は問題外だった。どうなるかわからず、その日が近づくにつれて、ローレンはありとあらゆる心配ごとに悩まされた。ウェストはマイクを装着されるだろう。知らない人が大勢いるはず。固まってしまうのでは？　サーフィンをしたことだってない。その日集まる人たちの中では、ひとりだけサーフィンの経験がなかった。

前日の夜、ローレンと夫のスティーブは、ウェストが新しい水着を着るのを手伝った。ウェストは興奮ではちきれそうだった。

「ウィコシェとサーフィンするんだ！」

自分自身も熱心なサーファーのスティーブは、ぜひともウェストにサーフィンを教えたいと思っていた。ところが以前ボディーボードに乗せたときは、波にあおられてボードから落ち、少しのあいだ海に沈んでしまった。ウェストは二度と海に行こうとしなかった。

「犬とはサーフィンするのに、パパとはだめなのか？」と、スティーブはちゃかしていたけれど、息子の成長ぶりを目の当たりにして、その日を楽しみにするようになった。スティーブはリコシェのことを、四十キロ近くある屈強な犬だと思っていたらしい。初めてリコシェを見て、その小ささに驚いた。「あれがその犬なのか？」

砂浜に到着したウェストは固くなっていたけれど、リコシェに会えば何もかもうまくいくはず、とローレンは信じていた。

「リコシェはとても勘がいいの。ウェストが何を求めているのか、わかるのよ。リコシェに会ったら、ウェストはきっと落ち着くわ。どうやってあの子と接すればいいか、リコシェはよくわかっているし、そばにいるだけで人を落ち着かせるの。相手が何を必要としているか、ぱっと理解するんだわ。それでいて無理はさせない。きっとうまくいくわよ」

そして、そのとおりになった。

ウェストはリコシェをなでに駆けて行った。「ウィコシェ！」

ウェストが水を怖がるのはわかっていたので、パティという名前のヘルパーの女性が一緒に浜辺に行き、砂のお城を作って遊んだ。ウェストは下を向いて、ひとことも口をきかなかったけれど、しゃがみこんでお城を作る手伝いをした。砂利のまじった地面に手を突っこむと、海水があふれてきて足をぬらした。ウェストは平然としていた。パティを手伝って、お城が壊れないようにせっせと壁を作っていた。ウェストは壁を作るのも、中のお城が崩れないようにするのも上手だ。けれど今は潮が満ちてくる時間で、波が容赦なくじわじわと押し寄せ、ウェストが作る壁を壊していった。

砂のお城がゆっくりと崩れていくのを見ながら、わたしは声をかけた。「リコシェとサーフィンしたい？」

「うん！」と、弾んだ声が返ってくる。

デイブ、パティ、それにデビーという名前のヘルパーが、ウェストに話しかけながら海の中まで連れて行った。胸まで深さがあったのに、ウェストは尻込みしなかった。三人の大人が励ましの言葉をかけながら、ウェストを腹ばいにしてボードに乗せる。ボードはぐらぐらと揺れて、冷たい波が顔にかかった。

リコシェとデイブはウェストの後ろにいたので、視界に入っていなかったはずだ。両親と姉は何十メートルも離れた乾いた地面の上にいる。ウェストは自力では何もできず、まったく不慣れな環境にいたのに、満面の笑みを浮かべている。

「いいかい、リコシェ？」波が押し寄せるのを見て、デイブが言った。「いいかい、ウェスト？　いち、にの、さん！」盛り上がった波にボードを乗せる。

ウェストはボードにつかまり、それから思いもかけないことをした。初めてサーフィンをする人は、ボードにつかまるので精いっぱいなのだけれど、なんと後ろを向いてリコシェの様子を確かめたのだ。リコシェがうれしそうなのを見て、ウェストは青空よりも晴れやかな笑みを浮かべた。予定外のできごとが大嫌いで、水と犬が怖くてしかたのなかった少年が波に乗り、天に向かって両手を伸ばし、はじけそうな笑顔を浮かべている。そしてそのまま、リコシェと一緒に波打ち際に滑りこんだ。

弟の顔を見て、リースが大きな拍手を送った。「その調子！　よくがんばったね、ウェスト！」

ローレンは両手で口を押さえて笑いながら、ほっと大きなため息をついた。「よくやったわ、ウェスト！」

父親も口笛を吹いて、歓声を送った。

ウェストの興奮した叫び声が、砂浜に響き渡った。わたしも頬がゆるみっぱなしだった。リコシェとウェスト──魂で結ばれたふたり。どちらも鳥を追いかけるのが大好きで、まわりの期待が大きくなりすぎると殻にこもってしまい、普通の人にはなかなかわからない繊細な感受性を持って生まれた。ふたりは特別な方法でコミュニケーションを取り、出会いの奇跡と愛情を確かめていた。

浜辺に着くとウェストはボードから飛び降りて、リコシェの無事を確かめた。それから水をかき分け、しぶきを立てながら、家族に報告しようと走っていった。

「ぼく、できたよ！　いち、にい、しゃん！」指を三本立てて、リコシェと三回波に乗ったことを表現した。

ウェストが背負っていた恐怖は、波の向こうに消えた。家族は抱き合い、満面の笑みでその瞬間を楽しんだ。

ローレンがこちらを向いた。「あの子がサーフィンをするなんて、まったく想像もつかなかったわ。自分では何もできない状況で、犬にすべてを委ねるなんて。自分の慣れた世界からは遠く離れていたけれど、楽しんでいたみたい。リコシェが新しい世界に連れて行ってくれたんだわ。その場所を見つけたの」

母親の目の前で、ウェストはまた波に乗ろうと走っていった。「今日のあの子は、今まで見た中でいちばん生き生きしているわ」

きっとそのとおりなのだろう。撮影スタッフからデイブ、パティ、デビー、他のヘルパーまで、みんなが口を揃えて言った。「本当にうれしそう。海に入ると、生き返るんだね」長いこと隠れていた本当のウェストを、リコシェが引き出したのだ。

サーフィンのセッションが終わったあとは、撮影スタッフが家までついてきて、追加の映像を撮った。ウェストは上機嫌で、おもちゃや部屋を見せて回った。ローレンは息子の変身ぶりにただただ驚いていた。

「あの子は重度と診断されて、話すこともできないはずなのに、今はしゃべっているわ――撮影に来たカメラマンと！　リコシェのおかげで、まるで別の子みたい」

六月、今度はよその家族もいっしょに、砂浜でウェストと会った。この前リコシェと海に入ってから、ウェストは波乗りをしていなかった。今回はただボードの上に腹ばいになっただけではなく、前に立っているリコシェにつかまり、立ったまま浜辺に入ってきたのだ。リコシェの助けを借りながら、二本の足で立っていた――文字通りにも、比喩としても。

波をばしゃばしゃと蹴って海に戻りながら、ウェストがデイブ、デビー、パティに指示を出した。「いい、みんな？　今度は膝で立つからね。わかった？」

わたしたちは笑った。口をきこうとしなかった少年が、おとなに指示を出して、サーフィンのセッションを仕切っている。デイブの仕事を奪ってしまった！

ウェストはリコシェにつかまって、ボードの上で膝立ちになり、しぶきを立てながら波打ち際に滑りこんできた。ハイタッチしようと手を上げていたパティに駆け寄る。パチンと手を合わせ、うれしそうに叫んだ。

「ハイタッチできた？」と、わたしは聞いた。ウェストがボードの上で自由になるのには感心する。いろいろな意味で、自由なのだ。信頼できる仲間が隣にいれば、ウェストは別人に――本当の自分になれた。

九月、ESPNがふたたび撮影をしようとやってきた。ウェストはまたリコシェと波乗りできるのに興奮していた。撮影には予想より時間がかかり、しばらく待たされた。かなり長い時間だ。撮影の遅れは計算外で、ウェストがかんしゃくを起こさないか、皆がはらはらしながら見守っていた。けれどリコシェが隣にいて、安心させてくれていたので、ウェストは辛抱強く待ちつづけた。

浅瀬でリコシェをなでていたとき、リコシェとの初めてのサーフィンに挑戦しようという、イラク戦争に従軍していた帰還兵があらわれた。ウェストはじっと見つめていた。帰還兵も心的外傷後ストレス《PTSD》による恐怖と不安を克服するために、リコシェの力を借りていたのだ。ウェストの問題は生まれつきだったけれど、帰還兵の恐怖は戦場で芽生えた。

ウェットスーツを着て波の様子をうかがいながら、帰還兵はウェストに声をかけ、リコシェとサーフィンをするときの心構えについて聞いた。

「楽しめばいいんだよ！」と、ウェストが甲高い声で言った。わたしの耳には美しい音楽のように響いた。普通の世界には居場所を見つけられなかった少年が、波乗りを通してやっと自由を手に入れたのだ。

帰還兵はうなずいて、微笑みかけた。ウェストは波をかきわけ、まったく物おじせずに、波に乗るチャンスを待っている。帰還兵にはまずわからなかっただろうけれど、ウェストがこんなふうに振る舞っていることはめったにない。自閉症が、幼い彼から安心できる時間のほとんどを奪ってしまったのだ。

デイブがボードを押し出すと、帰還兵はほんの少しふらついたけれど、長年の訓練のおかげで、軽々と体勢を立て直した。

新しい友だちがリコシェにつかまって浜辺に滑りこんでくるのを見て、ウェストはぴょんぴょん飛び跳ね、心からうれしそうに声援を送った。「うまくいったね！」と、大声で言う。

「やったあ！」

皆に祝福された男性が、リコシェのリードを差し出した。

「さあ、ウェスト。きみの番だよ」

出会ったばかりの三十一歳の軍曹と八歳の男の子はもうサーフィン仲間になっていて、声援を送りあい、リコシェが飛び降りたあとのボードをいっしょに取りに行った。自閉症を抱えて生まれた少年と、戦争で心にダメージを負った帰還兵が――ふたりとも、恐怖に縛られていた――海の中で助け合っている。感動的な場面だった。胸が熱くなり、この瞬間がずっと続けばいいと思いたくなる。それぞれに美しい昼と夜の空が混じり合い、心に染み入るような光景を作り出す、夕暮れのひとときのようだった。

デイブは驚きの表情を浮かべていた。「ジュディ、おれは十一年もこの仕事をやってきたけれど、あのふたりのように参加者が助け合うのは初めて見たよ」

わたしはうなずいた。ウェストと帰還兵はふたりとも、人と接するのに日々苦労していたけれど、リコシェと一緒に海に入っているときは楽に振る舞えるのだった。

砂浜にいたとき、帰り支度をしていたローレンに声をかけられた。「リコシェに出会って、ウェストの人生は大きく変わったわ。なんでも挑戦してごらん、と背中を押してもらったの。もう不可能はないわ――人生は決して暗くなんかない」

わたしは黙って聞いていた。

「ウェストのことは信じていたけれど、あんなことができるとは夢にも思わなかった。海に入らせるのは怖かったわ。怪我をするか、この子はだめだとまた決めつけられるんじゃないかと。でもあの子はわたしが思っていたよりずっと強かった。リコシェのおかげよ」

ローレンがわたしを抱きしめた。温かい両腕に触れられると、こみ上げてくるものがあった。母親なら誰もが望むものを求めているローレン――息子が健康で、この世界に自分だけの場所を見つけ、事故もなく成長して、幸せになること。ローレンはわたしに感謝していたけれど、わたしも彼女に感謝していた。本当の愛情というものを教えてもらったからだ。わたしこそ幸運だった。この特別な男の子と知り合って、彼がわたしの犬に愛情をそそぎ、他の人間に気を遣うところを見られたのだから。

心を動かされていたのはわたしだけではなかった。ヘルパーのデイブ、デビー、パティも、ウェストが協力的だったことや、撮影のあいだ辛抱強く待っていたことに感心していた。そこで数週間後、デイブの提案で、姉とふたりだけのサーフィンに連れて行ってあげることにした。リースへのごほうびでもある。いつもやさしいお姉さんで、セラピーや医師の診察についていき、文句ひとつ言わなかったからだ。

砂浜に着いてみると、少し波が荒かった。サーフィンをしたことのないリースは当然ながら尻込みして、先にやれば、とウェストに言った。けれどウェストは姉が最初だと言い張った。よくあるきょうだい喧嘩だ。

仲裁役のデビーが、友だちのリコシェとサーフィンをしたらお姉さんもやり方がわかるわよ、と言った。ウェストはすぐにうなずいた。デビーは魔法の言葉を口にしたのだ――「リコシェ」。姉に自分の得意なことを見せてやれる。波は高かったけれど、ウェストはまたリコシェの後ろで立ち上がり、浜までサーフィンした。

「お姉ちゃんの番だよ」と言って、ボードを運ぶのを手伝った。うれしそうに説明をしながら。「ちゃんとつかまるんだよ。だいじょうぶ、ウィコシェが助けてくれるから」

指導は功を奏した。デイブがボードを押し出すと、リースはリコシェの後ろで立ち上がり、弟と同じくらい晴れやかな笑みを浮かべたのだ。

「うまいね、お姉ちゃん！」と、ウェストが大きな声で言い、パティとハイタッチをかわすリースに拍手した。

リースが浜にたどり着くと、ウェストはボードを運ぼうと駆けて行き、ふたりは声を立てて笑った。姉と弟。どこにでもある浜辺の一日を楽しんでいる。ふたりにとって、こんな日はほとんどなかった。

「押してもいい？」と、ウェストがたずねた。

姉が波乗りをする手助けをしたいと思っていること、堂々として自信にあふれていることに、わたしたちは胸を熱くした。

「もちろん、いいわよ！」と、わたしは言った。デイブとデビーのふたりが、リースをうまくボードの上に乗せようとするのを、ウェストも手伝った。

「いいかい、ウィコシェ？」いつもデイブが口にするせりふを、ウェストが真似た。「出発！」

三人が同時にボードを押し出し、最後にデイブがぐいと押した。胸まで海水に浸かりながら、ウェストはぴょんぴょんと飛び跳ね、浜に向かうふたりを見送った。

からだを乾かしておやつを食べていたとき、わたしたちはウェストにお手伝いのお礼を言った。彼とリコシェは、普通の人間の耳には聞こえない言葉でコミュニケーションを取っていたのだ。これからもリコシェを見習って、人助けを続けてくれることだろう。

六人が座ったピクニックテーブルを見渡して、ウェストが言った。「たいしたことじゃないよ。でも、これからはサーファーはやめてお手伝いだけ、っていうのはいやだよ」
わたしたちはくすくす笑った。
「心配しないで、ウェスト。あなたはずっとサーファーよ」と、ローレンが励ます。
そのとおり。サーフィンは、ウェストの魂の一部だった。

第14章

共感、洞察、魂に触れる

「誰もが才能《ギフト》を与えられている。
でもギフトを開けてみようとする人間は少ない」
――ウォルフガング・リーベ

言葉を通さないリコシェ流のコミュニケーションを見ているうちに、もっといろいろなことがわかってきた。動物はメッセンジャーで、人間を教え導くためにこの地上にいるとわたしは信じている。絶えずコミュニケーションを取ろうとしている彼らに、耳を傾けさえすればいいのだ。ちょっと首をかしげたり、うれしそうにしっぽを振ったりという、ささやかな形であらわれることもある。心を開いて、そばにいる動物が魂の次元で何を伝えようとしているのか受け止めれば、彼らの共感と洞察力について、よりよくわかるようになるのだ。

研究によれば、犬は飼い主とその家族の感情を共有することがあるそうだ。動物どうしが思いやりを示すのも、この目で見たことがある。ある日サーフィンについてきたリーナは、波打ち際でわたしと一緒に待っていたけれど、リコシェが砂浜に戻ってくるまで鳴いていた。遠くに行ってしまったのを不安に思っていたのだろう。

別の日、わたしとリーナは波打ち際に立って、デイブがリコシェを波に乗せるのを見守っていた。浜辺に近づいたとき、突然波が引いてボードが動かなくなってしまい、リコシェはデイブが助けに来るのをじっと待った。けれどリーナにしたら、リコシェが海の中に取り残されたように見えたのだろう。相手を思いやる感情が、乾いた地面にとどまっていたいという気持ちを上回り、猛然と駆けて行って泳ぎだした。波を跳び越えて遊ぶのも嫌いなリーナが、リコシェを助けに行ったことこそ、動物どうしの思いやりの深さの証だ。リーナが泳いでくるのを見て、今度はリコシェのほうが不安になり、ボードから飛び降りて「救いに」行った。二匹は力強く犬かきをしながら、互いのもとに行こうとしていた。互いを思いやる気持ちに、わたしは胸が熱くなった。

犬どうしだけではなく、リコシェは赤の他人にも同じ配慮をすることがある。相手の感情をびっくりするほど敏感に読み取り、深いところで結びつくのだ。そういうときにどんなエネルギーの流れが起きているのかは説明できないけれど、リコシェはそれぞれが求めているものを与えるのだ。本人が気づいていない場合でさえ。

ある日、障害を持つ子どもたちを支援する団体のイベントでドエニー・ステート・ビーチに行ったとき、たぶん十歳にもならないダウン症の男の子と出会った。男の子はシャベルを手に砂浜に座り込んで、横にいるリコシェに話しかけていた。リコシェを砂に埋めたらおもしろいと思ったようで、シャベルを砂浜に突き立て、勢いよく砂をすくってはリコシェの全身にぶちまけた。何人かのカメラマンがその光景を撮ろうとしたので、わたしはリードを離して一メートルほど下がった。

そのとき、二メートルほど向こうにいる鳥の群れが目に入った。もちろんリコシェも気づいていた。きっと追いかけたいと思っただろうけれど、辛抱づよく座り続け、わたしがリードを持ってもいないというのに、黙って砂を浴びせられるままになっていた。男の子に寄り添うこと。リコシェの中ではそれだけが大事だった。魂の次元で彼とつながり、求めているものを与えていたのだ。

サーフィンができる犬は昔からいる。リコシェは相手の障害の程度を察して、サーフィンのスタイルを変えることができるけれど、サーフィンが上手だから人生を変えるほどの影響力を持っているわけではない。本当に特別なのは心からのコミュニケーションの能力で、それこそが多くの人びとを動かすのだ。これまで出会った人びとの中には、母親がサリドマイド薬を処方されていたせいで極端に腕が短いサビーネという女性がいた。ハンターという幼い男の子は二分脊椎症だった。ジェイクは珍しい神経変性疾患の患者で、重い障害を抱えていた。困難の程度は人それぞれだったけれど、リコシェは深いところでかならず彼らとつながることができた。たくさんの人と関わるほどに、才能は磨かれていった。

こうした理由で人びとはリコシェに惹かれ、近くにいると安心するのだ。サーフィンのセッションが終わったあと、リコシェはいつもぐったりしている。肉体的な疲れだけではない。人びとのエネルギーを吸収し、なでたり話しかけたりされているあいだ、自分のエネルギーを差し出しているからだ。わたしは実際にエネルギーの流れを目にすることもあった。

誰がどんな心の状態でいるかは、リコシェの様子を見ていればだいたいわかる。相手の感情を受け止めて、ボディランゲージで表現するからだ。向かい合わせの鏡のようなもので、しっかりと相手の感情を映し出してみせる。だから皆、気持ちが落ち着き、いちばんの恐怖から逃れられるのだ。

たとえば友人のネドラはレイキの師範だ（注：レイキ＝霊気。日本で発祥ののち海外で独自の発展を遂げた、体内のエネルギーを調整する代替療法のこと）。患者のひとりはコナーという四歳の男の子で、重症の点頭てんかんを患い、一日に数百回もの発作が起きるのだった。二〇一二年にホスピスの医師は、発作の程度も回数も深刻なので、四歳の誕生日は迎えられないだろうと言った。当時はものを見ることも、笑い声を立てることも、微笑むこともできなかった。母親が藁《わら》にもすがる思いでレイキを試すと、少しだけ前向きな結果が出た。

　ネドラの観察では、コナーは肉体的にあまりに多くの痛みと恐怖を経験したせいで、自分を「切り離して」しまい、そこにいないも同然なのだった。リコシェと会ったらよくなるかもしれない、とネドラは言った。リコシェなら男の子の魂に触れて、反応を引き出してくれるのではないだろうか。そのころは治療の効果で目が見えるようになっていたけれど、コナーは母親と目を合わせようとしなかった。ぼんやりと宙を見つめていたのだ。

　ネドラに部屋に招き入れられると、たちまちリコシェは落ち着きを失った。じっとしていられず、完全に気が散っている。わたしたちは子ども用の椅子に座ったコナーの隣に腰をおろした。母親と十五分ほど話してから、緊張しているのかたずねてみた。答えはイエスで、あまり犬と接したことがないらしい。その言葉と態度から、よく知らない動物が息子に近づくのを歓迎していないのがわかった。それでも母親は必死で、何でもいいから試してみようとしていた。リコシェが落ち着きを失ったのは、親子それぞれの感情を吸収したからだろう。まず母親が深呼吸をして落ち着き、ネドラがコナーの足をリコシェに乗せて、からだに触れるようにした。するとリコシェは静かになった。

　リコシェが落ち着くと、ある種の平穏が部屋を満たした。急にコナーが隣にいる母親のほうを向いて、そのまま十五分ほど目を合わせていた。つながろうとしているのだ。息子の呼びかけに応えて、母親はやさしく話しかけていた。コナーがそんなことをしたのは、誰に対しても初めてだという。大きなブレイクスルーで、新たな癒しへの道ができた。

今、コナーは四歳半で、さまざまな代替療法を通して回復への道を歩んでいる。人とつながり、関係を築き、以前よりもずっと毎日を楽しんでいるそうだ。母親の顔もわかるようになり、どれだけ愛情を注いでもらっているかもよく理解しているという。

リコシェがコナーに出会ったとき、何が起きていたのか正確には言えないけれど、息子だけでなく、きっと母親の感情も受け止めていたのだろう。リコシェはなんとかコナーを落ち着かせて、母親がもっとも求めていたものを与えた――息子とつながること。わたしはずっと忘れないだろう。リコシェの思いやりがどれだけ深く、どれだけ変化の原動力として有効かという証だ。


リコシェはいつでも、どんな人とでも深い関係を築けたけれど、〈ポージティブ・チーム〉主催のCICRプログラムを通して、米軍の人びとと関わったときの洞察力には驚かされた。CICRプログラムではPTSDや脳外傷、その他の怪我の後遺症に苦しむ、現役の米軍兵士たちを支えている。

六週間のあいだ、リコシェとわたしは一回二時間の約束で兵士のひとりと接して、不安を和らげたり、PTSDの症状を抑えたりするのを手伝った。多くの兵士たちが、将来的に介助犬を手にすることを希望していたので、犬の扱いに慣れる機会も設けた。ボランティア犬の多くは介助犬ではなくセラピードッグだったので、地元の店に特別に許可を取り、犬の同伴を認めてもらうようにした。ディスカウントストアやホームセンターなどは、参加者の多くが不安を訴える場所だ。

最初のセッションの前に資料に目を通し、兵士のことを考えていると胸が痛んだ。PTSDは強烈な体験によってトラウマを負うことで発症し、「見えない障害」だと考えられている。PTSDの患者はうつ、強い不安、過覚醒、麻痺、逃避、妄想、不特定多数が集まる場所への恐怖、パニック発作などに苦しんでいる。そのせいで社会と距離を置いた生活に陥りがちなのだ。

PTSDの患者の数が増えていると知って、暗い気持ちになった。イラクやアフガニスタンで戦った二百万人の帰還兵のうち、およそ二十%がPTSDに苦しんでいるという。肉体的な故障はだいたい回復するけれど、魂は傷ついたままで、人生の多くのものごとに恐怖を抱くようになってしまうのだ。

CICRプログラムに協力している最中、リコシェは何度も相手の心とからだに生じた小さな変化をくみ取った――本人がはっきりと気づいていないときでも。相手がストレスを抱えたり、パニック発作を起こしそうになったり、不安に陥ったり、からだの痛みが増したり、その他にも症状を起こすと、とっさに動作を止めることで対応した。すると彼らははっと気づいて、リコシェに意識を集中し、問題を解決するのだった。

リコシェの繊細さがよくわかっていたぶん、兵士たちとの仕事を長期間続けられるのか、わたしは心配していた。初めて彼らのいる部屋に入ったとき、リコシェは不安と拒絶をあらわにした。いつもとは正反対だった。

社交的で人間好きなはずのリコシェが、兵士のひとりがリードを持ったとき、ほんの数メートルでもわたしのそばを離れるのをいやがった。不安そうで、どうしたらいいのか教えてほしい、という顔をしている。そのときようやく、この部屋にいる人びとは恐ろしい経験を引きずり、人間への信頼が粉々に砕けているのだと気づいた。彼らは誰のことも信頼していない――自分自身でさえも。共鳴する力の強いリコシェは、負の感情を十倍にもふくらませて受け止めたのだ。兵士たちのストレス、不安、恐怖を再生産しているのだった。

やさしく繊細なリコシェは、愛と無垢のまなざしで世界をとらえていた。サーフィス・ドッグとしての仕事中も、信頼できる人びとに囲まれていた。頼れるヘルパーたちに支えてもらい、無邪気な子どもたちとたちまち絆を深め、サーフィンを通じて交流する。けれど兵士たちが相手のときは、自分自身に対しても、新しい環境に対しても自信が持てなかった。彼らの絶望を反映していたのだ。

六週間のセッションが進むうちに、リコシェは銃や花火の破裂音に対してどんどん神経質になっていった。たぶん参加者たちが、こうした音を嫌っていたからだろう。あるときセッションを終えて家にいると、門のところに宅配便の小包が置いてあるのが見えた。

リーナが何よりも好きなのは、配達人から荷物を受け取ることだ。きっと喜ぶだろうと思ってドアを開けてやると、小包を取りに飛び出していき、真剣な表情でしっぽを振りながら戻ってきた。小包を開けたとき、床に落ちた緩衝材をリーナが踏んづけた。プチン、プチン！　リコシェがぱっと耳を寝かせ、目もとを引きつらせて、混乱の表情を浮かべた。

どうしてリーナとお母さんは、音を聞いても逃げないの？

「大丈夫よ、リコシェ。ただの緩衝材だから」そう言い聞かせたのに、リコシェはさっと机の下にもぐりこんでしまった。それからというもの、なんでもないものがはじけただけで怖がるのだった。わたしが拍手をしたり、口で「パチン」と言ったりしただけで。

たいしたことのない音を聞いただけで怯えるリコシェを見るのは、胸が痛んだ。わたしにとってはただの緩衝材でも、きっと恐ろしいのだろう。わたしには見えない何かが見えている。わたしにはそれが何なのかわからない。兵士の恋人、両親、きょうだい、子どもたちもわからないはずだ。

帰還兵の男性や女性が何週間、何カ月、何年ものあいだ、戦場でどんな体験をして、帰国してからもどんな恐ろしい記憶にさいなまれているのか、想像もつかない。彼らが一生抱える恐怖を、わたしたちは決して理解できないだろう……けれどリコシェはできた。感じ取っていたのだ。

六週間のセッションが終わったあと、リコシェをレイキの師範のネドラのもとに連れて行って、バランスを整えてもらった。セッションのあとには回復のための静かな時間を設けて、走ったり遊んだりしてエネルギーを発散し、リコシェが自分を見失わないようにしていた。新しい六週間のセッションが始まるころには、リコシェはバランスを取る方法を覚えていた——サーフボードの上でやったように。メンバーの精神的、肉体的な痛みに共感する一方で、自分とは切り離せるようになったのだ。

CICRのクラスが敏捷性の訓練を行っていた日、リコシェが組んでいた海軍の女性は、週の初めに車の事故で痛めた首と背中の調子がよくないと言っていた。けれど海軍の兵士たるもの、自分に負けてはいけない。マリアというその女性は、このまま我慢して続けると言った。しかしリコシェは反対だったのだろう。訓練のあいだ、ずっとマリアの行く手をさえぎろうとしていた。痛みを感じ取っていたのだ。数日後、驚くような内容のメールを受け取った。マリア本人も気づいていなかったのだけれど、事故で背骨にひびが入っていたという。リコシェは——レントゲン写真も、カルテもなしに——マリアが訓練に参加するべきではないとわかっていた！

別の日の相手はイリーという海軍の男性で、初対面だった。一時間後、犬たちに用を足させるために外へ出た。駐車場の奥にあるトイレ用のエリアに向かう途中、リコシェは二度根を生やした。イリーが他の参加者と接するのを不安に思っているのがわかって、足を止めたのではないだろうか。

ところが建物の中に入ってから、イリーが教えてくれた。いろいろ考えたところ、リコシェが足を止めたのは進行方向に黒いトラックが停まっていたからではないか、という。黒いトラックはイリーにとってのトリガーだ（注：PTSDの患者にとって、不安に陥るきっかけになるもの）。パニック発作を起こす前に、リコシェが警告してくれていたのだ。

いっしょにいたのが六週間でも六分間でも、リコシェはまったく同じ共感、洞察、コミュニケーション能力を発揮した。その能力は今も向上を続けているので、これからもわたしを教え導いてくれるだろう。そして、わたしたちの旅にはよくあるとおり、今度もまた運命の歯車が噛みあって、心からのつながりを求めているひとりの帰還兵があらわれたのだった。

第15章

奉仕と自己犠牲

「己を見つける最善の方法は、
他人に己のすべてを捧げることだ」
――マハトマ・ガンジー

二〇〇五年四月五日　バグダッド

軍用車両のタイヤがキャンプ・リバティの日に焼けた砂地の上できしみ、蒸し暑い空気には煙と汚物の臭いがたちこめていた。今日の護衛の任務はいつもと変わりない――バグダッドを通過するパトカーの警護だ。ただし任務に変わりがあってもなくても、毎日が死のロシアン・ルーレットだった。一歩間違えば兵士だろうと民間人だろうと、道端に置いてある偽のごみ袋の爆発に巻き込まれて、木っ端みじんに吹き飛ばされる。今回の戦争に関する戦術上のいちばんの問題は、生身の相手が襲ってくるのではなくゲリラ戦が展開されていることで、敵は爆弾を仕掛けては身を隠しているのだった。砂漠の中でたったひとり信頼できるのは、隣に座っている人間だけだ。

車が基地のゲートの外に出たか出ないかというとき、耳をつんざくような爆風が大地を揺るがし、青い空は灰と煙で真っ黒に染まった。ランドール・デクスター軍曹は後頭部を運転席の金属製の仕切りで強打し、車は舞い上がった破片の渦に突っ込んだ。どうやら脳震盪《のうしんとう》を起こしたようだ。あたりにはすすが充満して、怒鳴り声が響いていたが、訓練されたとおり素早く行動に移った。衛生兵を務めた数年間でひどい場面は目にしていたが、これからの四十分間で目と耳にし、肌で感じることになる凄惨な光景に対しては、何の準備もできていなかった。駐留中も帰国後も、彼を苦しめることになる光景だ。爆風で吹き飛ばされたイラクの民間人の車が、傾いた状態で真正面から木に激突している。様子をうかがうと、運転手と同乗者は全身にガラスの破片が刺さっていた。車は潰れた金属の塊と化し、血と脳漿《のうしょう》がそこらじゅうに飛び散っていた。どれほど手を尽くしても、命が失われるのは時間の問題だった。

戦場でのありふれた一日だったが、デクスター軍曹の人生は永遠に変わってしまった。彼の中の何かが壊れたのだ。その夜、二段ベッドに横になっていると、昼間の光景が目の前に広がった。いやでも考えてしまう。「もし、あのとき……」努力の甲斐なく、運転手は亡くなった。彼は何度も寝返りを打った。額から脂汗が流れ、破裂しそうなほど心臓が高鳴る。

「おい、大丈夫か？」と、同室の仲間がたずねた。

心配ないと答えたが、それはうそだった。この任務に就いてもう二年が経っていたが、デクスター軍曹の頭の中の戦争は今始まったところで、悲惨な光景を見れば見るほど戦いは激しくなった。


二〇〇八年六月、デクスター軍曹はイラクから二度目に帰還したが、もう人生をコントロールできなくなっていた。母国の安全な大地に立っていても過覚醒の状態で、まったく気が休まらない。戦争の恐怖のせいで、思考力と落ち着きを根こそぎ奪われ、どこにいても不安を覚えるようになってしまった。仲間たちはまだ派兵されたままで、あちこちの基地に移されていたが、デクスター軍曹の人生はばらばらになり、秩序を保つための日課もこなせなくなった。

ひどい悪夢にうなされるせいで、夜寝るのが怖くなった。そこでずっと起きているか、意識がなくなるまで酒を飲むようにした。人が集まっているところに行くと激しいパニック発作が起きるので、引きこもってトリガーを避けた。トリガーは山のようにあった——大きな音、車の排気音、ごみの臭い、引き出しをぴしゃりと閉める音。赤ん坊の娘がおもちゃを床に落としたり、風船が破裂したりするだけで、飛び上がるほど驚き、全身が戦闘態勢に入るのだった。

愛する祖国に奉仕しようと志願し、命さえ捧げるつもりだった勇敢な男性は、今や娘の紙おむつを買いに行くことさえ恐ろしくなっていた。こんな状態では生きていけない。イラクに渡る前の自分はどこに行ってしまったのかと思い、何もかもすっかり変わってしまったことを嘆いた。任務は終わったのに、まだ彼の中では戦争が続いていた。

力及ばず、あの運転手を助けられなかったという罪悪感。仲間の兵士たちは耐えているのに、自分だけが恐怖に耐えられなかったという屈辱感。理想の父親、夫、自分自身でいられない悔しさ。こうした思いから、自殺を考えるようになった。ライフルを使うのが、イラクよりも苦しいこの地獄から逃れる手っ取り早い方法だろう。イラクと違って、今度の闘いからは逃れる場所がないのだ。

二〇一三年　サンディエゴ

「おいで、リコシェ。今日は新しいお友だちに会いに行くのよ」

リコシェは跳ね起きて、いそいそと車に乗った。仕事の日だとよくわかっているようだ。普段はわたしに似てそこまで外出好きでもなく、ポーチで日光浴をするのが好きだったけれど、仕事に行くと告げられると、飛び上がって表に出るのだった。今日はわたしも、リコシェと同じくらい興奮していた。

まずＣＩＣＲプログラムのディレクターのキャロル・デイビスと会う。どの参加者と組むか決めるのだ。

書類によると、わたしたちの相手はランドール・デクスターという男性で、米軍の軍曹だった。愛称はランディ。誰かの息子で、きょうだいで、おじで、夫のはずだ。たまたまリコシェのもとに舞い込んだ、一枚の書類に記された名前以上の存在のはずだった。しかしプログラムの規則として、相手の詳しい事情は知らされなかった。わたしたちに求められているのは参加者の過去を探ったり、抱えている問題に鼻を突っ込んだりするのではなく、ただ犬と一緒に寄り添うこと。ランディはおそらく何らかのトラウマを抱えているのだろう。わたしは仲間意識を覚えた。わたし自身、十代のころ暴漢に襲われてからパニック発作と悪夢に苦しんできたのだ。それでもランディが戦場で目にしたこととは、まったく比べものにならないだろうけれど。

ドアが開いて参加者たちが入ってくると、リコシェは黒髪で肩幅の広い男性のもとに一目散に駆けて行った。かがんでリコシェをなでると、兵士を絵に描いたような男性の雰囲気が少しやわらかくなった。

「やあ、ワン公」と言って、リコシェの首の毛をさする。立ち上がると名札が見えた。「ランディ・デクスター」

リコシェはどうやって、彼だとわかったのだろう？　いえ、リコシェなら当然わかるはず。いつもそうなのだから。文字は読めなくても、人の魂が読める。ランディが仕事の相手だとわかっていたのだ。

ランディのもとに行って、握手をかわした。彼は落ち着いた声で、このクラスに出席すると木曜日に受けているサーフィンのセッションに出られない、と言った。

「サーフィンをするの？」と言って、わたしは微笑んだ。

「そうなんだ」と、彼がリコシェの頭をなでながら言う。

「それなら、リコシェは理想的なパートナーね」わたしは笑って携帯電話を取り出し、リコシェがサーフィンをしている写真を見せた。ランディは息子と二歳の娘、妊娠中の妻のベッキーの写真を見せてくれた。写真を眺めているあいだにリコシェは伸び上がって、ランディの膝の上に気持ちよさそうに座りこんでしまった。

「どうやらあなたが好きみたいね」と、わたしは言った。「乗っていいかと聞きもしなかったわ」

初対面の挨拶が終わると、お互いに慣れるためにトレーニングエリアに移動した。わたしの役目は後ろに立って、ランディがリコシェをうまく扱えるか見守ることだ。そこにあったのは障害物と短いランのコースで、まったく心配ないのがわかった。子犬のころのリコシェの遊び場が少し大きくなっただけだ。

ふたりは楽々とコースをこなし、それから参加者がひとりずつ介助犬とのエピソードを披露した。ランディはリコシェがサーフィンをすると明かし、運命が自分たちを結びつけたに違いないと言った。どちらもサーフィンが好きだったからだ。ふたりをマッチングしたセラピストによると、ランディの趣味はまったく知らなかったという。ここでも運命の見えない手が働いて、ランディをリコシェのもとに引き寄せたようだ。人生に偶然はない。わたしたちが組むことになったのには何かの理由か、神の意志があるのだろう。プログラムで協力する以上に縁があるのか、今はわからなかったけれど、そのうちはっきりするはずだ。おもしろいことに、ランディはこのセッションにさほど興味を持っていなかったそうで、わたし自身も最初は辞退しようかと思っていた。クラスの開始時間が早いのが、朝が弱いわたしには厳しかったからだ。けれど六週間早起きすることくらい、参加者たちの払った犠牲に比べたらたいしたことはない。『オックスフォード英語辞典』によると、自己犠牲とは「自分自身の関心や幸福、欲求を投げ打ち、義務や他人の幸福のために尽くすこと」だという。祖国に奉仕した兵士たちほど、その定義にぴったりの人間はいないだろう。あえて危険な状況に身を投じて、他人のために自分の人生を差し出したのだ。家族と離れて過ごし、ようやく帰ってきたら別人のようになっていた。帰ってこない人びともいた。究極の犠牲を払っているのだ。彼らの家族も同じだった。

「ベッキー、悪くなかったよ」その夜、娘が寝つくとランディは妻に言った。「あの犬、本当にサーフィンするんだ」

それを聞いたベッキーは携帯電話を取り出して、リコシェの動画やフェイスブックを検索した。こんなに生き生きした夫を見るのは何カ月ぶりだろう。気分が極端に上下するのには慣れっこだったけれど、たいていい落ち込んでいるのだった。ほとんど毎日、知らない人間と暮らしているようだった。ランディにはふたつの人格があるのかもしれない。ＰＴＳＤを患う人格と、ベッキーが恋に落ちた人格だ。ＰＴＳＤの悪魔につかまっているときは、目の中に激しい怒りが見えるのですぐにわかった。けれど今夜、ランディの目に宿っているのは怒りでも、いつもの敗北感でもなかった。それは希望の輝きで、ＰＴＳＤが醜い顔をのぞかせる前、ベッキーが恋に落ちたランディのまなざしだった。

毎夜ランディが帰宅して、不安を和らげようとビールを口にするころ、ＰＴＳＤの悪魔は忍び寄ってきた。するとやさしい目をした男性は怪物に変わってしまった――わめき散らし、怒鳴り、悪態をつき、あちこちの壁を殴る。次の朝起きると、まったく覚えていないのだった。けれど今夜のランディは違った。昔の彼のおもかげがあった。

ふたりはごく普通の夫婦のようにベッドに腰かけて、サーフィンをするリコシェの動画を眺め、穏やかな会話を楽しんだ。長いあいだ、あきらめていたことだ。今夜のランディは感情が麻痺してもいないし、話しかけられないほど遠くにいるわけでもない。ふたりのまぶたが重くなってくると、ランディはそろそろ眠る努力をするころだと言った。彼にとっては「努力」なのだ。

「おやすみ、ベッキー」と言って、額にキスをする。けれど横になって電気を消すかわりに、ランディはリビングに向かった。もう何カ月もカウチで寝ているのだ。あの夜目を覚まして、妻が隣で身を起こし、恐怖に凍りついているのを見てしまったときから。彼女の目に浮かんだ恐怖は、二度と目にしたくない類《たぐい》のものだった。それもこれもすべてPTSDのせいだ。恐ろしい悪夢にうなされていたランディは猛り狂い、手足を振り回していたのだという。何も覚えていなかった——妻の顔面にひじ打ちを食らわせたことも。けれどもう取り返しがつかなかった。悪夢をコントロールできるようになるまで、安全のために夫婦は別々に寝るしかなかった。

それから数週間、わたしたちは犬入店可のレストランや、地元の他の場所で顔を合わせて、二時間のセッションを重ねた。PTSDの大きな問題点は社会と関わりを持てなくなってしまうことなので、各セッションは参加者がお互いや犬たち、一般の人びとと、落ち着いた環境でうまく交流できるように組まれていた。最終的にはスーパーマーケットのような不特定多数が集まる場所で、不安に陥らないことを目指す。公共の場所で犬を扱うのも訓練だったけれど、もっと大事なのは自分自身や周りの人びと、この世界をもう一度信頼できるようになることだった。

初めて外出したときはバルボア・パークで宝探しをした。待ち合わせの場所に着くと、リコシェが駆けて行ってランディに飛びついた。前足を胸にかけ、真正面から抱きついて挨拶する。リコシェの頭をなでると、ランディの表情が明るくなった。

「よう、リコシェ。元気だったか？」

声も弾んでいる。リコシェに会っただけで、エネルギーを吸収したようだ。

このときもわたしの役目は後ろに控えて、万一の場合に備えることだった――そんな必要はなかったけれど。ふたりが並んで、次々とチェックポイントをクリアしていくのを見ていると、絆の深さがよくわかった。公園ですれ違ったら、微笑んでいただろう。わたしにしてもそうだけれど、ランディの混乱の深さを見抜ける人間はいないはずだ――たったひとつのトリガーで、暗い部屋に閉じこもり、何日も泣いて過ごすなんて。そうでなくても、今日のように外出して普通に過ごすだけで、あらゆるエネルギーが必要なのだ。一見するとランディは落ち着いていたけれど、内面では静かな嵐が荒れ狂っていた。でも今日は大丈夫だ。過去にとらわれていなければ、将来について悩んでもいない。無理に話したり、弁解したりする必要もない。リコシェと一緒の時間を楽しみ、まるごと受け入れられているのを感じ、無条件の愛と友情に包まれるだけでいいのだ。

それからの数週間で、ふたりの絆はいっそう強まった。ランディが温かくリコシェに接するのを見ていると、介助犬を飼っても問題ないだろうという気がした。バルボア・パークでリスに出会ったときも、うまく乗り切った。集中力を乱したリコシェを、ずっと一緒に過ごしてきたように落ち着いてたしなめたのだ。

ある日のクラスでは、参加者とボランティアが揃ってレストランに行き、テラス席で朝食を楽しんだ。わたしはリコシェに敬礼のやり方を教え込んだところで、ランディは皆の前でその芸当を披露して喝采を浴びていた。途中でランディがさりげなくＰＴＳＤのことを口にしたので、わたしもパニック発作に悩んでいた過去を打ち明けた。鍵もアラームも本当の意味での安心にはならず、リーナに出会うまで「安眠」なんて夢のまた夢だった。

「よくわかるよ」と言って、ランディがちらりとこちらを見てから、また朝食の皿に目を落とした。お互い、特に言わなくても似た者どうしなのはわかっていた。わたしの症状は、彼と比べたらはるかに軽かったけれど。騒ぎ立てたり、説明を迫ったり、質問攻めにしたりする必要はない。ランディはまだわたしに対して遠慮がちで、それは無理もないことだった。ＰＴＳＤの症状なのだ。そのときランディがベーコン数枚と卵を一口、ナプキンで包んでいるのが目に入った。テーブルの下で見上げているリコシェの取り分だ。

「リコシェに甘いのね」と、わたしはからかった。

「世話になっているんだから、お返しさ」

その言葉どおり、リコシェは親身にランディの世話をしていた。何回目かのセッションのとき、ランディは週明けに手術を受けたと口にしたけれど、それ以上のことは言わなかった。セッションの最中、息抜きにリレー競走が行われた。犬と一緒にコーンの周りを走りながら、部屋の反対側まで行って帰ってくるのだ。他の犬たちは走り出したのに、リコシェはためらいがちに数歩進んだだけで、ぴたりと止まってしまった。

ランディは戸惑っていた。リコシェはいつも従順だったからだ。わたしは「タッチ（触って）」と指示を出すように言った。この指示を受けた犬は数歩進んで、パートナーの手のひらに触れる。リコシェは言われたとおりにしたけれど、また数歩進んで固まってしまった。ほとんどの犬はもう戻ってくるところだったのに、リコシェは立ったまま、じっとランディを見上げていた。

リコシェが参加者のからだの痛みに反応するのは、海軍兵士のマリアの一件でわかっていたので、どこか痛むのかとわたしは聞いた。しぶしぶランディは認めたけれど、この程度には耐えるよう訓練されているという。ランディが自分から不調について口にしないので、リコシェがかわりに伝達役を務め、リレーに参加するべきではないと伝えていたのだ。ランディはリコシェの能力に感心したようだった。その信頼感が最後の課題——スーパーマーケットに行くときに、支えになるといいのだけれど。

やがてその日になり、わたしたちはスーパーの駐車場で待ち合わせた。ランディが緊張しているのはすぐにわかった。これまで外出したときは、リコシェがいれば不安も和らいだのに、今日はひときわ気が立っていた。いつもよく話してくれるのが嘘のように黙ったままで、びくびくして顔はこわばり、肩がいかっていた。

「妻がリコシェのためにベーコンを焼いたんだ」と言って、上着のポケットから包みを取り出す。「妻に言わせると、リコシェは犬の姿をした天使なんじゃないかと」

胸が熱くなった。リコシェのことも、わたしのことも知らない妊娠八カ月の女性が、早起きしてベーコンを焼いてくれたなんて。なんてやさしいのかしら。リコシェもそう思ったようで、塩味のきいたごほうびを数口でぺろりとたいらげてしまった。

「調子はどう？」と、わたし。

頭がずきずきするということだった。脳損傷と不安障害にはつきものだけれど、ランディは彼らしく、これくらい耐えられると言った。大きな心配は店の真ん中にある陳列棚の脇を歩くことで、左右の視界がさえぎられるので、ふいに現れる人びとにいやでもびくついてしまうという。

「外に出たくなったり、休憩が必要になったりしたら、いつでもそうしてちょうだい」と、わたしは言った。でも軍隊式の思考をする彼にとって、スーパーを出るのは失敗ということになるのだろう。どうしても課題をクリアしたかったのだ。

「わかった」と、ランディ。「始めよう。取りかかるんだ」

「リコシェがついているからね」と、わたしは言った。「支えてくれるわ」

ランディはかがみこんで、足元に座って見上げているリコシェをぽんとたたいた。

自動ドアが音を立てて開き、リードを短く握ったランディが、リコシェの後から店に入っていった。リコシェはクッションのような役割で、人が寄ってきたら、ランディのための空間を確保するのだ。

店の中を歩いていたとき、ふいにリコシェが足を止めて動かなくなった。台所用品の通路に差しかかったところで、顔を上げて何かを伝えようとランディの目をのぞきこんでいる。それがリコシェ流の警告なのはわかっていたので、わたしたちはメッセージを読み解きにかかった。通路の向こうに目をやると、人が大勢いる。前方が混みあっている、と警戒信号を発していたのだ。わたしたちは店の中をぶらぶらと歩き、ランディがひどく恐れていた中央のディスプレイの近くにも行った。それ以降も、人が集まっているなどランディにとって脅威となる状況があると、リコシェが必ず立ち止まって警戒をうながした。何度かそれが繰り返されるのを見て、偶然ではないとランディは理解した。危険やパニック発作の兆候を察したとき、そうしていたのだ。

「すごいな。リコシェは全部わかっているんだ」と、ランディが頭を振った。「足を止めて、『今行くのはよくないですよ。しばらく待って、準備ができたら行きましょう』と言っているんだ」こうして間を置くことで、リコシェが何に気づいたのか、立ち止まって周囲を確認できた。

ランディはかがみこんでリコシェをなで、妻が用意したごほうびを与えた。「えらいぞ、相棒！」

リコシェは顔を上げて、しっぽをぶんぶんと振った。

外に出たあと、成功おめでとう、とわたしはふたりに言った。課題を達成したのだ。ランディがほっと安堵の息をつく。リコシェを駐車場の裏に連れて行って一緒に走り、エネルギーを発散するのはどうか、とわたしは提案した。人間と同じように、犬も神経を使ったあとは息抜きが必要なのだ。

ふたりに追いついたわたしは、リコシェが根を生やすことについてどう思ったか、ランディにたずねた。いちばんいい方法とは思えなかったからだ。自分の介助犬を飼ったとして、リコシェが根を生やしたときのように、行動を阻止されるのをどう感じるだろう。犬には後押ししてもらうほうがいいのではないか。ランディの答えは明快だった。兵士というものは戦士で、痛みに耐えるよう訓練されている——何があっても任務を遂行するために。そのせいでとにかく無理をする傾向があるので、誰かに止めてもらわなければいけないというのだ。

今回もリコシェは、ランディが求めていることを正確に理解していた。

スーパーマーケットでの挑戦が成功したあとは、参加者全員でハンバーガーショップに行き、昼食を取りながらお互いを褒め合った。みんな冷静だったけれど、その場に集まった誰もが、犬たちと深い関係を築いたことを誇りに思っていた。

あいにく三歩進んで二歩下がるのが旅というもので、不運にもランディは壁にぶつかろうとしていた。セッションが終了した翌週、ベッキーが早朝にメールを送ってきた。

リコシェに会わせてもらえませんか？　ランディはひどい夜を過ごしました。

わたしは戸惑った。このプログラムは比較的新しい試みだ。力になりたいのはやまやまだけれど、プログラムを混乱させたり、誰かを厄介ごとに巻き込んだりはしたくない――軍隊にはルールと規律がある。セッション以外でランディと会うのが許可されるのかわからず、迷ったわたしはCICRプログラムのディレクターのキャロルに電話をかけた。

「やりなさい、ジュディ」と、キャロルがすぐに言った。「やりなさい。人を助けるには、誰が何と言おうとやらなくちゃいけないときがあるのよ」

リコシェを連れて近くの教会の駐車場に行くと、ランディが混乱しているのがひと目でわかった。顔がこわばり、ぴりぴりした空気を発している。リコシェが駆け寄って、いつものように抱きついた。ベッキーが娘を連れてあらわれ、ランディ自身が簡単に事情を説明してくれた。近所に引っ越してきた軍隊の友人が、昨夜ひどいフラッシュバックを起こしたらしい。喧嘩沙汰を起こし、入院する羽目になった。病院にはランディが付き添った。友人が血を流しているのを目にして、事の成り行きを聞いただけで、ランディはもう十分動揺していた。古い記憶がよみがえり、ここまでの自分の進歩に自信が持てなくなった。

ベッキーが駐車場の中を散歩し、娘の相手をしているあいだ、ランディ、リコシェ、わたしの三人は地面に腰をおろした。あらためてリコシェの助けは大きかった、もう一度プログラムを受講したいとランディが言った。まだ外の世界と向き合う準備ができていないのだ。それから心のうちを語り始めた。

「昔は外に出かけて、注目を浴びるのが大好きだったのに、今は人混みの近くに寄るのも耐えられない。不安になってしまうんだ。フラッシュバックやトリガーを経験すると、全身が反応してしまう。イラクに戻ったみたいだよ。動悸がめちゃくちゃに早くなるんだ」と、ランディ。「今では酒を一、二杯飲まないと眠れない。いや、三杯のときもある」

話の途中で、ベッキーがやって来て腰をおろした。あたりを探検している娘を注意深く見守っている。

「屈辱感もあるんだ」と、ランディが打ち明けた。「おれはPTSDを患っているが、同じようにイラクに行って同じものを目にしても、PTSDと無縁の人間もいる。自分がひどく劣っているように感じるんだ。他人を守るのが仕事なのに、自分のことも満足にできないなんてね」

話を聞きながら、ようやく心を開いて語ってくれてうれしい、とベッキーが言った。PTSDとは何か、夫がどんな状態にあるのか、初めて理解できたという。

そのときになってわたしは、ランディがたったひとりで重荷を背負っていたことに気づいた。自分の過去やPTSDについて、ベッキーにさえ打ち明けていなかったとは。出会ったばかりのわたしが事情に疎いのはしかたないとしても、妻でさえほとんど知らなかったのだ。今までベッキーは無言で見つめて、何が起きているのかいぶかり、なすすべもなく見守るしかなかった。ランディは物理的にはベッキーの隣にいても、精神的には遠く離れた場所にいた。残念ながらこうした孤立感はめずらしいことではなく、軍人家庭で離婚が多い最大の理由でもある。ランディとベッキーは離れ小島のようにばらばらに生きていて、チョコレート色の毛と瞳をした犬を架け橋にすることで、ようやくまた一緒になったのだ。ベッキーには夫のトラウマを消すことはできなくても、状況を理解することはできる。新しい一章が始まった。

夫妻の小さな娘が駆けてきて、無邪気な笑い声を立てるのを聞いていると、自分の子ども時代を思い出した。父はわたしに精いっぱいの愛情を注いでくれたけれど、薬物がすべてを狂わせてしまった。母は手続き上は結婚していても、子どもたちをひとりで育てたも同然だった。

この家族が引きずりかねない悪夢の連鎖を、リコシェが断ち切ってくれたのならいいのだけれど。ランディの子どもたちには恐怖にとらわれることも、わたしのように暗い秘密を抱えることもなく生きていってほしい。でも闇の中にひそんでいた悪魔はもう引きずり出したので、この先どんなことが起きようと、家族は一緒に闘っていけるはずだ。

時間が来たので立ち上がると、苦しんでいる他の帰還兵たちのために何かしたいとランディが言った。「PTSDはアルコール依存症やうつ病と同じなんだ。おれたちはだめな人間なんかじゃない。いろいろとつらい思いをしたが、病気との付き合い方を学べたら、また社会の役に立つ人間になれるだろう」

「必要なときはいつでもリコシェを貸し出すわ」と、わたしは約束した。「本当よ」

別れぎわにわたしたちは、PTSDという障害の理解を広めることと、軍人家庭をサポートするシステムの必要性を話し合った。自分がどんな経験をしてきて、どれだけリコシェが力になってくれたか、動画で発表したいとランディが言った。人前で話すのは抵抗があったが、似たような状況の人を助けられるなら意味があるだろう、と。動画で周知するだけではなく、リコシェのウェブサイトやフェイスブックを通じて、学習や支援のための団体を紹介するのだ。素晴らしいアイデアだし、ランディ本人にとってもいい兆候だと思った。わたし自身の経験から言っても、他人を助けることで自分も救われるのだ。

その夜、ベッキーからメールが届いた。「びっくりしたわ！　あなたとリコシェは、どんな魔法をかけてくれたのかしら。駐車場から帰るとき、夫は昔の彼だったわ。何日間も泣いていた、うつ病の兵士には思えなかった。本当にありがとう」

リコシェが目に見える変化を起こしているのは誇らしかった。わたしたちの動画が、ランディのようにひとりで苦しんでいる人の助けになってくれればいいのだけれど。

動画の撮影のためにスーパーマーケットに行った日、駐車場は混んでいた。リコシェが先を歩いて、どうやって店の通路を案内したかやってみせた。店に入るときには何度か足を止めて、ランディが気持ちを整理する時間を作った。それから数歩先を行き、テニスの試合を観ているように首を左右に振って、ランディにとって危険なものがないか目を配っていた。通路に不安の種があれば警告してもらえるとわかっていたので、ランディは落ち着いていた。店の奥に行くまで変わったことはなかったけれど、そこでリコシェが急に固まった。テコでも動こうとしない。普段よりもっと真剣に警告を発していた。

『タッチ』の号令をかけて」と、わたしはランディに言った。ランディが「タッチ」といえば、リコシェは前進して鼻で手のひらにさわり、また動き始めると思ったからだ。

ところがランディが号令を口にしても、リコシェはまったく聞いていないようで、ぴくりとも動かなかった。すっかり根を生やしてしまっているけれど、どうしたのだろう？　店の奥は空っぽだった。人もいないのに、なぜ警告を発しているのだろうか？　ランディが誘っても、リコシェは無視していた。わたしはいらいらしてきた。正直に言えば、リコシェの反抗が映像に残ってしまうのが、少し気に入らなかった。

数メートル前に出たときに、それが目に入った――リコシェはとっくに気づいていたのだ。二段になっている自転車の陳列棚の真上に、巨大な金属の足場が組まれていて、端から鉄骨が吊り下げられている。ランディは間違いなくこのトリガーに反応していただろう。イラクで軍用車両を運転していたとき、金属に頭を打ちつけていたのだから。でもどうしてリコシェはわかったのだろう？　ランディの経験や記憶、トラウマを見透かしていたのだろうか？　どちらにしても二本奥の通路にあって、視界から外れていた鉄骨になぜ気づいたのだろう？

「犬はかならず信頼しなければ」と、わたしは口に出した。今起きたことがまだ信じられない。介助犬のトレーニングにおいて、犬がパートナーの安全や安心を優先し、指示された行動を拒否することは、「利口な不服従」と呼ばれている。たとえば視覚障害のあるパートナーを誘導している盲導犬が、危険を察して立ち止まり、道路を渡るまいとすることがある。渡るよう命令されても、「不服従」で安全を守ろうとするのだ。リコシェは今まさにそれをやってのけたのだけれど、正式に教えたことはなかった。

人間は忘れっぽい。リコシェには本能の大切さと、動物に耳を傾ける重要性を教わったはずなのに、わたしはまた忘れてしまっていた。リコシェは懸命に伝えようとしていたのだ。「何かがあるから、ランディは行かせられません」

ランディが心の準備もなく足場を目にしたら不安に襲われ、フラッシュバックを起こしたかもしれないことを、リコシェはちゃんとわかっていた。それなのにわたしは耳を傾けようとしなかった。子犬のころ、何カ月もリコシェを無視したときと同じように。リコシェとの旅は終わりのない学びの連続で、いつも新しい発見がある。わたしは耳を傾けることを学んでいたけれど、撮影に気を取られて、視野が狭くなっていた。

「かならず犬を信頼すること」と、わたしは繰り返した。

リコシェは大事なことを伝えようとしていたけれど、あのとき見せたのはただの頭の良さではなかった。混じりっけのない、人間が見えないものを見る能力だ。あるいはもっと別のものかもしれない。わたしたちがまだ気づいていない、犬の能力。

金属の足場を見たランディは、口をぽかんと開けた。

「ジュディ、信じられないよ」と、頭を振りながら言う。「あの物体があらわれる手前で足を止めていたのは、リコシェがすべてをわかっているという証拠だ」腰をかがめてリコシェをなでる。「おれがいきなり鉄骨に出くわしたら動揺するとわかっていたんだな。パニックに陥ってしまうと。おれを守ってくれたんだな」

まだリコシェの感受性への驚きが冷めやらないまま、わたしたちは通路を歩き続けた。ランディはリコシェが一緒で落ち着いていたので、足を止めてサングラスの棚を見ることにした。棚のところで、ランディが指示を出した。「後ろに注意」

リコシェに特別に教えた行動で、後ろ向きに隣に座り、ランディがサングラスを眺めているあいだ、背後を見守っているのだった。リコシェが後ろを見張ってさえいれば、ランディは安心して商品を手に取ることができた。リコシェが立ち上がったり、すり寄ってきたりしたら、誰かが近づいてきたという意味だ。後ろを見張っていてもらうのは、ランディにとって非常にありがたいことだった。

サングラスの代金を払いにレジに向かうと、そのあたりはひどく混雑していて、長蛇の列ができていた。ランディが身を固くして、きょろきょろと出口を探しているのがわかった。リコシェの行動からも、ランディが出て行きたがっているのが伝わってきた。リコシェは最大級の警戒をしていた。レジではちょっとした動作に神経を張りつめ、少しでも危険があったら知らせようとしていたのだ。数歩前に立ち、クッションがわりになって、ランディに空間を与えていた。

帰りたければ帰ってもいい、とランディに言おうとしたとき、リコシェが振り返ってランディの足もとに伏せた。こうしたら誰もそばを通れない。いつもの体勢を崩して床に寝そべることで、ランディの空間を確保し、立ち止まって一息つくようにうながしていたのだ。リコシェは正しかった。会計を済ませるころ、ロビーの混雑は解消していた。三人で揃って店を出た。わたしはリコシェの能力にまだ驚いていた。

「リコシェはおれが自分で気づく前に、おれの感情を読んでいるんだ」と、ランディ。「安心感を与えて、『後ろを守っていますよ』と教えてくれる。おかげで不意をつかれるんじゃないかと心配することもない」と、語る。「止まったり警告を出したりするリコシェは、おれの戦友だ。イラクでは人間の友人が守ってくれた。今ではリコシェが後ろを見て、どこにも危険がないのを知らせてくれる。第二の目のようだよ」

次の週末、リコシェとランディは戦友からサーフィン仲間になった。ようやく一緒にサーフィンをする機会が訪れたのだ。砂浜ではESPNのカメラマンがリコシェを撮ろうとしていて、ランディがあらわれたころにはデイブ、パティ、わたし、ウェストの一家も揃っていた。

ウェットスーツを着たランディはウェストに声をかけて、この男の子と打ち解けるために、リコシェとサーフィンをするコツをたずねた。

「楽しめばいいんだよ！」と、ウェストが笑みを浮かべてリードを差し出す。

デイブと一緒に海に向かいながら、ランディは和やかに会話を交わし、安全の決まりについてひととおり教えてもらった。

「準備はいいか、リコシェ？」と、デイブ。

リコシェは次の波を待ちかねていた。

デイブがボードを押し出すと、ランディは一瞬バランスを崩したけれど、すぐに立て直し、リコシェのライフジャケットのハンドルにつかまった。波打ち際にたどり着くまで、満面の笑みを浮かべていた。リコシェがボードの前でバランスを取り、ランディは舵取りを担当して、しょっぱい水しぶきの中で左右に揺れるボードをコントロールした。浜辺にたどり着くと、さらに表情は明るくなった。ウェストも新しい友だちの成功がうれしくて、ぴょんぴょん飛び跳ねながら声援を送っていた。

「リコシェとあんなに簡単に波乗りができるとはね！」と、ランディが近寄ってきて言った。「のびのびと振る舞っているリコシェの姿は忘れられないよ。心がつながったのはもちろんだけれど、大好きなことをしている姿を見て、もっと距離が近くなったという気がする。いつもおれの都合に付き合わせているから、今度はリコシェの番だったんだな」

目の前にいる堂々とした陽気な男性は、十二週間前の無口で遠慮がちなランディとは似ても似つかなかった。

「犬とサーフィンしたから楽しかったんじゃない。友だちとサーフィンしたんだ」そう言ってランディは腰をおろし、リコシェの濡れた毛皮をなでた。

それからウェストにボードを渡した。「よし、ウェスト。きみの番だよ」そう言ってハイタッチをかわす。

浜辺で打ち解けたふたりの姿を見ていると、八歳の少年と帰還兵は一見何の共通点もないようで、実はよく似ていることがわかった。苦しみのない人間はいないし、中にはより大きな困難を抱えている人間もいる。声を上げられずにいる場合も多い。ある時期のランディとウェストは、それぞれ自分では抑えられない怒りに閉ざされて、心の痛みを表現する言葉を持ち合わせなかった。ふたりとも見えない敵と闘っていたのに、その敵が見えない周りからは、おかしな人間だというレッテルを貼られた。科学者や専門家の力が及ばなくても、リコシェには助ける力があった。いつどんな感情があふれようと、リコシェはひとりずつの望みを本能的に察して、無条件にそれを与えるのだった。

ランディとウェストは、いわれのないレッテルを貼られるという屈辱から立ち直った。恐怖に打ち勝ち、おそらくそのおかげでもっと強い人間になり、普通の人間には備わっていない理解と共感の力を手に入れて、今度はそれを他人に与えた。リコシェはわかっていた。会った瞬間から、他人を助けるふたりの能力に気づいていた。リコシェだけのやり方で、隠されていた感情の泉に触れ、他人に分け与えるよう導いたのだ。

波乗りはまだ続いていた。ランディはリコシェにつかまってバランスを取った――この数週間、リコシェのおかげで気持ちのバランスを取ってきたように。ふらつき、よろめきながらも、決して倒れないふたりを見ていると、イラクやアフガニスタンなどにいる何千人もの兵士たちのことを考えさせられた。母国を離れ、過酷で非人間的な環境に放り込まれて、どれだけ苦労しているのだろう。それでも今、ランディは豊かな海と自然のリズムに包まれている。銃声のかわりに波が砕ける音を、迫撃砲の爆音のかわりに風のささやきを聴いたことが、つらい記憶を忘れる助けになるのではないか。

ふたりの固い絆を見ていると――いたわりあい、リコシェはランディの小さな変化を見逃すまいとしている――ある思いが湧いてきた。ランディはわたしよりずっとリコシェを必要としている。自分の介助犬が手に入るまでに、六カ月以上かかるはずだ。

わたしはリコシェに目をやった。からだが不自由な人の介助犬としては資質に欠けるけれど、その点に問題がないＰＴＳＤ患者なら警告を発するという能力も生かせるし、理想的かもしれない。

その場ですぐにリコシェを渡さなかったことで、罪悪感に襲われた。こんなにランディが信頼しているのに、どうしてすぐ譲ってあげないのだろう？　わたしはリコシェを心から愛していたけれど、「わたしの犬」ではないのはよく知っていた――みんなの犬なのだ。

ランディがあれほど必要としているのに、わたしの手元に置いておくのは身勝手に思えた。けれど冷静な自分が、感情的になってはいけない、リコシェはもう六歳だと告げた。ランディに譲ったところで、新しく介助犬を飼った場合より仕事ができる期間が短くなってしまう。ランディが求めているのは、できるだけ長いあいだ働いてくれる犬だった。

そう気がついても、まだわたしは葛藤していた。やがてランディが「ＰＴＳＤと共に闘って」と題した動画のインタビューを受ける日がやってきた。

「リコシェはおれを救ってくれた」と、カメラに向かってランディは言った。「リコシェに会うまで、おれは死を考えていた……」

合図があったかのようにリコシェが寄っていって、前足を膝に乗せ、ランディの顔をなめた。リーナと違って、あまり人をなめたがらないはずなのに。

「ランディ」と、わたしは声をかけた。「いつもより緊張している？」

とても緊張している、とランディが白状した。一見落ち着いていても、リコシェの行動を見ていると、神経が張りつめているのがわかった。リコシェは自分にできる唯一の方法で、ランディをなだめようとしていたのだ。注意をそらし、一息つく時間を与え、焦らないように導く。ランディは深呼吸をして、話を再開した。

「イラクに派遣されたのは同時多発テロの後だったので、何が待ち構えているかはわかっていた。それでもまだ世界には希望があると信じていた。だけど日が経つにつれて、誰も信頼できなくなっていった……つらいことだよ。生きる希望がなくなるんだ。少なくともおれにとっては、そうだった。夢を見るようになったのは、あの爆発の夜からだ。ベッドに横になって、自分の行動を何度も振り返った。あの運転手を救うために全力を尽くしただろうか？　おれが何かをしたから、あるいは何もしなかったから、彼は死んだのだろうか？　今となっては、命を救うすべがなかったのはわかる。おれはできることをした」ランディは息をついた。「アメリカにいても、彼は死んでいただろう。だがＰＴＳＤのもっとも憎むべき点は、愛する人びとを傷つけてしまうことだ。おれは決してそんなことをしたくない。リコシェは出会った瞬間から、おれを理解してくれているのがわかった。たくさんのセラピストに心を開けと迫られたが、リコシェの前では自分の過去を打ち明けなければいけないとは思わなかった。話をしなくてもよかった。大切なのはその瞬間を楽しむことで、昨日を後悔したり、明日を思い悩んだりする必要はなかった。リコシェはおれの気持ちを理解して、寄り添ってくれたんだ。どん底のおれでもこんな関係が築けるのだと思うと、未来への希望が湧いてきた」

カメラが回り続けていたので、リコシェがどうやって警告を発するか説明してほしいとわたしは頼んだ。話を聞いているうちに、口を挟まずにいられなくなった。ふたりの強い絆と、トリガーの危険があるものに注意するリコシェを見ていると、リコシェを譲るのが正解なのではないかと思う、と。

ランディが笑みを浮かべた。「おれもそう思ったよ。うちの奥さんに、リコシェを介助犬にしたいと言ったこともある」

わたしたちは、同じことを考えていたのだろうか？

「でも、おれの介助犬になるのがリコシェの使命ではないとわかったんだ。何百万人を救うためにこの地上に遣わされたんだからな。誰かひとりのためじゃない。リコシェに会ったのは、神さまのお導きだと思ったよ。リコシェは偉業を成しとげるためにこの地上に遣わされて、ちゃんと期待に応えている」ランディは続けた。「リコシェはただの介助犬じゃない。それをはるかに超えた力を持っているんだ」

リコシェは床にあおむけになって、存分におなかをなでてもらった。

「苦しんでいる帰還兵たちに言いたい。人生にはまだ価値がある。昔と同じというわけにはいかなくても、いつか楽しい日々が戻ってくるんだ。心の平穏を取り戻すきっかけがサーフィンなのか、ハイキングなのか、犬なのか、それはわからないが、きっと喜びは戻ってくる。その場所は必ず見つかるんだ」

動画をフェイスブックに投稿したその日、ランディの家の電話が鳴った。戦場で一緒に過ごした、長年の親友のひとりだった。動画を観て、自分もこのあいだ自殺未遂をしたと打ち明けてきたのだ。ランディと同じ苦しみを味わっていて、まったく同じ理由で誰にも話ができなかったという。

ふたりは三時間話をし、感情を吐露したランディの親友は、癒しのプロセスを歩み始めることができた。動画の投稿がなければ、きっと連絡を取っていなかっただろう。

ランディは正しかった——神が手を差しのべたのだ。自分が受けた善意を「ペイ・イット・フォワード」した結果、兵士がひとり救われた。ランディのようにPTSDを抱えた元兵士は、六十五分に一人自殺している。ランディはイラクであの運転手を救うことはできなかったけれど、母国に帰ってからひとりを救い、動画を観て〈共にPTSDと闘う〉と題されたウェブサイトを訪れる多くの人を救った。きっと彼らは闘い続ける理由を見出すだろう。

リコシェに背中を押されて、フンディはすっかり変わった。暗い部屋にひとりでこもっていたのが、リビングで幼い娘と遊び、カウチではなくベッドで眠れるようになった。調子のいい日と悪い日があったけれど、もうひとりで闘う必要はなかった。アメリカの土を踏んで五年後、戦友のリコシエに助けられて、ようやく真の意味で帰還したのだ。心とからだ、魂がよみがえった。ランディは誇り高く勇敢な男性だけれど、リコシェは彼が本当に必要としていたもの——自由をもたらしたのだ。

第16章 聖なる旅

「人生の意義とは才能《ギフト》を見つけることだ。
人生の目的とは、そのギフトを他人に贈ることだ」
——パブロ・ピカソ

毎年の八月二十日、リコシェとパトリックが初めて一緒に波乗りをした日に、わたしたちはパトリックと記念の波乗りをしている。けれど二〇一三年はサーフィンのかわりに、数日後に予定されたサンディエゴ・パドレスの野球の試合に向かった。

ＥＳＰＮで放映された特集を観たパドレスのオーナーがリコシェとパトリック、イアンを始球式に招待してくれたのだ。気前のいいことに、わたしには観戦チケットを百枚くれた。もちろん、今までにリコシェと波に乗ったすべての人たちと、彼らのきょうだいや両親を招くことにした。いつも協力してくれる、ルパーやボランティア、リコシェとわたしが遠出しているあいだリーナの面倒を見てくれた人たちも。一言でいえば、リコシェの仕事を支えてくれた人すべてだ。

パドレスのファンがペトコ・パークを埋め始めたころ、ランディとベッキーも子どもたちを連れて到着し、人の波を縫って通路を歩いていた。今晩、これほど混みあった場所に出かけると決めたのは、ランディにとって大きな挑戦だった。ベビーカーをクッションがわりにして、目の前の人びとに近づきすぎないようにしていた。ベッキーは夫がハンドルをきつく握っているのを目にした。緊張しているときのしぐさだ。

「あなた、大丈夫？」と、ベッキーがたずねた。

「リコシェに会えば落ち着くさ」と、ランディは答え、ふたりは席を探しに行った。

ランディとベッキーが人混みをかきわけていたころ、〈ポージティブ・チーム〉のボランティアのパティも到着して、一度ビーチで会った海軍のマリアの姿を目にした。人混みが苦手なのか、居心地悪そうにしている。パティは手まねきした。「一緒に行きましょうよ」と、声をかける。「席を探しに行きましょう」

続々と招待客が到着した。それぞれユニフォームに身を包み、海で知り合った仲間と野球場というまったく違う場所で会うのをおもしろがっていた。

パトリックはハンサムで堂々としていた。今では映画学を専攻する大学生になっていた。妹のサマンサと母親のジェニファーに付き添われて、車椅子の上で胸を張っている。イアンが妹のローレンと弟のルークを連れて、パトリックの隣にやってきた。すっかり背が高くなり、肩幅も広くなって、前に会ったときからずいぶん成長したようだ。

パドレスのユニフォームを着たパトリックとイアンは、リコシェとインフィールドに並んで、誇らしげな笑みを浮かべた。リコシェは行儀よくふたりのあいだに座った。ロイヤルブルーのパドレスのユニフォームを、ふわりと着こなしている。

群集がスタンドの上の巨大スクリーンを見つめた。イアンとパトリックの生い立ち、家族の苦難、リコシェとのサーフィンを通して回復したことが紹介される。

予定ではイアンとパトリックがそれぞれ一球ずつ投げて、そのあとリコシェがホームベースまで走っていくはずだった。暴力に「ストライク」を宣告するという意味だ。週の初めに射殺されたオーストラリア人の野球選手、クリス・レーンを悼んでのことだった。フィールドで待っていると、パドレスのキャッチャーのレネ・リベラが、パトリックの球を受けようと腰を落とした。そのときリコシェがゆっくりと、けれど確かな足取りでリベラのもとに歩いて行って、鼻をすり寄せた。リベラは微笑んで、やさしくリコシェをぽんとたたいた。リコシェはそのままリベラの横にいた。

その様子を見ていた観客は、リコシェの行動の大きな意味に気がついたのではないだろうか。クリス・レーンはオーストラリアの大学チームでキャッチャーだった。リコシェは知っていたのかもしれない。そのままキャッチャーの隣に居続け、リベラは体勢を整えてイアンとパトリックの球を受けた。

アナウンサーが「プレーボール」と宣言したとき、わたしは今日という記念日に、また偶然が作用していたのに気づいた。パドレスの対戦相手はわたしの故郷のチーム、シカゴ・カブスだったのだ。シカゴから出発して、ずいぶん遠くまで来てしまった。

リコシェと旅を始めたばかりのころは、目の前で起きていることをあらわす適切な言葉が見つからなかった。なにせ普通ではなかったのだ——あまりに強力で、善意にあふれ、わたしの日常とはとうてい釣り合わないほど純粋な何かだったから。魂の目覚めを経験しているようだった。

最後に言葉など与えられないことに気づいた。わたしにそんな権限はない。皆がそれぞれ、神、宇宙、魂、愛、大いなる力など、呼びたいように呼んでいる。ひとつの名前をつけるよりは、空白のままにして各自で解釈するほうがいいだろう。自分自身の信念、あるいはわたしの旅のどこがもっとも心に響いたかによって、呼び名をつければいいのだ。

わたしが自分の経験にいちばん近いと思うのは、アメリカの神話学者ジョゼフ・キャンベルの解釈だ。聖なる呼びかけのもと魂の旅に出て、自分の幸福を追求することを、キャンベルは「英雄の旅」と呼んでいる。喜びを追い求めていれば、閉ざされていた扉が開き、めぐり逢わせや何かのしるし、先人、ミューズが道を示してくれるのだ。

残念ながら多くの人間は、この呼びかけに耳を傾けようとしない。正確に言うなら、日々の暮らしの雑音のせいでまったく聞こえなくなってしまうのだ。耳を傾け、旅に出る勇気を持つ人間は次々と試練に遭う。おじけづくこともあるだろう。けれど勇気を持って苦難に耐えていれば、新しい世界に足を踏み入れられるのだ。闇から光へと導かれ、普通の存在から特別な存在に変身する。そのあとは今までの生き方では満足できず、優れた能力を使って周りの人びとに手を差しのべ、世界を変えたいと思うようになるのだ。リコシェのおかげでそのことに気づいた。

大きな不幸に見舞われると、たいていの人間が悲しみや絶望、怒りにとらわれて、機会の訪れを逃してしまう。たくさんの親しい人を失い、心を閉ざしたわたしがまさにそうだった。けれどもっとも苦しいときこそ、自分の中の想像もしなかった強さを引き出すことができるのだ。悲しみに食い尽くされる人がいる。悲しみをバネにする人がいる。イアンのおばのメリッサがその例だ。親友でもあった姉を悲惨な事故で失ったあと、天の呼び声に応えて、姪と甥たちを我が子として育てた。姉を亡くした痛みは消えなくても、生きる新たな喜びを見出し、イアン、ローレン、ルークに豊かな人生を与えたのだ。

苦しみを何とも思わない人間はいない。不運にも、周りより多くの苦しみに見舞われる人もいる。けれど強さを備えた人間にとっては、人生の不幸は飛び石のようなもので、それぞれが内面の旅の中でその石の上を歩まなければいけないのだ。試練は強さと知恵、そして何より共感と理解を培う機会になり、他の人間の痛みに寄り添い、必要なときは支えてやれるようになる。

子どものころから、わたしは人の役に立ちたかった。当時からわたしの魂はもう旅を始めていたのだ。けれど成長する途中で、激しい恐れとネガティブな思考にとらわれ、心に鍵をかけて世界に背を向けてしまった。困難な時期ほど自分の目的を見定めるチャンスなのだと、今のわたしにはわかる。

動物も人間も、自分にしかできない使命を持って生まれてきているのだ。リコシェのように世界中の「生徒たち」を教え導く場合もあるし、リーナのようにたったひとりを救うために生まれてきた場合もある。どちらも同じように尊い。

新しい光が加わるたびに色と形を変える万華鏡のように、人間にはそれぞれの輝きと役割がある。人と違っているところこそが特別なのだ。情熱を育み、鳥を追うリコシェのように、それを大切に抱えて走り続けなければいけない。リコシェにしてもサーフィンのときは集中しているけれど、浜辺にたどり着くなりボードを飛び降りて、鳥を追いかけていったりするのだ。別にいいではないか。わたしたちはリコシェのそんなところも愛し、この世にたったひとつの魂を守りたいと思っている。

自分の本当の魂を大切にしなければいけない。使命を果たせるかどうかは、自分らしさを貫けるか、計算なしに心のままに動けるか、その点にかかっている。単純なように聞こえるけれど、なかなか気づかないものだ。多くの人びとは、本当に生きることなく人生を終えてしまう。苦しみや痛みにさいなまれて、うつ病や薬物依存症になったり、自殺しようと思うことさえある。まさに負の連鎖だ。わたしもそんな人間だった。そのままで終わっていたかもしれない。父のように恐怖をアルコールや薬物でまぎらわし、環境や育ちのせいにしていたかもしれない。けれどわたしには、リーナとリコシェに会うという幸運が訪れた。おかげで目と心が開き、大いなる力を素直に受け入れられるようになった。

多くの人間が周りに応えようとするあまり、自分ではない何かになろうとしてしまう。誰しも自分に対する期待があり、愛する人たちの期待を背負っている。目標、そうありたいという理想、頑張れば実現できそうなこと。けれど自分の意思を曲げてまで、誰かの計画に従おうとすると、必ずどこかでゆがみが生じる。自分が何をするべきか、指図できるのは自分以外にいない。

キャンベルが言うように、森の中で踏みならされた道を歩いているとしたら、それは自分の道ではないのだ。平坦な地面を行くのは、誰かが拓いた道を歩いている証拠だ。自分の好きなこと、自然体でいられることをやっているときこそ、真の目的に近づいているのだ。

本当のリコシェを受け入れたとき、わたしは何よりも素晴らしい結果を手にした。コントロールするのをやめると魂が自由になり、新たな人生の扉が開いた。リコシェはわたしに、流れに逆らわず生きることの尊さを教えてくれた。

今ならよくわかる。わたしは自分の人生をコントロールしようとしてきたけれど、結局それは幻想に過ぎないのだ。思い通りにできることなんて何ひとつない。簡単なようでいて、わたしにとっては未知の考え方だった。自分の中の恐怖と向き合い、抵抗をやめて波まかせに生きるしかなかった――けれど、そうやって安全圏を出たのだ。

受け身になるのは妥協でも怠けでもない。人生がどこに向かっていくのか、流れをそのまま認めることだ。コントロールできなくなったり、計画通りにものごとが進まなくなると、たいていの人は怒ったり、いらだったりする。たとえばセーリングしていたとき、風にあおられてきて、細部まで計算していたルートから押し流されてしまったとしよう。たぶん怒りの感情が湧いてきて、地団太を踏んだり、流れに逆らったりするだろうけれど、そうではなくて今いるべきところにいるのだと思えばいい。時に人生の潮流は、わたしたちを見知らぬ奇妙な場所に運んでいく。受け身になるのは流れに任せ、風がよりよい場所に連れて行ってくれると信じることなのだ。

ものごとがうまくいかないのは、最初からそうなっていなかったからだ、とわたしは思うようにしている。不思議なことにコントロールをやめた瞬間、わたしの人生はもっと豊かになった。

人生で痛みと喪失を味わったにもかかわらず――あるいは、まさにそのおかげで――なぜこれほど多くの愛する人と別れなければいけなかったのか、これほどつらい思いをしなければいけなかったのか、理解できるようになった。子どもを持つといった選択肢もあったかもしれないけれど、そうしたらリコシェがたったひとつの使命を達成する手伝いはできなかっただろう。メリッサの言葉を借りれば、わたしの人生にはそれだけの「余裕がなかった」はずだ。わたしは自分の幸福を見つけ、目的を見つけた。自分の人生とここまでの道のりには満足している。来たかった場所はここだとわかっているからだ。

ただ大いなる力を信じるようにしただけで平穏が訪れ、何年間も閉ざしていた心が開いた。無理に何かを起こすのをやめて、人生の呼びかけを待つようにしたら、たくさんのめぐり逢わせや奇跡が起きた。多くの偶然に出会ったおかげで、人生はあらかじめ定められていて、神さまや人びと――そして動物――は、はっきりとした目的のもとにあらわれるのだと思うようになった。

リコシェがわたしのもとにあらわれたのは、互いを必要としていたからだ。どちらが欠けても、この旅は成り立たなかった。そして信頼というものがなければ、旅は始まっていなかったはずだ。

バットの打撃音が、わたしを現実に引き戻した。フィールドに目をやると青いユニフォームを着た選手が数人、ベースを猛スピードで回っている。ちょうどそのとき、打ち上げ花火が炸裂してパドレスのホームランを告げた。

リコシェが落ち着きなく視線をさまよわせて、ぶるぶる震えだした。背中をなでると、手のひらに振動が伝わってくる。ランディがあの音に反応したら、どうすればいいのだろう。ドカンという大きな破裂音の連続は、イラクでの記憶を鮮明に呼び覚ますはずだ。ところがランディにはびっくりさせられた。手を伸ばして、リードを握ったのだ。

「ほら、大丈夫だよ」と、やさしく声をかけて、背中をさする。

リコシェは恐ろしい音の出どころを探すのをやめて、ランディをじっと見つめた。小さなやりとりに、途方もなく大きな意味がこもっているのがわかった。リコシェが助けられることで、ふたりの立場は逆転したのだ。いつもリコシェが守るほうだったけれど、今晩は反対だった。ランディが差し出したソーセージを、リコシェがうれしそうに食べるのを見ていると、頬がゆるんだ。ランディはリコシェを気遣うことで、自分の不安をかき消したのだ。癒しへの新たな一歩だった。

ここでもわたしは、人生の奥深さを垣間見た。愛とやさしさは種の壁を越える。思いやりがひとつの魂から別の魂に受け渡され、人から人へ、人からペットへと連鎖する……今夜ここに集まった人びとは年齢も異なり、それぞれの人生の旅の異なる段階にいたけれど、すべての人生がわたしとリコシェのふたりと深く結ばれていた。

たとえ憧れた自分の家族を手に入れたわけではなくても、わたしには家族がいた。愛情に満ちた大家族。今のわたしには、善意と共感する力にあふれ、人を助けようとしている仲間が大勢いる。デイブや、海の中でリコシェを支えてくれるヘルパーたちとは、魂の次元でつながっているのだ。無名の英雄である彼らがいなければ、リコシェは仕事ができなかった。わざわざ週末や休暇の時間を使って、犬とサーフィンをしてくれるのには頭が下がる。家族や友人と遊びに行けたかもしれないのに、海の中で深い愛とやさしさに満ちた心でハイタッチをかわし、子どもたちを勇気づけているのだ。

ヘルパーに囲まれていると、海と人助けに対して持っている情熱を感じられた。誰もが他人を第一に考えて、強い意思をもって生きている。自分の仕事を誇りに思っているのだ。水の中では、他人の幸せを支えることだけが大事なのだ。そして、そこから生まれる純粋な喜びに浸る。大勢の人びとがいっさいの計算抜きで、共通の目的のために集まり、どれほど影響力を持つのか気づかないまま、素晴らしいことを達成する。目的が純粋な心から生まれていなければ、これほどの歓喜は起こらないのだ。

よくわたしがリコシェを動かしているといわれるけれど、それは違う。すべてはリコシェの力だ。わたしはたったひとつだけ正しい判断をした――ありのままのリコシェを認めること。自分らしく振る舞うことを認めたとき、リコシェは自分にしかない能力で人を助けるという、大切な使命を教えてくれた。こうして次々と扉が開いた。

リコシェは無条件の愛、無垢、純真、受容のまなざしで世界を見ている。純真な心で動いているからこそ、世界の悲しみや、人が陥りがちな恐れやネガティブな思考から無縁でいられて、存在しているだけで人を変える力を持つのだ。

リコシェには大事なことを教わり続けている。ただ心がつながっているからだけではなく、新しい人びとに会えるのだ。わたしはよく「次の予定は？」と尋ねられる。でも無理なコントロールをやめた生き方のせいで、長期的な計画はない。起きるべきことが起きるのを待っている。メッセージはいろいろな形でやってくる。メールで届いたり、フェイスブックにコメントが載ったり。ふと考えが湧いてきたり、直感が教えてくれたりもするし、リコシェの本能的な動作を見るだけでわかることもたくさんある。一見ランダムなつながりは、いつの間にか次の一歩となり、やがて何もかもがおさまるべきところにおさまるのだ。

リコシェがしっかりと教えてくれたのは、たとえ世界が危険な場所だったとしても、善意を信じ、いいことが起きるのを待つことだ。「たぶん」ではなく「かならず」。

今日の自分の姿は思い描きもしなかったけれど、リコシェの保護者として選ばれ、たくさんの活動を支える役割をもらったことには感謝している。大切なのは、たとえ地平線がくっきりと見えなくても、広大で謎に満ちた人生という場所に分け入ることだ。以前は霧やもやに見えていたものも、今のわたしには無限の可能性に見える。

シカゴでの日々からどれほど遠くまで来たか、まだ物思いにふけっていると、誰かが肩をたたいて試合の終了を教えてくれた。デイブだ。いつもの静かな口調で、深い言葉を口にした。

「驚いたな、ジュディ」と、周りを見回して言う。「こんなに大勢を助けたとは」

胸が熱くなって、すぐには答えられなかった。かつては他人で、今は家族同然となった人々を見つめる。

「どうやらわたしたちは、変化を起こしたようね」

『素晴らしき哉、人生！』の守護天使クラレンスのように、デイブはわたしたちが触れた多くの人々を見せてくれていたのだ。わたしたちは永遠の戦友だった。

リコシェに目をやると、ランディの膝にすっぽりとおさまっていた。わたしは微笑んだ――

「丸い穴に、四角い杭はおさまらない」

レッテルを貼られるのを拒否した犬。

わたしを広い世界に連れ出し、自然体を貫きながら、たくさんの人生を変えた犬。

素晴らしい人生だ。この先、どこに道が続いているかはわからないけれど、リコシェについていこう。目的地にたどり着くまで支えると約束したのだから。

月の引力が海水を盛り上げ、やがて波を生むように、リコシェのメッセージはいつまでも消えないだろう。その精神は波の中だけではなく、今まで触れた人々の心と魂の中に生き続ける。

エピローグ──最高の波に乗って

「波を思い通りにすることはできなくても、
サーフィンをすることは学べる」
──ジョン・カバット・ジン

わたしたちがパドレスの試合で始球式に挑んでいたころ、四千キロ近く離れたフロリダ州アポップカでは、アコスタ家の人びとが夕食の席についていた。家族と手をつないで恵みに感謝しながら、父親のクリントン・アコスタは祈った。「父よ、あなたの慈しみに感謝してこの食事をいただきます。わたしたちの心と体を支える糧としてください。この食事がケイレブの癒しとなりますことを。主イエス・キリストの御名において。アーメン」テーブルの向かい側にいる長男に目をやる。これから六週間に渡る化学療法が始まるところだった。代われるものなら、代わってやりたい。息子が闘いに勝って治療が終わったら、そのときは家族でお祝いをして、つらかった数カ月を過去の記憶にするのだ。

ここ数週間は霧の中で過ごしていたようだった――世界でいちばん恐ろしい霧だ。始まりは六月、十五歳になったケイレブがろうそくを吹き消した直後だった。学校が終わり、ケイレブは心待ちにしていた夏休みを、どこにでもいるティーンエイジャーのように過ごし始めた。ふたりの弟とｗｉｉやＸｂｏｘで遊び、教会のデイキャンプでカウンセラーを務め、オートバイに乗る。そんな息子の頭が痛いという訴えを、母親のキャシーは最初聞き流していた。偏頭痛は一家の持病で、ケイレブも例外ではないというわけだ。

ところがある土曜、ケイレブは教会でひどい頭痛と吐き気に襲われた。がまんできないほどだったので、ロビーのカウチに横になって休んだ。礼拝が終わったあと、一家は祖父母の家で安息日の食事を楽しんだけれど、ケイレブは午後ずっと寝ていた。まったく彼らしくなかった。祖母の手料理には目がなかったからだ。この間も頭が割れそうだと言って寝込んでいたことを、キャシーは思い出した。何かがおかしかった。医師という職業柄、いやな予感がしたけれど、ひとりの母親としても不安を覚えた。かかりつけの小児科医を訪れると、すぐにＣＴスキャンを撮ることになった。何でもありませんように、とキャシーは心から祈った。

母親が結果を待っているあいだ、父親はストレスを発散できるよう、兄弟を近くの遊園地に連れて行った。ダニエルとジェイコブは、ジェットコースター「マンタ」の列に並んでいるところを写真に撮ってもらった。列の先頭に向かってゆっくりと進みながら、ジェットコースターに乗って左右に揺さぶられ、急降下する人びとの悲鳴を聞いていると、不安と期待が胸の中で混ざり合うものだ。クリントンはいつしか、検査の結果を待つ感覚と重ねていた。けれどジェットコースターは安全だ。本当に危険な目に遭うことはない。一家を待ち受けているものは、そうとはかぎらなかった。クリントンは表情を引き締めて、最善の結果を祈った。通路をのぼって先頭に出ようというとき、携帯が鳴った。どんな親でも決して聞きたくない知らせだった。

ジェットコースターが轟音を立て、悲鳴が響く中で、クリントンは携帯電話に耳を押しつけた。手が届くほど近くで笑みを浮かべている息子について妻が何を言おうとしているのか、受け止める準備はできていなかった。

「画像に何か映っていたらしいの」と、キャシー。「腫瘍か、あるいは動脈瘤」どちらも予期していなかったし、理解したくもなかった。

クリントンは唾を飲みこんで、息子に伝える言葉を必死で探した。隠しごとはしない親子だったので、結局そのまま告げることにした。ケイレブの答えはこれだけだった。「じゃあ『マンタ』に乗れないの？　三十分も待ったんだぜ！」

「マンタ」はお預けだった。

ケイレブは家族に付き添われて近くの画像検査センターに行き、ＭＲＩ検査を受けた。不幸にも最悪の結果が出た――腫瘍があったのだ。それでも一家は望みを捨てなかった。現代医学と全能の神は強力なコンビだ。ケイレブの年齢と全身の状態を考えれば、克服できる病気のはずだった。手術に危険はつきものだけれど、きっと大丈夫だと一家は信じていた。

七月二十九日の月曜、ケイレブは手術室に運び込まれた。それまで入院したことなどなかったので、現実に圧倒されて涙がこぼれた。神経を静めるために、医師がすぐさま麻酔を注射した。

「十数えてほしいんだ。いいかな?」と、麻酔医がたずねた。

「いち、に……」と、ケイレブ。「さん……」

「じゅう」まではたどり着かなかった。目を開けると、さっきと違う部屋にいた。八時間も眠っていたのだけれど、本人にとってはまばたきするほどの時間だった。

ようやく意識がはっきりしてきたケイレブに、手術はできなかったと両親は告げた。最後の最後にスキャン画像についての話し合いが行われ、その日の手術はリスクが高すぎるので、さらに検査をすることになったのだ。

あっという間に時間が経っていたことをまだ不思議に感じながら、ケイレブは母親の説明を聞いた。「それが天国に行くときよ。目を閉じて、次に目を開けたらイエスさまのお顔が見えるの。目を閉じていたのが一年なのか、百年なのかはわからない。本当に一瞬のようで、次にはイエスさまのお顔が見えるのよ」

二十四時間も経たないうちに、ケイレブはまた手術室に入った。今度こそ手術だった。ストレッチャーで移動しながら、ケイレブは手を伸ばし、語りかけた。「母さん、愛しているよ。父さん、愛しているよ。おばあちゃんに愛していると伝えて。ダニエルとジェイコブにも」

母親はやりきれない気持ちになった。別れの挨拶のように聞こえたからだ。なんとかその考えに蓋をして、ケイレブが大切な人たちを思いながら運ばれていくことに、少しだけなぐさめを覚えた。

手術室に入っても、ケイレブは以前ほどおびえなかった。前日に予行演習を経験していたからだ。それでも滅菌された部屋を見渡すと——ビーと音がする機械が並び、手術衣の医師たちが動き回っている——現実がのしかかってきて、涙が流れた。ケイレブは目を閉じて祈った。

ひとりで祈る必要はなかった。ケイレブが動揺しているのを見て、看護師三人と麻酔医が、一緒に祈ろうと言ってくれたからだ。ほんの少しのあいだ、機械も医学用語も気にならなくなった。全員が頭を垂れて、天の偉大なる医師に祈り、助けを求めた。ケイレブはいちばん好きな賛美歌『主はここに』をそっと口ずさんだ。

麻酔医がケイレブに十数えるよう言った。

「いち……に……さん」と、ケイレブ。「よん」までたどり着いたとき、からだを抜け出すような感覚が訪れて、ケイレブは上昇していた。

手術台を見下ろすと、その上に寝ている自分が目に入り、髪の毛を剃っている看護師もよく見えた。青い手術衣の医師が、最初のメスを入れようとしている。ケイレブはさらに上昇した。突然、あたりが真っ白になった。


ケイレブは背の高い男性の隣に立っていた。

「あなたは誰？」と、たずねた。「イエス・キリスト」という答えだったけれど、本当は最初からわかっていた。神々しい光に包まれていたからだ。

「ぼくは死んだのですか？」と、ケイレブは思わず口に出した。

「そうではない」と、キリスト。「これはただの幻視だ」

幻視でも夢でもいい。ケイレブは罪の告白を始めた。

「あなたの罪は赦された」と、キリストが言う。

急にケイレブのからだが軽くなった。キリストが一緒に来るように言う。目の前に父と子と、大きな白い鳩のかたちをした聖霊があらわれ、ケイレブは安らかな気持ちで満たされた。

「おまえは目を覚ますのだ。忘れるな、ケイレブ」と、神の声が言う。「何も心配することはない。心配することはないのだ」

身を引き裂かれるような長い八時間、アコスタ家の人びとは寝ずに待ち、友人やその家族は病院や近所の教会で待った。そうしていると、覚悟をしておいたほうがいいという主治医の言葉が思い出された。「記憶と言語に障害が出るかもしれません。目を覚ました彼が皆さんを思い出せなかったり、口が利けなかったりしてもショックを受けないように。手術を受けると、よくそうなるのです」

日が傾き、病室の壁に落ちる影が長くなった。アコスタ夫妻は息子の意識が戻りそうなのに気づいた。ケイレブが目を開ける。「母さん、愛しているよ。父さん、愛しているよ」ちゃんと覚えていた！　話もできる！　両親は息子を抱きしめた。キャシーにとって、こんなに息子が愛しいのは初めてだった。生まれたその日以来、これほど完璧な存在に見えたことはない。身をかがめて肌に触れ、匂いをかぎ、すぐそばにいることを確かめた。

「ねえ、母さん」と、ケイレブ。まだもうろうとしていたけれど、うれしそうだった。「夢を見たんだ。夢の話をさせて」クリントンとキャシーは夢の話を敬虔な気持ちで聞き、無事に手術が終わったことにも感謝した。両親の顔がわかるし、話ができて、内容にもちゃんと筋が通っているのだ。ふたりは手術にあたった医師たちと、腫瘍を摘出する難しい治療のあいだお守りくださった全能の神に感謝した。

しかし喜びとは裏腹に、手術は厳しい現実を突きつけてきた。腫瘍は膠芽腫《こうがしゅ》と呼ばれる悪性度の高いもので、進行が速く、既にステージⅣの段階だったのだ。手術ですべて摘出することができたけれど、六週間に渡る化学療法と放射線療法が必要だった。しかしそんな知らせを受けても、ケイレブはまったくうろたえなかった。何も心配することはない。手術の前、鎮静剤を投与されていたときはぼんやりしていたけれど、人生を変える幻視を見たのだった――自分の内と外をすっかり変えた幻視を。

それからの数週間、ケイレブは術後のからだで治療に耐え、両親は息子のまわりにオーラを見た。最初にそれを口にしたのはキャシーだった。「ケイレブは変わったわ……光が見えるの。顔にあらわれているわ。あの子は前と違う」その通りだった。

ケイレブは静かな自信に満ちていて、笑顔を絶やさなかった。弟たちと一緒にいるときも、どこか違っていた。彼に出会った誰もが、内側から放たれる光を見た。祈りを欠かさないのは昔からだけれど、今は神と直接話をしていたのだ。

ケイレブは六週間の化学療法と放射線療法に耐え抜き、一度も苦しそうな顔をしなかった。幸いにも治療が終わるとからだは回復して、食欲も戻り、見た目にも健康で生気に満ちているようになった。アコスタ家は腫瘍内科医に別れを告げ、お祝いをしようとディズニーワールドに繰り出した。

一家はジェットコースターの「エクスペディション・エベレスト」に挑み、人間が扮する「トイ・ストーリー」の兵士が母親に手足を広げたジャンプを、弟に腕立て伏せを十回命じるのを見て、ケイレブは笑い転げた。ところが園内を急ぎ足で歩いていたとき、ケイレブが言った。「母さん、お尻の感覚がないんだ」

キャシーは息子がふざけているか、ティーンエイジャーらしく親をからかおうとしているのかと思った。なんといってもケイレブと弟たちは、母親には考えられないエネルギーでディズニーランドの中を駆け回っていたのだ。ところが次の日、ケイレブは両足が半分眠っているみたいだと言った。明らかにおかしい。うろたえる一家をよそに、たった三日で下半身が動かなくなった。

MRI検査の結果、恐れていたことが現実になった。脳腫瘍が再発し、背骨にも転移していたのだ。母親から聞いたケイレブは、肩をすくめた。「心配しなくても大丈夫だよ。ねえ、母さん」と、穏やかな笑みを浮かべて言う。「ぼくは天国に行くんだ。みんないつかはそうだけどね」

母親は息子の信念に驚いた。たった十五歳の息子が、どうして自分よりずっと強いのだろう。

ケイレブは脊椎を除圧する緊急手術を受けて、自分の「新しい車」――移動のために必要になった車椅子について冗談を言った。病気の悪化に怒りを覚えたり、絶望したりする人がほとんどのときに、ケイレブは落ち着いていた。治療の予定はともかくとして、神の計画を信じていたのだ。

ふたたび治療を受けていたとき〈メイク・ア・ウィッシュ〉という団体から、ケイレブの願いをかなえたいという申し出があった。医師たちは沈痛な面持ちで、できるだけ早くしたほうがいいと言った。〈メイク・ア・ウィッシュ〉は多くの人びとの善意のもと、命にかかわる病気を患う子どもたちの夢をかなえる活動をしている。支援者がぜひケイレブを支えたいと望んでいるとのことだった。

「スポーツのスター選手に会ってみたい？」と、キャシーはたずねた。スポーツが好きだったからだ。「それとも特別なところに出かけるか、買い物に行く？」

おばのシンシアだけは、まったく別のことを考えていた。リコシェという名前の犬が、障害のある子どもたちとサーフィンをしている動画を観たのだ。興味を惹かれたケイレブはインターネットで検索して、愛くるしい小さなゴールデン・レトリーバーが、交通事故で両親を失い、自分も頭に重傷を負ったイアンという少年と波に乗っているのを夢中になって見つめた。

犬とサーフィンできたらかっこいいな、とケイレブは思った。それってすごいよ。歩くことができず、動ける範囲も限られていたので、リコシェに手伝ってもらうのには大きな意味があった。おばも賛成してくれた。リコシェとサーフィンをするのはケイレブにしかできないことだから、何より素晴らしいという。こうして話は決まった。レブロン・ジェームズか、コービー・ブライアント？　レーシングカーのドライバー？　ケイレブはリコシェを選んだ。シンシアは電話を二本かけた――まず〈メイク・ア・ウィッシュ〉に実現可能か問い合わせ、次にリコシェとわたしの予定が空いているかたずねる。もちろんわたしたちは「イエス」と返事した。

当日の朝になると、ケイレブの夢を現実にしようと意気込んだヘルパーが続々と集まってきた。絵に描いたような日だった――青空に白く丸い雲がぽつりぽつりと浮かび、砂浜は神さまのキャンバスのようだった。ケイレブのためだけに、心をこめて選んだパレットの絵の具が塗られているのだ。

メールで協力者を募ったときは、平日だったこともあり、十分に人が集まるか自信がなかった。けれど反響はすさまじかった。集まったヘルパーはいつも以上に意欲的で、この特別な日の実現に一役買いたいと願っていた。ほとんどが長年の障害者サーフィンの経験があり、思い込みを捨てて不可能に挑戦し、無理だと言われても取り組んでみることが大事だと知っていた。それこそがケイレブの旅なのだ。ヘルパーの多くには自分の子どもがいて、その朝出かけるときは、いつもより少しだけ強く抱きしめてきた。何人かは同世代のティーンエイジャーで、ケイレブと家族が素晴らしい思い出を作れるよう、全力を尽くしたいと張り切っていた。

準備を整えているうちにアコスタ家の車が到着して、ケイレブの両親と、濃い色の髪をした少年ふたりが車から降りてきた。ジェイコブとダニエルで、照れくさそうな笑みを浮かべている。レポーターが押し寄せる中、父親がケイレブの車椅子を押して浜辺を移動した。ケイレブは笑顔で応じた。フェイスブックの写真で見るより、もっと明るい笑顔だ。深い茶色の瞳が、なんともいえない輝きをたたえていた。

「はじめまして。あなたに会えてうれしいわ」と、わたしは言った。リコシェは周りが騒がしくても一切惑わされず、まっすぐケイレブのもとに行って、お行儀よく隣に座った。ケイレブがやさしく頭をなでてくれたので、安心して両手に鼻を押しつけた。

「やあ、リコシェ」と、ケイレブ。二組の茶色の瞳が合い、一瞬ですべてを理解した。四千キロの距離が一気に縮まったのだ。相手に理解してもらうために、いつも大声をあげる必要はない。シャッター音が鳴り響く中、ふたりは砂の上で静かに心を通わせた。ケイレブはたちまち深いところでリコシェを理解し、絆を結んだ。頭をなでるとすぐに、信頼できるいい犬だとわかったという。子どものころ飼っていたサニーというゴールデン・レトリーバーを思い出したそうだ。

「よし、サーフィンするか」と、デイブ。

ケイレブの母親がかがみこんで、少年に心のこもった言葉をかけた。「愛しているわ、ケイレブ。あなたを誇りに思っているわよ。楽しんでいらっしゃい」額にキスをする。からだを支えられて車椅子から下りたケイレブは、振り返って母親に投げキスを送った。母親が愛情に満ちたまなざしで手を振る。海水の温度は十五度ほどしかなく、明らかに冷たかった。ヘルパーの手を借りて水に入ったケイレブはウェットスーツとシューズを身につけていたけれど、海に入るのが初めての、しかも暖かいフロリダ州から来た少年にとっては、どきりとするほど冷たかったはずだ。

「いや、寒くないさ」と、ケイレブ。「気持ちいいよ」

ボードの上で位置を調整してもらっているあいだ、ケイレブは少し痛みを感じているようだった。そばには犬がいて、着心地のよくないウェットスーツ姿で、ヘルパーも群がっていて、水は冷たいのだ。それなのにケイレブはひとことも文句を言わず、尻込みする気配も見せなかった。黙ってボードに乗り込み、後ろにはリコシェが乗った。

「さて、ケイレブ」と、ヘルパーのひとりが言う。「ちょっと寒いし、海水が顔にかかるし、しばらくは慣れないかもしれないわ。でも向きを変えて波に乗ったら、最高の気分が味わえるわよ」

わたしが学んだところによると、サーファーはすべての波をこれまでの最高だと思って乗るそうだ。海に出て水平線を眺めるたびに、人生最高の波が来ることを期待しているらしい。ケイレブにもそんな素晴らしい波が訪れるだろうか。

「試合開始！　みんなを百パーセント信頼しているよ」深みに誘導されながら、ケイレブが言った。準備が整うと、海の中のヘルパーは水平線をにらんで最高の波が来るのを待ち、それ以外のヘルパーは浅瀬に控えた。消防隊のように、ケイレブが落ちたらすぐつかまえるのだ。デイブがリコシェの耳に何かをささやきかけるのを見て、もうすぐ波に乗るのがわかった。

「いいか、ケイレブ」と、誰かが呼びかける。「今度の波に乗せるからな」

「よし、やろう！」と、ケイレブが声を上げた。

わたしはヘルパーたちから、サーフボードを波に乗せたとき浜辺で起きる魔法について聞いていた。自分たちはサーフボードに乗った人間の背後にいるので、表情は見えないけれど、岸に立っている人たちがサーファーの反応を映し出すというのだ。水面に映るように。まさに魔法のような瞬間だという。最初のうち、親やきょうだいは心配そうに腕を組んで、自分がボードに乗っているようにからだを揺すっているけれど、愛する人が波に乗って浜辺にたどり着き、波が砕けると、不安そうな表情が一変するのだ。歓声や拍手を送り、明るい表情で笑い声を立てるのだった。


リコシェと浜辺にたどり着いたケイレブも、まさにそうだった。腕は力強くからだを支え、崩れそうな波に乗ったままヘルパーの横を通り過ぎ、白い泡に包まれて浜辺に滑り込む。そのあいだ、ずっと晴れやかな笑みを浮かべていた。この表情は見たことがある。ただ満足しているだけではない、心からの喜びの表情だった。リコシェと海、そして波頭を吹き渡る風には、癒しの力があるようだ。けれどケイレブの中にはそれ以上のものが見えた。わたしがリコシェに見ているものと同じ、純粋な何かだ。ケイレブは浜に滑り込みながら、賢者のような表情を浮かべていた。すべての人やものとつながり、大自然と一体になっていたのだ。

やわらかい砂の上に並んだケイレブの母親とわたしは、言葉はかわさず、ただ砕ける波の音と笑い声が混じり合うのを聞いた。少年が子どもに戻って、無邪気に喜んでいる。風が吹きつけると、キャシーは髪をかき上げて涙をふいた。大切な人をたくさん亡くしてきたわたしにも、この一年間キャシーがどんな思いをしてきたのかは、とても想像がつかなかった。母親は子どもたちを痛みや危険から守りたいと思うものだけれど、ときにはすばやく強力で、予想もつかない何かが、腕の中から子どもを奪っていってしまう。まだ別れる準備もできていないうちに、愛する者は光の中に呼ばれて旅立ってしまうのだ。わたしはそれを知っていた。ケイレブの年だったころは、トラウマを負ってふさぎこみ、世界は安全でも信頼できるところでもないと思っていた。自分の無力さに気づいて、殻にこもってしまった。でもケイレブは正反対で、心を開き、あらゆるものを受け入れている。

ケイレブそのものが光なのだ。息子の闘いを支える母親の強さにも胸を打たれた。ケイレブと家族に、リコシェがほんの少しでも喜びをもたらすことができたら、これ以上うれしいことはない。ケイレブが浜に戻ってきたわずかの時間、両親は検査や治療のことを忘れて、息子を誇りに思っていたはずだ。

「よくやったね！」明るい笑みを浮かべて、両親が歓声をあげた。

「すごいぞ！」と、弟たちも飛び跳ねながら言う。

アコスタ家が浜辺で喜びを分かち合っているあいだ、わたしは自分の「家族」を眺めた。水の中にいるヘルパーたちは本当にうれしそうに、心からの祝福を送っている。口笛を吹いて、歓声を上げている。目もとをぬぐっている人たちもいたけれど、海水のせいではないだろう。あとになって何人かが、何十年もサーフィンをしてきたけれどあんな瞬間は初めてだった、と言った。きっとそうなのだろう。

「最高だよ！」と、ケイレブが大きな声で言う。「もう一回やろうぜ、リコシェ！」

リコシェは濡れたからだを大きく揺すって応え、くるりと向きを変えて走っていった。

サーフィンをするあいだ、リコシェはいつも集中しているけれど、今日は集中するだけではなかった。ケイレブを見守り、慈しんでいたのだ。一度、浜に近づいたところで体勢を立て直そうとして飛び降りたけれど、ケイレブがまだボードに乗っていたので、小走りに戻っていって様子を確かめた。別のときは、普段なら飛び降りるはずの波打ち際に着いても、ヘルパーがケイレブをきちんと下ろすまで待っていた。

他にも気づいたことがある。海中のヘルパーは、サーフィンをしているときのリコシェが真剣そのものなのをよく知っていて、海の上での写真はだいたいどれも引き締まったまじめな表情なのを冗談の種にしていた。けれどボードに乗ったリコシェとケイレブが浅瀬に浮かんでいるのを見たとき、わたしは思わず目を見開いた。笑っているのはケイレブだけではない……リコシェも笑っている！　やわらかな微笑みが、ケイレブの表情とぴったり重なっていた。もちろんケイレブの感情を反映していたわけで、心からの喜びとポジティブなエネルギーがあらわれていた。ふたつの魂が――宇宙の意思で結ばれた双子が――波乗りを楽しみ、何の苦もなく心を通わせている。

長い時間海に入っていたので、からだを温めるために海から上がることにした。ケイレブは自信と幸福に顔を輝かせていた。浜辺では興奮した家族が走ってきて抱きしめ、キスの雨を降らせて、よくやったと口々に言った。

マックスの提案で、瓶に入れたお湯をケイレブのウェットスーツの中に流し込むことになった。こうすればウェットスーツが保温状態になり、魔法瓶のように全身を温めるという。デイブがウェットスーツの首もとを引っぱり、マックスが頭からお湯をかけた。温かいお湯を浴びたケイレブは、これ以上なく満足そうな顔をしていた。そのとき皆の目に、浜辺で楽しく過ごしているあいだはすっかり忘れていた衝撃的なものが映った。首から腰まで一直線に走る、まだ新しい傷跡だ。ケイレブの闘いの静かな証だった。海の中で一度も弱音を吐かない少年を見ていると、日々の現実はどこかに消えてしまう。この少年はもう、わたしたちの家族の一員だ。わたしは自分の胸に触れて、心臓切開手術を受けたときの傷跡を思い出した。人間は皆、目に見える形でも見えない形でも、何らかの傷を負っている。ケイレブがあれほどの困難に打ち勝ってきたのは、驚くべきことだった。わたしは手術を受けたとき、すっかりおびえていた。まだ若い男の子が、どうしてこんなに勇敢なのだろう？

体力が回復すると、ケイレブは浜辺にやってきたレポーターたちのインタビューに答えた。

よく知られているリコシェの物語と、ケイレブのくじけない心が、レポーターたちの琴線に触れたようだ。ケイレブはたくさんのマイクを前にしたことも、矢継ぎ早に個人的な質問を受けたこともなかった。少しのあいだ、パパラッチに取り巻かれるセレブのような気分になったのではないか。それでも堂々と、誠実に質問に答えて、純粋で素晴らしい魂を持っていることを証明していた。

「今日リコシェと一緒にいると、普通に戻ったような気がしました。自由になったんです」

周りの観客も感動していて、ベテランのレポーターまで涙をぬぐった。「何も心配しなくていいのは本当に楽でした」

ケイレブがしゃべっているあいだ、リコシェは横に立って、あたりに注意を払いながらじっとしていた。ケイレブはずっとリコシェの頭をなで続けていた。途中でリコシェは前足をケイレブのからだにかけて伸び上がり、彼を守る毛布のような役割を果たした。ふたつの純粋な魂――それぞれ神の意志を反映したメッセージをこの世にもたらした魂が、愛と輝きを放っている。ふたりの様子を見ていると、宇宙ではわたしたちの意思を超えた大きな力が働いているのが、ありありと感じられた。レポーターはケイレブの言葉すべてを聞き逃すまいとしていた。

「みんなに伝えたいのは、がんになったり、どこか痛んだり、ほかに悩みがあったとしても終わりじゃないということです。必ず希望はあります」と、ケイレブ。「何もかも大丈夫だと信じるだけでいいんです。ぼくは必ずがんを克服して、神さまが用意した計画に従うつもりです」

ケイレブの希望は明るい光のように、わたしたちを魅了した。目を閉じてもまぶたの裏に感じられ、魂まで照らし出され、もっと愛したい、もっといろいろなことをしたい、いちばんい い自分自身でありたい、と思わされる強い光。ケイレブは驚くべき少年だった――まだ十五歳だというのに。

水中のヘルパーから友人、レポーターから撮影スタッフまで、集まった誰もが心を動かされていた。多くの人が何百、何千という波に乗ってきたけれど、ケイレブの乗った数回は特別な意味を持っていた。あるヘルパーの場合、ついこの前はマウイ島の高波を乗りこなす一流のサーファーを撮影していて、今日は顔を見たこともない、初めて波に乗る少年と出会ったのだった。たった一度、波に乗りたいと願った少年。どちらもそのヘルパーにとっては大切な経験で、特別な思い出だった。今日はあらゆる人びとが集まってきて、ひとりの少年が波に乗るのを助けた。それは大きな意味を持っていた。リコシェが初めてパトリックと波に乗ったときのように。

リコシェがパトリックのサーフボードに飛び移り、自分が何のために生まれてきたのかはっきり教えてくれたとき、潮流が変わり、わたしは二度と過去を振り返らなかった。すべてはリコシェが、自分にしかできないやり方でものごとを見たところから始まった。一匹の犬が意思を持って起こした行動が――それは象徴的な意味もあった――愛の波となって犬から人間へ、人間から人間へとつながり、さざ波のように世界をめぐって、驚くべきことを実現したのだ。リコシェとパトリックは、意思と信念さえあれば何でもできると示してみせた。リコシェの旅はパトリックから始まり、一周してケイレブにたどり着いたのだ。

この地上にどれだけいられるか、今が人生の夜明けなのか、日没なのかは誰にもわからない。時間は限られていて、わたしたちの旅は宇宙の偉大な計画のささやかな一端に過ぎない。けれど強い信仰を持ったケイレブという少年は、どう生きるべきか示してくれた——リコシェがわたしに示してくれたように。他人を愛し、自分にしかできない役目を果たすことの大切さを教えてくれた。今日という日は信仰と強さ、無限の可能性を信じることをあらためて確認する日だった。

「もう一度波に乗るかい、ケイレブ？」と、デイブが声をかけた。

熱のこもった答えが返ってくるのはわかっていたので、ひとりが車に戻って手袋を持ってきた。そうしたら波に乗っても手が冷たくならないだろう。

ケイレブは準備をして、おそらく今日最後になる波乗りに挑んだ。

ふたつの純粋な魂が海に出ていくのを、わたしは静かな心で、感謝の念を抱きながら見守った。太陽が波の上できらめき、白い鳥が一羽、頭上を飛んでいく。

目をこらしてケイレブの笑顔を見た。リコシェも笑っている。

それから少年と犬はひとつの波に乗り、時空を超えた愛に包まれた。愛はあらゆるところに宿っているけれど、時にはメッセンジャーがその場所を示すか、呼び起こさなくてはならない。集まった人びとに深く愛されたケイレブは、これから数日か数週間で、自分の周りの輪が広がっていくのを目にするだろう。リコシェとケイレブの物語は、パトリックとリコシェの物語のように遠くまで伝わり、人びとの心に触れるのだ。その希望のメッセージは海の向こうに、時代も宗教も、人種も言語も越えて届く。何日かすれば、今度は何千人もが地球のあちこちから愛や祈り、励ましの言葉を送ってきてくれるだろう。

わたしたちは誰もが、人生という波に乗って旅をしている。その途中では水平線に目をこらし、「完璧な」波を待ち望むこともあるだろう。けれど大切なのは遠くまで探しに行くことではなく、自分の内側を探って、どの波が自分にいちばんの喜びをもたらすのか考えることだ。そこから人生の真の目的がわかる。何が完璧な波かは、人によって異なるものだ。ある人にとっては六メートルの激しい波で、別の人にとっては一メートルにもならない穏やかな波かもしれない。けれど高さがどうだろうと、それに乗る秘訣は、あがくのをやめて信頼することだ。辛抱強く、波を押さえつけようとするのをやめて勢いに任せ、浜のどこにたどりつこうかと考えるのをやめる。いったん波に乗ることを覚えれば、恐怖は喜びに変わり、こんなに楽だったのかと驚くはずだ。未来のことは考えないし、過去を振り返るのもやめる。この瞬間を生きて、前進し、何も心配ないと信じるのだ。リコシェはこうやって生きることを教えてくれたし、ケイレブも同じだった。

波が寄せたり引いたりするのは、人生も同じだ。時には穏やかな風に吹かれ、時には離岸流に巻き込まれる。ときには突風が嵐のように荒れ狂うこともあるだろう。水平線で何が待ち構えているのかはわからなくても、とにかく滑り出して、波を信じ、すべて心配ないと思うしかない。リコシェが教えてくれたのは、たとえ海が荒れていて海水が目にしみようと、どんなときでも全力で波に乗ることだ。サーフボードの上でうまく立っていられる人間もいれば、うつぶせになったり、膝をついたりする人間もいる。落ちることだってある。いちばんのコツは、人生最高の波だと思って乗ることだ。本当にそうかもしれないのだから。もしかしたら、今乗っている波こそ「最高」なのかもしれない。その波を全身で受け止め、信頼し、行き着く先に希望を持つのだ。わたしはどうしてこんなに自信を持って言えるのか？　リコシェが教えてくれたからだ。そしてわたしは耳を傾けた。

また、新しい波がやってくる……。

訳者あとがき――afterwords

盲導犬、聴導犬、介助犬――世の中にはハンディキャップを抱えた人間に寄り添い、暮らしのさまざまな場面で力になってくれる犬たちがいます。介助犬は冷蔵庫を開けて中のものを持ってきたり、エレベーターのボタンを押したりすることもできるというのですから、その賢さには驚くばかりです。けれど本書の題名でもある「波乗り介助犬」とはどういうことでしょうか？ 犬が、波に乗る？ それがどうして、人を助けることになるのでしょう？

本書の著者ジュディ・フリドーノは、子犬を一人前の介助犬に育てる介助犬育成士として活躍する中で、胸に白い模様がある一匹の子犬に出会います。いつも跳ね回っているので「リコシェ《リコシェティング》」と名づけられたその子犬は、経験豊富な著者も古を巻くほど頭がよく、介助犬としての輝かしい未来は約束されているかのように見えました。ところが生後十六カ月を迎えようというとき、苦悩の日々が訪れます。訓練に対する熱意をすっかり失い、著者に反抗を繰り返すようになったリコシェ。おまけに空を飛ぶ鳥を追いかけるという、介助犬としては決して許されない悪癖を克服できず、それ以上訓練を続けられなくなってしまいます。神童から一転して「落第生」になったリコシェを前に、著者はただ落胆するばかりでした。

トンネルの出口を見つけたのはリコシェ自身でした。もともと賢いだけでなく運動神経もよく、サーフボードを軽々と乗りこなしていたリコシェ。（日本の読者の方は少しびっくりされるかもしれませんが、アメリカでは「犬がサーフィンをする」こともそれほど珍しくなく、「サーフ・ドッグ」のための大会が各地で開かれているそうです）。交通事故で脊髄を損傷した少年と隣り合ってサーフィンをしていたとき、驚く著者の目の前で少年のサーフボードに飛び乗ったのです。体の自由が利かないパートナーに代わって、ボードが転覆しないようバランスを取り、心身ともにパートナーに寄り添う――世界にただ一匹の「波乗り介助犬」リコシェが誕生した瞬間でした。こうして自分の使命を見出したリコシェが、著者の言葉を借りれば「大いなる力」の導きで、それぞれに事情を背負った人びとと運命的な出会いを果たしていく様子は、本文をお読みいただければと思います。

本書にはたくさんのメッセージが込められていますが、その中でも強調されているのはやはり「ありのままの相手を認める」ということではないでしょうか。犬が好きだという人は大勢いるけれど、あなたの犬が本当に何を望んでいるのか、ちゃんと考えたことはある？　著者のこの問いは、人間どうしの関係を考える上でも示唆に富んでいるのではないかと思います。勝手な希望を押しつけず、相手の生き方を尊重すること。それが自分自身の解放にもつながるのは、病気や愛する人たちの死というトラウマに苦しんできた著者が、リコシェを通して再生したことからも証明されています。

最後に私的な思い出話で恐縮ですが、訳者が十五年近く前に少しだけ海外の学校に通っていたころ、「レイコ」という名前の響きが耳になじまなかったのか、同級生の発音はもっぱら「リーコ」で、クリスマスにもらったカードの宛名の綴りも「Rico」のオンパレードでした。「Rico」と「Ricochet」……あれっ、似ている？　本書を訳しながら、ふとそんなことを考えました。訳者がこの本に出会えたのも、さまざまな方の好意に加えて、どこかで「大いなる力」が働いていたのかもしれません。

波乗り介助犬リコシェのメッセージが、一人でも多くの方に届きますように。

二〇一五年三月

リコシェ、生後15日目

©Barbara McKown

リーナ（奥）と眠る
リコシェ

Ricochet

Photographs｜リコシェのアルバム

リーナ（左）とビーチ
を走るリコシェ

介助犬の訓練中の
リコシェ

パトリックのボードに
乗ったリコシェ

初めての波乗りを終えたあとのパトリックとリコシェ

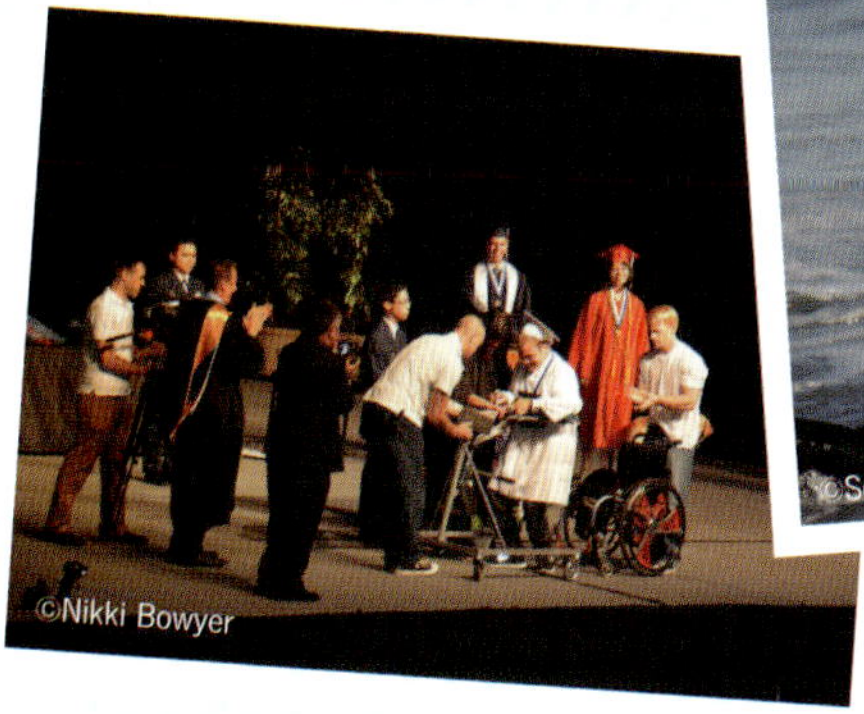

パトリックとジェニファーとリコシェ。海と犬の癒しの力

高校の卒業式で壇上を自分の足で歩くパトリック

リコシェのキスに喜ぶイアン

とても良く似ているイアンとリコシェ

2012年のドッグ・サーフィン
大会でのリコシェ

ウェストとリコシェは初めての
波乗りの成功を喜び合う

SYNCRO

リコシェとのサーフィンを楽しむ帰還兵ランディ

©DL Photos

ケイレブとリコシェ

最高の波に乗るケイレブとリコシェを見守るヘルパーたち

波乗りを成功させて戻ってきたケイレブとリコシェ

アコスタ一家とリコシェ

自分らしく人生もサーフィンも楽しむリコシェ

カモを追いかけるリコシェ

リコシェはサーフィンを
通してたくさんの友だち
と家族ができた

イアンのおばメリッサが書いた
砂のメッセージ

●著者紹介

ジュディ・フリドーノ | Judy Fridono

もともと医療経営管理や健康ビジネスの分野で働いていたが、介助犬育成という使命に目覚め、トレーナーの学位を取得。サンフランシスコ聴導犬協会や海洋生物愛護協会の資格も所有。ＮＰＯ団体〈パピー・プロディジー・ネオ・ナータル〉および〈アーリー・ラーニング・プログラム〉を立ち上げ、障害のある人びとのために介助犬を訓練している。また、世界で１匹の「サーフィス・ドッグ」、リコシェの保護者。リコシェは障害のある人びと、支援の必要な子どもたち、傷痍軍人、ＰＴＳＤに苦しむ帰還兵を支えている。リコシェとの旅がライフワーク。人びとに勇気と希望を与え、ポジティブな影響をもたらす活動を伝えている。リコシェとのこれまでの募金活動は50回以上にのぼり、集まった金額は30万ドル超。150人／匹を超える人間と動物のために役立てられた。現在はサンディエゴで、リコシェと介助犬のリーナと暮らす。ジュディとリコシェの活動については www.surfdogricochet.com および www.puppyprodigies.org で。

ケイ・プファルツ | Kay Pfaltz

ライター。著書に『Flash's Song: How One Small Dog Turned into One Big Miracle（未訳。フラッシュの歌――小さな犬が起こした大きな奇跡）』、『Beagle（未訳。ビーグル）』などがある。その他、多数の媒体で執筆活動を行う。印税は動物保護にあてている。チャリティー活動の一覧は www.kaypfaltz.com にて。

●訳者紹介

小林玲子 | Reiko Kobayashi

国際基督教大学教養学部卒、早稲田大学大学院英文学修士。サイマルアカデミーで翻訳を学ぶ。主な訳書に『がんばりすぎるあなたへ――完璧主義を健全な習慣に変える方法』（ジェフ・シマンスキー著／CCCメディアハウス）、『アレックス・ファーガソン自伝』（アレックス・ファーガソン著／日本文芸社）等がある。

波乗り介助犬リコシェ

100万人の希望の波に乗って

2015年3月25日　初版第1刷発行

著　者　ジュディ・フリドーノ
ケイ・プファルツ
訳　者　小林玲子

発行人　廣瀬和二
発行所　辰巳出版株式会社
〒160-0022
東京都新宿区新宿2-15-14　辰巳ビル
電話 03-5360-8956（編集部）
03-5360-8064（販売部）
http://www.TG-NET.co.jp

編集協力　田坂苑子
印刷・製本　図書印刷株式会社

ISBN978-4-7778-1468-8　C0098　Printed in Japan